붉은머리
오목눈이

붉은머리오목눈이와 함께 떠난
사유의 시간여행

# 붉은머리 오목눈이

## 정을식 소설집

심미안

# 붉은머리오목눈이를 두고 하는 생각

뒤늦게 소설집을 묶는다. 그것은 에멜무지로 묶기 싫었을 뿐더러, 내 자신에 대한 어떤 믿음의 상실과 게으름 탓이다.

20여 년 남짓 몸담았던 공직을 떠난 여러 해 동안의 참담했던 한인생활. 현실과 이상의 괴리 속에서 무던히도 많이 헤맸고, 나를 할퀴었었다. 그러나 인간은 고민해야 한다는 것을 알았다. 그 진통은 하나의 껍질을 벗겨 주었고, 도전하는 방법을 익히며 조금은 외로웠다. 그리하여 시작한 난과의 생활. 내 마음의, 우주의 표상의, 천년의 풀잎 난과 더불어, 그리고 뒤늦은 골프와 색소폰과 더불어, 그 동안 나는 완연한 자유를 누리고 있었다. 그러면서도 자유가 없었다. 너무 많은 자유가 있고, 너무 많은 자유가 없었다.

시간이 흐를수록 수상하고 어수선한 삶의 방식과 어려웠던 시간들. 그렇다. 나는 분명 20여 년 남짓한 세월 동안 문학, 시와 소설을 게을리 했다. 온몸으로, 바로 온몸을 밀고 나가는 그런 시와 소설을 쓰는 일보다 거의 매일 작성하여야 할 법정 참여기록의 분량이, 그 무렵 늘 나를 짓누르고 있었다. 그 무미한 삶의 속박으로부터의 탈거, 그러나 내가 차지하고 있던 어떤 한정된 시간과 공간에 대한 상실의 아픔과 평상의 더딘 걸음 탓이었다고 변명하고 싶다.

그런데 왜 시를 쓰고 소설을 써야 하는지. 그것은 내 삶의 창틈에 스며드는 한 줌의 바람과 한 줄기 빗물 때문일 게다. 그러나 때로는 가던 길조차 방황할 때가 있고, 내 생각조차 내가 길들이지 못해 불면의 밤을 지새울 때가 있으며, 가끔 내가 빈 들판에 홀로 서 있는 듯한 느낌을 떨쳐버리기 어려울 때가 있다. 문학의 열병으로 인한 불면과 가슴앓이, 그런 인고의 시간 속에 만난 원고지와 잉크가 그 빛을 바랠수록 나는 더욱 더 시를 쓰고 소설을 쓴다는 것이 무엇인지 잘 모르겠다.

이 땅에 부는 바람과 내리는 비는 초원 같은 폐원의 끝에 피었다 지는 들풀의 새 촉을 틔우고 꽃망울을 터뜨린다. 그런 푸르고 슬픈 바람, 싱그런 비라면 온몸으로 바람과 비를 맞으며 들꽃이 아무렇게나 흐드러지게 피어 있는 들길을 걷고 싶다. 비바람 흠뻑 맞으며 싱그런 영감에 젖고 싶다.

고등학교 시절부터 시도 쓰고 소설도 쓰기는 했지만, 이제까지 망설이다 이 소설집 한 권을 겨우 묶는다. 어쩌면 그것은 그 동안 그런 바람과 비에 젖으며 사유하던 나의 작은 몸부림이었는지도 모른다. 그러나 한 가지 신념만은 가지고 있다. 아무리 다그쳐도 이 땅에 바람은 불고 비는 내리며, 들꽃은 들녘의 길섶에 아무렇게나 피었다 진다는 것, 나 또한 푸르고 슬프면서도 싱그런 그런 비바람을 맞으며 들꽃을 찾아 들길을 헤매게 될 것이라는 것, 그런 동안 이 어둡고 번잡한 시대의 혼란 속에서도 자유와 사랑을 위한 향수가 문학의 세계에서 새 촉을 틔우고 꽃을 피울 수 있을 것이라는 것 말이다. 그리고 그것은 아마도 시나 소설이라는 것이 전적으로 머리와 의욕만 갖고 되는 것이 아니라 감수성과 참여성이 필요하다는 것 말이다.

아, 붉은머리오목눈이. 뱁새와 비슷하나 머리에 붉은 물을 들여 더 곱고 예쁜 아주 작은 새, 붉은머리오목눈이들이 함께 있음으로써 나는 그런 감성과 참녜는 물론 인내를 찾으려 한다. 저항하기는커녕 죽은 듯이 몸을 움츠리고 바보스럽게 뻐꾸기의 알을 품어 부화시키고 혼신의 힘을 쏟아 이를 길러 날려 보내는 게 고작인 그들이 세상살이의 부대낌과 서로의 사고를 사유하는 자유와 사랑의 의미를 내게 보여주었기 때문이다.

자유와 사랑과 양심이 걸레조각처럼 너덜거리는 시대의 아픔이라고 하면 좀 과장된 표현일는지 몰라도, 갈수록 종량제처럼 분리되어 어지럽게 돌아가는 세상. 삶이라는 하나의 운명체가 시대의 환경 속에서 어떻게 변모하고 어떻게 굴절되어 어떻게 나를 옥죄어 부대끼게 하다가 끝내는 어떻게 소멸할 것인가. 그러나 때가 되면 봄은 올 것이고, 그러한 봄날에 운주사 뒤 골짜기라도 찾아가 청순하고 바보스런 붉은머리오목눈이와 끝없는 시간의 윤회 속으로 갈앉는 허영의 숨가쁜 노동과 혼돈의 탄성을 되뇌며 시린 삶을 실컷 구토하고 싶다. 이 한 권의 소설집을 통해 이 시대에 아직 타고 있을 자유와 사랑의 불티, 그 감각을 엿보려함은 괜한 내 욕심이 아닐는지 모르겠다.

정리가 덜 된 꽤 볼륨 큰 초고를 읽어 주며 조언해 준 후배 박혜강과, 좁은 문의 통과를 위해 분투 중인 아들과, 득음하면 '철새는 날아가고'를 연주해 달라는 딸래미와, 무미건조한 남편을 기다리고 참아 주고 웃어 주는 아내한테도, 살며시 미안하고 고맙다는 취지의 속내를 드러내야 할까 보다.

4342년 겨울

鄭 乙 植

# 차 례

조용한 집

# 조용한 집

아직은 따가운 9월의 햇볕을 받으며 좁고 가파른 골목길을 내려올 때 성태는 잠시 망설이다가 고개를 돌렸다. 높은 언덕배기에 고막껍질처럼 수없이 옹기종기 들어붙은 빨갛고 파랗고 거무튀튀한 기와지붕의 집을 멀거니 바라보았다. 동네에서 가장 좁고 가파른 비탈길 옆에 자리 잡은 집은 자신의 처지처럼 언덕에서 미끄러지지 않으려고 안간힘을 다해 들어붙어 있는 것 같았다. 그나마도 비교적 축대를 튼튼히 쌓은 주변의 덩치 큰 집들 사이에 끼어 있어서 더욱 힘겨워 보였다. 그 비탈길을 내려오면서 앞으로 무엇을 어떻게 해야 할 것인가에 대해 골똘히 생각했다.

성태는 아까부터 뒤따르고 있는 아내에게 신경이 자꾸 쓰였다. 그녀가 이제 집으로 그만 들어가 주었으면 싶었다. 그런데 아내는 여행 가방을 들고 바싹 뒤따라오면서 말을 건넸다.

“전에는 출장 한 번 없더니, 이 아이엠에프 시대에 웬 일이람? 그것
도 보름씩이나.”

“글쎄 말이야. 이제 그만 들어가지…….”

성태가 마지못해 입을 떼었다. 아내는 딴전이라도 피우듯 더 바싹 다
가서 뒤따르며 말했다.

“도착하는 대로 전화해요. 진구하고 진희는 모르고 학교에 갔잖아
요.”

“알았어.”

“속옷은 매일 갈아입고요. 날짜에 맞춰 챙겨 넣었으니까. 그리고 술
은 조금씩 드시구요. 이젠 당신 건강 걱정할 나이에요.”

“알았어.”

“담배두요.”

“알았다니까!”

성태는 퉁명스럽게 내뱉고 택시에 올랐다. 아내는 성태를 실은 택시
의 모습이 동네 어귀를 돌아설 때까지 눈길을 놓치지 않고 바래주었다.

성태는 아내의 그런 모습, 아들 진구와 딸 진희의 얼굴이 떠올랐다.
그리고 조금 전 아내에게 퉁명스럽게 하고 떠나왔던 것이 마음에 걸렸
다. 머리를 흔들어 보았다. 그러나 칙칙한 연민의 정에 쌓인 아내와 자
식들의 모습이 자꾸 어른거렸다. 눈물이라도 울컥 쏟아질 것 같은 기분
이었다.

성태는 가족들을 속이고 있었다. 벌써 서너 달 전 회사에서 권고사직
을 당했다. 그러나 아내에게 실망과 그로 인한 심적 고통을 주지 않기
위해, 더 나아가 가족들에게 자신의 초라한 모습을 보이지 않기 위해,

그런 사실을 숨겨왔던 것이다. 성태는 전처럼 매일 아침 그 무렵 회사로 출근을 했다. 그리고 인력시장이나 도봉산자락이나 한강둔치 같은 데서 시간을 때우고 퇴근시간에 맞춰 귀가했다. 그런 완벽한 작전으로 인해 눈치 빠르기로 자타가 공인하는 아내도 전혀 눈치를 채지 못하고 있는 것 같았다.

성태는 며칠 전부터 회사의 지방출장이라고 얘기해 왔다. 그리고 오늘 보름 동안이라는 그 출장을 떠나고 있는 것이다. 아내에게는 물론 고등학교 2학년인 진구와 중학교 3학년인 진희가 눈치 채지 못하도록 하기 위해 갖은 노력을 다했다. 며칠 동안이나마 고향에 내려가 있으면 홀가분할 것 같아 그런 거짓말을 꾸민 것이다. 그런데 막상 가족을 속여 고향으로 내려간다고 생각하자 서글펐고 마음도 아팠다.

성태는 기껏해야 일 년이면 서너 차례 고향을 찾는 것으로 큰자식의 도리를 해왔다. 설과 추석, 아버지의 제일과 어머니의 생신 때 홀로 계시는 어머니를 찾아뵙는 것이 전부였다. 그런데 오늘 이렇게 가족을 속여 예정에 없는 고향 나들이에 나서고 있는 것이다. 어쩌면 다시는 서울로 올라오지 못할 것이라는 생각이 들기도 했다. 그런 생각을 부정하려고 애를 썼다. 그러나 오히려 시골사람이 되어버린 자신의 모습이 자꾸 엄습하고 들었다.

성태는 금년 봄에 다니던 회사에서 해고를 당했다. 그러고 나서 서너 달이 지나도록 새 직장을 구하지 못했다. 그 무렵부터 성태는 요즘 유행하는 말로 고개 숙인 남자가 되어 할 일 없이 이곳저곳 배회하거나 인력시장 등에 들렀다가 시간에 맞춰 퇴근하곤 했다. 아내는 이런 사실을 아는지 모르는지 가끔 이상한 눈길로 성태를 바라보곤 했다. 그러던 아내가 요즘 들어서는 바짝 긴장하는 눈치였다. 내 남편이 회사에서 쫓겨나지나 않았는지 해서인 것 같았다. 성태는 아내의 그런 표정을 읽을 때마다 으레 화제를 다른 곳으로 돌려놓고 애써 여유를 부렸다. 이렇게 분명히 권고사직을 당한 백수가 되었는데도 말이다. 하여튼 성태는 보름 동안의 출장을 받아 고향으로 향하고 있었다.

성태가 회사를 그만둘 무렵 불어 닥친 경기의 불황. 그 무렵 회사에서는 경제 불황 속의 군살빼기 작업을 하고 있었다. 회사에서는 주택시장 경쟁력을 높이기 위해, 위기의식이 결여된 조직 분위기를 바꿔보려고, 불필요한 인원을 줄이기 위해, 살아남기 위한 피치 못할 조치였다는 등의 명분을 제시하고 있었다. 그러나 해고를 당한 사람들은 그것을 그들의 책임 전가로, 조류에 편승해 행하여진 피할 수 있는 가장 비겁한 조치로 여기고 있었다. 어느 쪽이 옳은지는 몰라도, 자진 사직도 목구멍이 포도청이라, 그리고 남들의 이목이 두려워 못하는 직장인에게 해고란 당하는 사람들의 마음에 큰 흠집을 남기는 행태임에는 분명했다. 성태는 처음에 적어도 자신만은 그런 해고의 대상이 아닐 것으로 생각했다. 그런데 그게 남의 일이 아니었다. 회사로부터 해고 통지를 받고 나서 처음에는 엄청난 분노를 느꼈다. 그러나 시간이 지나면서 실직을 현실로 서서히 받아들이고 있었다. 그 무렵 감원 대상자들이 이처럼 겪어내는 그 과정은 마치 사형선고를 받은 말기의 암 환자들이 겪어내는 고통과 진배없었을 것이다. 실직이 얼마나 고통스러운지 해고를 당해 보지 않은 사람은 잘 모르리라.

성태는 건설회사의 영업 부장이었다. 이 건설회사는 그 규모가 상당히 큰 회사로서 전국의 큰 도시에서 주로 아파트나 빌라를 짓고 있었다. 성태는 서울에서 공대 건축학과를 졸업하고 그 회사의 공개채용시험에 좋은 성적으로 합격했고, 다른 동료들 보다 빨리 승진했다. 최연소 부장이라는 닉네임도 붙어 다녔다. 그리고 부장으로 승진한 후 주로 아파트나 빌라의 건설현장의 소장으로 일해 왔다.

그런데 그해 겨울 회사에서 신축 중이던 아파트의 건설현장에서 사고가 발생했다. 2명의 작업인부가 15층에서 추락하여 1명은 현장에서 사망하고 1명은 식물인간이 되어버린 커다란 사고였다. 그 사고의 전날 많은 겨울비가 내렸고, 다음 날 갑작스런 기상 이변으로 한파가 급습해 수은주가 영하 20여 도를 오르내리는 몹시 추운 날씨였다. 모든 것이 얼어붙고 출퇴근길에서 교통대란이 일어났다. 그런데 회사에서는 공기에 쫓긴다는 이유로 작업을 강행했고, 15층의 높은 곳에서 인부 2명이 미끄러져 떨어진 그런 대형 사고가 발생했던 것이다.

회사와 사고 당사자들 사이에 합의가 이루어지질 않았다. 결국 사고 당사자들은 회사를 상대로 법원에 손해배상 청구의 소를 제기했고, 판결은 그들에게 10억여 원의 지급을 명했다. 회사 측에서는 그로 인한 손해만을 계산하고 있었다. 그리고 회사의 간부들은 그 책임이 현장소장인 성태에게 있는 것으로만 생각했다.

그럴 때마다 성태는 그들 무리의 번들거리는 이마에 반사되는 그 독소 같은 빛 때문에 주눅이 들었다.

마침내 상무이사 앞으로 불려갔다. 결국은 해고인 것이었다. 회사의 박 상무는 도수 높은 안경알을 번득이며 성태에게 질문을 던졌다.

"우리 회사에 근무한 지는 얼마나 되었나요?"

성태는 인사기록카드를 보시면 알 텐데요, 라고 대답하려다 입을 다

물었다. 뻔한 것을 물었기 때문이다. 끝내 대답을 하지 않고 있자 박 상무가 다시 입을 열었다.

"10여 년 동안 근무한 것으로 돼 있더군요……."

그의 표정이 성태의 숨통을 서서히 조여 오기 시작했다.

"회사에서는, 그동안 김 부장의 공로에 깊은 감사를 드리고 있소. 그런데, 이런 경제 불황 속의 이번 사고는 회사로서 큰 타격이 아닐 수 없소. 더불어 회사도 살아남아야겠고……."

이마가 번들번들한 박 상무는 경찰서 조사계의 형사처럼 성태를 서서히 압박하기 시작했다.

"그, 그것은 회사의 사정으로 공기에 쫓기다 보니까……."

"허……."

박 상무는 응접실의 의자에 푹 뉘었던 상체를 일으키며 성태에게 턱을 내밀었다. 순간 번들거리는 이마에 짜증스런 기색이 스쳐지나갔다. 그리고 성태는 아무 말도 할 수 없었다.

"죄, 죄송합니다."

"이렇게 되면 모든 게 다 현장소장의 책임이 아니겠소? 현장소장은, 소장이 관장하고 있는 모든 공정뿐만 아니라, 그 어떠한 사고도 미연에 방지했어야 할 것 아니요?"

"드, 드릴 말씀이 없습니다."

"그 책임을 현장소장이 져야한다면, 현명한 현장소장은 자기의 처신을 어떻게 해야 한다는 것쯤 알고 있으리라 믿소."

"뭐, 뭐라구요?"

성태는 오뚝이처럼 펄떡 일어나며 말했다. 그러나 주눅이 들고 말아서 말을 더듬거렸다.

"자신의 소임을 다하지 못한 현장소장은, 자기 처신에 대한 현명한 판단을 하리라 믿소."

박 상무는 느릿느릿 말했다. 그러나 성태는 성급하게 따지듯이 대들었다.

"제가 뭘 잘못했습니까? 내가 인부들더러 떨어지라고 했겠습니까?"

성태는 자신도 모르게 소리를 질렀다. 그리고 사지를 벌벌 떨었다. 사람이 이러다가 미치는가 보구나 하는 생각이 들었다.

"퇴직금이라도, 좀 건지려거든 알아서 하슈!"

박 상무는 피우던 담뱃불을 짓이기다시피 꺼버리고 일어섰다. 그리고 이제부터는 어떤 일에도 전혀 상관이 없다는 얼굴로 돌아서려 했다.

그때 성태는 오히려 해쓱히 웃었다. 참 더럽고 치사한 세상, 끝내는 퇴직금으로 사람의 목줄을 죄며 엄포를 놓다니. 그래 퇴직금이라도 좀 건지려면 이 가증스런 회사를 그만두고 다시 한 번 꿈틀거리며 살아보자.

"퇴, 퇴직금이라고 하셨습니까?"

"그렇소."

"예, 알겠습니다."

"앞으로, 건투를 비오."

성태는 상무이사 실에서 박 상무와 악수를 하고 밖으로 나왔다. 밖으로 나와 한 동안 복도의 벽에 머리를 기대고 흐느꼈다. 비정한 현실의 세계와 걷잡을 수 없는 자신에 대한 울분이었다. 패배감과 배신감 같은 것이 뒤범벅이 되어 머리를 때렸다.

그때, 바깥에 모여 웅성거리고 있던 부하직원들이 성태를 준엄하게 꾸짖으며 말했다.

"김 부장님, 왜 이러십니까요?"

"할 말이 없구만."

"부장님, 이래서는 안 됩니다요."

"할 말이 없다지 않는가."

성태는 짜증 섞인 소리로 대답했다. 그러자 부하직원들은 애증과 항의가 배어있는 투로 대들 듯 대꾸했다.

"이것이 전례가 돼서는 곤란합니다요."

"미안하게 되었네, 그만들 하세……."

성태는 말을 더 이상 잇지 못했다. 그들은 부당한 해고나 다름없는 것에 대해 끝까지 버티지 못한 성태를 힐책하고 있었다. 그러나 성태는 오히려 그들을 다독거렸다. 떠나갈 때가 언제인가를 알고 떠나가는 사람의 뒷모습은 무척 아름다운 것이라고…….

성태는 성심성의를 다해 회사를 위해 뛰어 왔다. 그러나 그 인부들과 건설현장은, 그들의 말 그대로 커다란 사고를 일으켰고, 공교롭게도 경제 불황 속의 그 군살빼기의 작업이 진행되고 있을 무렵 그 사고가 발생했다. 하여튼 그 커다란 사고의 발생이 회사에게 성태에 대한 해고의 빌미를 제공했고, 결국 회사는 성태를 밖으로 내몰았던 것이다.

게다가 성태는 회사를 그만두기 2년 전 동료의 사정에 못 이겨 빚보증을 섰는데, 그 동료가 여러 은행과 여러 사람들로부터 많은 돈을 빌려 쓰고 회사를 그만두어 버렸다. 성태는 회사로부터 매월 지급 받을 봉급과 제 수당 등에서 2분의 1씩을 채권자들에게 압류를 당했다. 그 무렵부터 성태는 회사로부터 좋은 눈길을 받지 못하고 있던 터였고, 이러한 복합적인 것들이 해고의 원인으로 더 크게 작용했으리라.

성태는 강한 고독을 느꼈다. 그리고 절박하고 공허한 마음을 어느 곳에도 붙들어 매놓을 수가 없었다. 성태는 이제 이렇게 절박하고 공허한 나의 이 시간을 무엇으로 메워 나갈 것인가, 하는 것만을 생각했다. 그러나 절박하고 공허한 무위의 시간이 자신을 에워싸고 있는 것 같아 괴로웠다.

성태는 눈을 떴다. 정신을 차렸다는 편이 옳았다. 성태는 잠이 들었던 것이 아니었다. 잠시 정신을 잃어 버렸던 것이었다. 성태는 요즘 들어 가끔 이렇게 정신을 깜박 잃곤 하는 버릇이 생겼다. 성태는 한참 동안 의자에 머리를 기대고 있다가 정신을 차렸다. 그리고 아내와 자식들이 어떻게 하고 있을 것인가를 생각해 보았다. 가장이 없는 가족의 생활은 차츰 형편없이 일그러져 가고 있겠지. 하지만 성태는 그런 운명을 한 번도 비관적으로 생각해 본 적은 없었다.

기차는 지금 어디쯤을 달리고 있을까. 성태는 밖을 내다보았다. 밖엔 비가 내리고 있었다. 끝없이 펼쳐진 넓은 벌판에 가을비가 추적추적 내리고 있었다. 참으로 우울한 비였다. 가을엔, 하고 성태는 생각했다. 낙엽이라도 그저 붉게 물들며 타고 있을 일이다. 비가 뭐냐. 붉게 물든 낙엽이나 흩날려서 이 황량한 계절을 쓸고 채울 일이라고 생각했다.

비가 내리고 있는 바깥의 풍경. 성태는 빗속을 걸으며 비에 흠뻑 젖고 싶었다. 싸늘한 입김처럼 섬뜩한 가을비의 촉감이 황량한 가을을 생생히 느끼게 해줄 것 같았다. 성태는 잠시 동안 몸을 부르르 떨었다. 그리고 달리는 기차 안에서 비정한 현실 영역의 한 부위에 물거품처럼 떠서 흐르는 불안한 자신을 바라보고 있었다. 끊임없이 흐르는 인간의 거

대한 흐름의 한 역사적 지점에서 태어나 예측할 수 없는 운명에 밀리어 어느 지점까지 휩쓸려 흐르다가 흔적 없이 꺼져 버릴 한 방울의 가련한 포말. 성태는 창밖을 내다보며 웃고 있었다. 그리 웃을 수밖에 없었다. 어쩌면 현대사의 그런 와중에서 도외시 된 자신을 극복해 보려는 어떠한 의지의 표출인지도 몰랐다. 예정된 운명을 조종하는 우주적인 어떤 힘에 대한 아첨은 아닐지언정. 성태는 길게 한숨을 내쉬며 창가에 머리를 기댔다.

촉촉이 젖은 빗속을 달려온 기차는 이제 어느 철교 위를 지나고 있었다. 덜커덩거리는 소리가 몹시 귀에 거슬렸다. 성태는 비를 뿌옇게 맞으며 질펀히 드러누워 있는 다리 밑의 시퍼런 강물을 멀거니 바라보았다. 그렇다. 저 끝없이 흘러가는 맑은 강물 같은 인격이나 덕망 같은 것은 없고, 썩어 나자빠진 실개천 같은 이득만 득실거리는 세상이 아닌가. 모든 것을 아세와 돈으로 잣대를 들이대는 세상. 그래서 돈벌이가 시원찮은 사내는 집에서도 밖에서도 대접을 못 받는다. 그러나 분명한 울타리라는 것은 필요하다. 어딘가에 상식이 통하는 세상이 아직도 엄연히 존재하고 있으리라.

그때 옆자리에서 자고 있던 사내가 잠에서 깨어나 기지개를 켜고 있었다.

"여기가 시방 어딘 게라우?"

"……."

"정읍인 것 같은디? 장성 우에 정읍 말이요."

"아, 네에……."

그러고 보니, 정읍이라고 쓰인 전봇대가 일정한 간격으로 창밖을 스쳐지나가고 있는 것으로 보아 그곳임에 분명한 것 같았다.

"보아하니 서울 분인 것 같은디, 고향에 댕기로 가는 갑네요? 나는 시방 우리 아들놈 방 얻어주고, 서울서 내려오는 중이요."

오십대 중반으로 보이는 그 사내가 묻지도 않은 말을 지껄여 댔다. 그리고 그가 때마침 지나가던 판매원을 불러 세웠다. 소주 두 병과 오징어 한 마리를 산 다음 어금니로 병뚜껑을 물어뜯었다.

"이제 종착역은 얼마 안 남은 것 같은디, 우리 소주나 한 잔씩 제끼면서 갑시다요."

그 사내는 종이컵에 술을 그득히 따라 성태에게 잔을 내밀었다. 그리고 오징어를 가로로 찢기 시작했다. 성태는 소주잔을 받아들고 밖을 내다보았다. 기차는 정거를 하기 위함인지 속도를 줄이기 시작했다.

갑자기 기차바퀴가 끼익, 하고 심한 마찰음을 내었다. 차체가 약간 쿵, 하는 소리를 내며 흔들렸다. 그리곤 속력이 뚝 떨어지더니 정읍역의 하얀 이정표가 차창 밖으로 천천히 지나갔다. 기차가 멈추기도 전에 승객들이 출구 쪽으로 몰렸다. 기차가 멎자 승객들이 우르르 몰려들었다. 한참동안 까닭 없이 서둘러대는 승객들을 멀거니 바라보고 있던 그 사내가 오징어다리를 씹고 있었다.

기차가 다시 움직이기 시작하자 그가 음울히 말했다.

"세상인심은 지랄같이 변했어도, 쐬주 맛은 변함이 없당께요."

그 사내가 소주잔을 단숨에 기울였다.

"천천히 드시지요."

성태의 말이 채 끝나기도 전에 그가 다시 종이컵에 소주를 그득히 따라 내밀었다.

“소주는 노털카찡으로 마셔야, 제 맛이 나는 법이여. 놓지도 말고, 덜지도 말고, 카아 소리도 내지 말고, 찡그리지도 말고 마시라는 뜻이지라우.”

그가 누런 이빨을 내보이며 흐물쩍 웃었다.

“옳으신 말씀입니다.”

성태가 따라 웃었으며, 얼른 맞장구를 쳐주었다. 벌써 술기운이 오르는지 얼굴이 벌겋게 달아오른 그가 킁킁, 하고 콧바람을 불었다.

“아따, 한 잔 쭉 드시고, 나도 한 잔 따라 주슈. 술은 권하는 맛에 마시고, 늙어빠진 여자가 술을 따라도 술맛이 더 난다고 하지 않던가라우?”

“거참, 듣자하니 잼있고 맞는 말씀이군요.”

성태도 단숨에 소주잔을 비웠다. 그리고 그 사내에게 잔을 따르고 다시 잔을 받아들었다.

“고향이 어디슈?”

“……”

성태가 미처 대답을 하지 않고 있자, 그가 먼저 자신을 소개하기 시작했다.

“나는 보성이요. 보성을 갈라면 광주에서 다시 기차를 갈아타든지, 버스를 타든지 해야 되는디. 해 안에 집에 들어가 질란가 모르겠네.”

“아, 그러세요.”

“보성서도 더 들어가야 하요. 곰재라고. 원래는 곰 ‘웅’ 자, 재 ‘치’ 자를 써서 웅치인디, 곰재라고들 부르지라우.”

성태가 깜짝 놀랐다. 고향 사람을 만났기 때문이다. 그리고 세상이

좁다는 생각을 했다. 어쩌다 잠시 옆자리에 앉아 가는 사람과 고향이 같단 말인가. 성태는 그런 생각을 하고 있었다. 그때 그 사내가 큰 소리로 말했다.

"곰재를 아시는 게라우?"

"제 고향도 곰잽니다."

"곰재, 어디신게라우?"

"오류동입니다."

"오류동, 광산김씨들이 자작일촌하는 오류동 말이요? 나는 들몰이요. 참말로 반갑소! 그라면 뉘 댁이……?"

"들몰댁이, 저희 어머니십니다."

성태 어머니는 들몰이라는 마을에서 오류동으로 시집을 왔다. 그래서 마을 사람들이 들몰댁이라 불렀다.

"오메, 들몰 아짐이 엄니라고? 가만 있자, 그라면 서울 큰 건설회사에서 잘 되었다는 들몰 아짐 큰아들인가?"

"예, 제가 들몰댁 큰아들입니다. 잘 되기는 무엇이……."

"에끼 이 사람아. 고향 사람 만나부렀구만, 시방. 이 사람아, 내가 병호 성이시, 박병호!"

"아, 그러신가요?"

성태가 말은 그렇게 했으나 박병호가 누구인지 생각이 잘 나질 않았다. 그뿐만 아니라 그 사내 또한 어렸을 때 본 적이 있는 것 같기는 한데 생각이 잘 나지 않아 기억을 더듬고 있었다.

"어디서 보면 통 몰라 불것네, 이 사람아. 그란디, 추석은 아직 멀었는디, 먼 일이란가?"

“집에 볼 일이 좀 있어서요.”

“들몰 아짐이, 어디 편찮으신가?”

“아닙니다…….”

성태는 말을 잇지 않았다. 말을 아끼기로 했다. 말을 잘못 꺼냈다가
는 자신의 처지에 대한 소문이라도 날지 모르기 때문이었다. 그러나 그
사내는 성태를 그대로 놓아두질 않았다.

“그라먼 자네, 영희 알것네 그랴? 아, 돌아가신 우리 재종 성님 딸 말
이시!”

성태는 깜짝 놀랐다. 갑자기 튀어나온 영희 얘기 때문이었다. 취기가
도는 듯한 그 사내는 성태에게 소주가 그득히 담긴 소주잔을 건넸다.
그리고 다시 말했다.

“어허, 이놈의 정신 좀 보소. 자네하고 혼담까지 오갔는디……. 깜빡
했었네, 미안하시. 괜한 말을 꺼냈는갑네…….”

그 사내는 계면쩍어 하면서 성태의 눈치를 살폈다. 그리고 큰 소리로
다시 말을 이어갔다.

“참말로 운명은 재천이 아니라 재차데, 재차! 작년에 영희 남편이 교
통사고로 안 죽어 부렀는가.”

“영희 남편이요!”

“그랬단 마시, 작년에 운전하고 가다가 죽어 부렀다네. 영희 팔자가
걱정이시. 그라고 애기들하고 보상금도 죄다 시집에 뺏겨 부렀다네. 죽
일 놈의 인사들!”

“그래요?”

“아참, 우리 영희하고 자네가 동창이든가?”

“아닙니다. 제가 일 년 선뱁니다.”

“그러든가, 참말로 영희년 신세가 말이 아니시. 시방 오류동에 내려와 있다네. 오류동 내산 아재가 광주로 이사 감시로 집을 비워 놨는디, 영희가 그 집을 수리해서 살고 있다네”

그가 씁쓰레한 미소를 지었다. 성태는 막막한 심정으로 빗줄기를 바라보다가 그의 눈치를 살폈다. 한참 만에 그가 진지한 표정으로 말했다.

“술이나 마시세.”

성태는 맥 빠진 기분으로 그에게 술잔을 내밀었다.

“내 얘기가 거짓말 같제?”

그가 물었으나 성태는 아무런 대꾸도 하지 못했다.

성태는 밖을 내다보았다. 몸이 부르르 떨렸다. 갑자기 속이 뒤집힐 듯한 메스꺼움을 느꼈다. 등짝에서 식은땀이 흘러내렸다. 또한 일시에 낮아지는 듯한 체온과 한기 같은 것을 느꼈다. 차안의 사방에 거품 같은 안개가 끼는 듯하더니 눈앞이 아뜩했다.

영희는 성태의 초등학교 1년 후배였다. 성태가 광주로 유학을 떠나 있던 1년 후에 영희도 광주에서 여고를 다녔다. 성태는 학교 근처에서 자취를 하고 있었고, 영희는 도청 공무원인 작은 아버지 댁에서 학교를 다녔다. 그 후 성태는 서울에서 대학을 다니게 되었고, 1년 후 영희도 서울로 올라와 대학을 다녔다. 가끔 주말이면 만나 영화도 보고 저녁도 먹고 하면서 서로 가깝게 지냈다. 영희는 성태를 무척 따랐다. 서로 결혼 약속도 했다. 그러나 같은 마을 사람끼리 결혼할 수 없다는 양가의 반대로 서로 다른 배우자를 택하게 되었던 것이다. 성태는 그 후 영희가 결혼해서 잘 살고 있다는 소식만 가끔 들었을 뿐이었다. 그런데 영희가 남편을 교통사고로 잃었다는 것이다.

성태는 기차에서 영희 작은아버지뻘 된다는 그를 우연히 만나 함께 소주를 마셨고, 그 후 광주에서 같은 버스에 나란히 앉아 보성에 도착했다. 그리고 그와 함께 읍내의 여러 술집을 드나들었다.

숙취에 따른 심한 갈증과 속 쓰림 때문에 성태가 잠에서 깨어난 것은 해가 중천에 떠오를 무렵이었다. 반쯤 열려진 문틈으로, 바깥은 어제의 비가 오늘까지 이어지고 있었다. 한참 후에야 성태는 그곳이 서울이 아닌 시골집이라는 것을 깨달았다. 성태는 잠에서 깨어나자마자 사뭇 불안한 심정을 주체하기 어려웠다. 그 사내와 함께 여러 술집을 들락거리며 몇 가지의 술을 마셨고, 마지막으로 노래방까지 들어갔던 기억이 떠올랐다. 그러나 그 이후로의 기억은 전혀 떠오르지 않았다. 어디서 어떻게 술을 마셨고, 언제 어떻게 집으로 오게 되었는지 도무지 생각이 나질 않았다. 벽시계의 바늘이 열한 시를 가리키고 있었다.

뒷마루에 앉아 푸성귀를 다듬고 있던 어머니가 방문을 열며 얼굴을 내밀었다. 어머니는 반가우면서도 걱정스러운 표정이었다.

"느닷없이 웬 일이다냐?"

성태는 얼른 일어나 앉으며 대답했다.

"출장 때문에……. 그런데, 제가 어제 어떻게 됐는지, 통……."

"어지께가 아니라, 오늘 새벽이다. 들몰 병수 조카가 데리고 왔드라. 병호 성 말이다. 어디서 술을 그렇게 마셨다냐? 조금씩 마셔라. 인제 니 건강 생각할 나이 아니냐? 그라고 너한테 딸린 식솔이 몇이냐?"

"예, 알았습니다."

“진구, 진희 다 잘 있냐? 그라고 진구 에미는?”

“다들 잘 있어요.”

“잘들 있다니 다행이다. 요즘 꿈자리가 하도 뒤숭숭해서 걱정이 되드라. 요새 회사 일은 어떤다냐? 텔레비전에서 난리들이드라.”

“뭐가요?”

“아, 아이엠픈가 뭔가 땜에 사방디서 모가지가 짤라지고, 젊은 사람들이 말이 아니드라.”

어머니는 아이엠프라고 했다. 아이엠프이던 아이엠에프이던 그 잔혹한 단어가 이곳 시골까지 전파되었다는 생각에 성태의 가슴이 덜컹했다. 그러다가 성태가 급히 대답을 했다.

“우리 회사는 걱정 없어요, 출장 다녀오는 길에 들렀어요.”

“며칠간이다냐?”

“쫌 길어요.”

“그라면 다행이다. 새벽에는 가슴이 다 철렁 하드라. 이렇게 느닷없이 나타난께. 순태는 어떤다냐?”

어머니는 동생의 안부를 묻고 있었다. 그러고 보니 서울의 한 하늘 아래에 살면서도 동생을 만나본 지 꽤 오래 되었다는 생각을 하다가 불쑥 대답했다.

“다들 잘 있겠죠. 저번에 제수씨하고 통화했는데, 잘 지내는 모양이던데요.”

“그라면 다행이다. 금년 추석에는 다녀갈란가 모르겄다. 작년 추석에는 안 오지 않았나?”

“금년에는 다녀가겠죠.”

"좀 쉬어라, 나 밭에 다녀오마."

성태는 어머니가 끓여준 된장국으로 쓰라린 속을 달랬다. 그리고 다시 드러누워 담배를 피워 물었다. 영희의 얼굴이 자꾸 떠올랐다.

성태는 점심나절이 훨씬 지나서야 자리를 털고 일어났다. 밖엔 가을비가 계속 내리고 있었다. 빈 뜰과 황량한 마을에 가을비가 추적추적 내리고 있었다. 성태는 아버지 묘에 다녀올 생각으로 빗물이 미적미적 고이고 있는 마당을 지나 대문을 나섰다. 떨어지는 빗발 속에 뿌옇게 흐린 공간이 시야에 가득히 밀려들었다. 빗줄기는 맥없이 그저 추적추적 내리고 있었다. 성태는 잠바 깃을 세우고, 골목길을 거슬러 마을 뒷산으로 향했다.

벌써 서너 달 동안 나는 무얼 하고 있었던가. 성태는 빗속을 걸으면서 생각해 보았다. 목덜미에 싸느랗게 스며드는 가을비, 빗물, 지난 일을 생각하고, 가족들을 생각하고, 앞날을 생각하고, 성태의 머리가 무거웠다. 그런 따위의 회상을 너절하게 늘어놓으면서 지내왔다는 생각이 들었다. 그것들은 한사코 성태의 무거운 머리에 매달려 있는 것이었다. 그래서 그로 하여금 조금도 새로운 일을 할 수 없게 만들어 버리고 있는 것 같았다. 새삼스럽게, 직장을 잃었다는 그런 느낌을 지금껏 가져본 적이 없다고 생각되었다. 성태는 분명 서울을 떠나 기차와 버스를 타고 달려온 이곳 역시 서울과 마찬가지란, 정말 어처구니없는 느낌이 들었다.

비가 좀 뜸해지는 것 같더니 이내 가랑비로 바뀌었다. 눈을 들어 하늘을 쳐다보았다. 여린 가랑비가 뿌연 하늘에서 먼지처럼 푸설푸설 떨어져 성태의 얼굴을 적셨다. 이렇게 진종일 내린대도 뭐, 괜찮을 거야,

하고 성태는 중얼거렸다. 자욱한 가랑비 속에서 텅 빈 마을은 침울하게 잠겨 있었고, 빈집들이 빗속에 너절해 보였다. 꽤 커다란 기와집도 비어 있었다. 전에는 40여 호가 넘은 마을이었다. 그런데 그 집들이 거의 비어있었다. 사람이 살고 있는 집은 겨우 10여 호 정도에 불과할 것 같았다. 그것도 젊은 사람이나 애들은 찾아보기 힘들었다. 거의 나이 많은 노부부들이 마을을 지키고 있을 뿐이었다. 어떤 집은 허물어져 폐허가 되어있었고, 어떤 집은 아예 허물어 버리고 그곳이 텃밭으로 일궈지고 있었다. 또 어떤 집은 약간의 수리만 하면 살림을 할 수 있는 집도 있었다. 전에는 부촌으로 알려진 동네가 이렇게까지 폐촌이 되어버릴 수 있단 말인가.

성태가 산에서 마을로 내려온 것은 저녁때가 다 되어서였다. 가로등이 몇 군데 켜져 있었으나 무섭도록 조용했다. 사람이 살고 있는 집에서는 개가 짖어대고 불이 켜져 있었다. 그러나 불이 켜져 있지 않는 집이 더 많았다.

"어디 갔다 인제 오냐?"

"뒷산에 갔었습니다."

"아버지 묘는 괜찮더냐? 작년에 성토를 했는디, 하도 짐승들이 헤집어 놓은께."

"내일 제가 손을 좀 봐야겠습니다."

"놔둬라. 니가 어떻게 한다냐. 나중에 인부 몇 사람 사서 할란다."

"아닙니다. 내일 내가 손도 좀 보고 벌초도 해야겠습니다.

"놔두라니까 그런다. 어서 손이나 씻어라. 저녁 묵게."

어머니는 손을 내저어 말리면서 부엌으로 들어갔다. 성태는 어머니가 부엌에 있는 틈을 이용해 서울로 전화를 하기로 했다. 아직 전화를 하지 못했기 때문이다. 도착하는 대로 집에 전화를 하도록 약속했지 않았던가.

성태는 전화기 앞으로 다가갔다. 그런데 수화기를 잡으려는 순간 갑자기 전화벨이 울렸다. 깜짝 놀랐다. 성태는 전화를 받을 수가 없었다. 혹시 아내일지 모른다는 생각 때문이었다.

"이 시간에 누구다냐? 얼른 전화 받어라."

부엌에 있던 어머니가 전화 받기를 재촉했다.

성태는 하는 수 없이 수화기를 집어 들었다. 수화기를 들자마자 어제 그 사내의 목소리가 귀청을 찔렀다.

"여보시요, 들몰 아짐이요?"

성태가 안도의 한숨을 푹 내쉬고 있는데, 그 사내는 계속해서 무어라고 지껄여댔다. 목소리는 여전히 컸다.

"여보시요, 성탠가? 나시, 들몰이시!"

"예, 안녕하세요?"

"에끼, 이 사람아. 젊은 사람이 술이 그렇게 약해서야. 이 사람아, 속은 좀 으짠가, 괜찮은가?"

"예, 괜찮습니다. 아저씨는 어떠세요?"

"이 사람아, 아재가 아니라 성이시. 어지께 그렇게 일렀는디. 앞으로는 성님이라고 부르소. 병수 성님이라고, 부르란 말이시!"

"예, 알았습니다. 성님, 성님은 좀 어떠신가요?"

"오류동으로 자네를 데려다 준 것까지는 기억이 나는디, 그 후로는 나도 먹통이시!"

“그러셨어요?”

“들몰 아짐은, 잘 계신가?”

“예, 잘 계십니다. 지금 부엌에 계십니다.”

“그라먼, 영희는 만나 봤는가?”

“……?”

“여보세요, 듣고 있는가?”

“예, 말씀하십시오.”

“영희는 만나 봤냔께?”

“아직 못 만났습니다.”

성태는 그 사내의 말을 이해할 수 없었다. 무엇 때문에 전화를 했고, 영희를 만나 보았냐고 묻는 이유는 또 무엇인지. 성태는 어젯밤의 술로 인한 안부전화를 했다가 지나가는 얘기로 그냥 묻는 것으로, 그렇게 생각했다.

“시간나면, 들몰 한 번 놀러 오소.”

“예, 그러겠습니다.”

그는 성태의 대답이 채 끝나기도 전에 일방적으로 전화를 끊어버렸다. 성태는 한참 동안 영희 생각을 했다. 그리고 서울로 전화를 걸었다. 아내였다.

“당신이에요? 왜 이제야 전화하는 거예요?”

“어, 어젠 시간이 없었어.”

“오전에는?”

“거래처 사람들하고 바빴어.”

“어디냐? 에미냐? 나 좀 바꿔다오.”

그때 어머니가 방으로 들어서고 있었다. 성태는 황급히 전화를 끊어버리려 했다. 한참동안 성태는 어리벙벙한 기분으로 앉아 있다가 서둘러 대답했다. 그러나 목소리는 기어들고 있었다.

"아니에요, 거래처예요."

성태는 손으로 수화기를 가리고 말했다. 성태의 입에서 거짓말이 술술 새어 나왔다. 마치 죽음 속에서 살고 있는 것 같았다. 내가 이렇게 거짓말을 해낼 수 있는 것은 무엇 때문일까. 그것은 어쩌면 어머니와 가족에게 실망을 주지 않기 위함일 것이라고 생각했다. 성태는 어머니에게까지 거짓말을 해댔으니 이제 남은 것은 아무 것도 없다고 생각했다. 그러면서도 한편으로 후련해지는 것 같았다. 거짓말을 하고 나니 무슨 무거운 짐을 벗어버린 것 같았다. 힘이 생기는 것 같았다. 적당한 거짓말은 생산의 한 근원이 될 수 있다고 했던가.

"다시 전화할게."

성태는 급히 전화를 끊어버렸다. 목젖이 뒤집혔다. 가슴속에 피가 거꾸로 흐르는 것 같았다. 그리고 목소리가 지나치게 컸다는 것을 뒤늦게 깨달았을 때 어머니는 고개를 갸우뚱거리다가 부엌으로 나가고 없었다.

성태는 몸이 굳어져 땅 속으로 빨려드는 것 같았다. 무엇을 잃어버린 것 같았다. 눈에서 뜨거운 것이 와르르 쏟아지려 하는 것을 꾹 참았다. 그대로 드러눕고 싶었다. 깊은 잠에 빠져 죽을 때까지 일어나지 않았으면 싶었다.

성태는 맥이 풀렸다. 머리를 흔들어 보았다. 꿈에서 깨어난 것 같았다. 한 동안 멍청히 그곳에 앉아 있다가 맥이 풀린 몸을 이끌고 밖으로 나갔다. 담배를 피워 물었다.

"곧 저녁 묵을 것인디, 웬 담배는 그렇게 피워대냐?"

"예, 알았어요."

성태는 피우고 있던 담배를 마당 저쪽을 향해 손가락으로 튕겨버렸다. 물기 있는 마당에 날아가 떨어진 담배는 피시식 소리를 내며 이내 꺼져 버렸다.

"저녁 묵게 들어가자."

"네, 알았어요."

성태는 방으로 들어와 어머니와 마주 앉았다.

"성태야, 너 뭔 일 있냐?"

어머니는 성태의 얼굴을 읽고 있었다.

"아니에요, 아무 일도 없어요. 무슨 일이 있으면 출장을 나왔겠어요?"

"그라면 다행이고."

어머니는 긴 한숨을 내쉬며 성태의 얼굴을 살폈다.

"엄니, 아무 일도 없으니 걱정하지 마시고, 엄니 건강 걱정이나 하세요."

성태는 어머니의 손을 찾아 꼭 쥐었다.

"엄니, 아무 일도 없어요."

"아무 일도 없다니 다행이다."

"잘 될 거예요. 앞으로 회사에서, 이사도 되고 임원도 되고 사장도 될 거구만요."

"그럼사, 얼마나 좋겠냐!"

성태는 정말 일이 그렇게 되어 질 것 같았다.

성태는 저녁을 먹고 밖으로 나갔다. 담배를 피워 물었다. 영희 생각을 했다. 만나보고 싶었다. 어떻게 변해 있을 것인가. 아마 중년 여인이다 되어있겠지. 아니야, 그때처럼 청순하고 아름다운 모습을 하고 있을게야. 그 큰 눈에 이 세상의 아름다운 것들을 모두 담은 채 말이야.

성태가 영희를 만난 것은 고향에 도착한 지 5일째 되는 날 밤이었다. 초등학교에 다닌다는 남자애를 통해 쪽지를 받았다. 두 번째 쪽지라고 했다. 첫 번째 쪽지는 받지 못했는데, 아마 사자의 부주의나 잘못으로 전달되지 못했던 것 같았다. 성태는 그날 밤 영희가 정해준 바닷가로 나갔다. 바닷가를 함께 거닐고 잠시 갈대밭에 앉아 많은 얘기를 나누다가 마을로 돌아왔다.

성태는 집 앞에서 영희의 손을 놓았다. 그리고 어둠 속에서 영희의 얼굴을 살폈다. 그때 영희가 웃으면서 말했다.

"집까지 조금만 바래다주겠어? 동네가 너무 조용해서 무서워."

영희는 조금 떨리는 목소리로 말했다. 성태는 영희와 나란히 골목길을 걸었다. 성태는 바닷가에서 영희와 만났을 때 분위기보다 보다 덜 서먹서먹하다고 느꼈다. 마을 앞 강둑에서부터, 영희가 정말 무서워서 떠는 듯한 목소리로 성태에게 바래다주라고 말했던 바로 그때부터, 영희가 왠지 자신의 삶 속으로 끼어 든 것 같은 느낌이 들었다.

"오빠, 언니 예쁘게 생겼지?"

영희가 갑자기 물었다.

"그래, 예쁘게 생겼어."

"행복하지?"

“그래, 행복해.”

영희는 성태의 팔을 잠깐 잡았다가 얼른 놓았다. 성태는 갑자기 흥분되는 것을 느꼈다. 아내의 얼굴이 떠올랐다. 그러자 흥분이 가셨다. 어느 새 둘은 영희의 집 앞에까지 와버렸다.

“오빠, 내일 뭘 할 거야?”

“글쎄, 오전엔 아버님 묘 손질도 좀 하고 벌초도 해야겠어. 그리고 나면 할 일이 별로 없어. 바닷가에나 가볼까 해.”

“저녁에는?”

“저녁에도 별로 할 일이 없어.”

“우리 내일 저녁 이 시간에 그곳에서 다시 만나요.”

“그럴까?”

성태와 영희는 내일 밤 만날 시간과 장소를 약속하고 헤어졌다. 성태는 이상한 우울함에 빠져 골목길을 다시 터벅터벅 걸어 내려와 집으로 돌아왔다. 잠을 청했으나 도무지 뜻대로 되지 않았다. 어둠 속에서 담배만 피워댔다. 그리고 조금 전 영희와 주고받았던 얘기를 다시 생각해 보았다. 많은 얘기를 나눈 것 같은데 무슨 말을 했는지 도무지 생각나지 않았다. 영희가 이곳이 싫다고 했던 말만 떠올랐다. 영희는 그 말을 심각하고 안타까운 목소리로 얘기했다. 성태는 문득 영희를 껴안고 싶은 충동에 사로잡혔다. 그리고 자신의 가슴속에 남을 수 있는 것은 오직 그것뿐이었다. 그날 밤 성태는 이부자리를 뒤집어 쓴 채 수없이 뒤척였다.

다음날이었다. 성태는 약속 시간에 맞춰 마을로부터 조금 떨어진 바닷가로 갔다. 영희가 먼저 와서 기다리고 있었다. 바닷가엔 장막처럼 짙은 안개가 갑갑하게 들어차 있었다. 안개치곤 정말 칙칙하고 갑갑한 안개였다. 흡사 어둠 속에서 전신에 감겨드는 끈끈한 거미줄처럼 온몸을 칙칙하게 휘감았다.

그러나 성태는 비릿한 바닷바람과 안개 때문에 기분이 좋았다. 둘은 밤안개가 짙게 깔린 안개의 터널 속을 느긋하게 지나는 기분으로 바닷가를 한없이 나란히 걸었다.

"무엇 때문에 내려온 거야? 추석은 아직 좀 남았는데."

영희가 말을 먼저 꺼냈다.

"볼 일이 있어서. 어머님 뵌 지도 오래 됐고 벌초도 할 겸해서."

"사람의 운명이라는 게 묘한 것 같애. 내가 이곳에 다시 내려와 사는 것도 그렇구, 오늘밤 이렇게 오빠를 만난 것도 그렇구."

영희는 갑자기 키득키득 웃었다. 그리고 다시 말했다.

"언제 올라가?"

"글쎄, 좀 걸릴 것 같아. 기왕에 내려왔으니 추석을 쇠고 올라갈까 하는 생각도 들어."

"내가 이곳에 내려와 살면서 언젠가는 이렇게 오빠를 만날 수 있을 것이라고 예상했는지도 몰라."

두 사람은 밤의 찬 공기 속에서 바닷가 안개의 터널 속을 걸었다. 영희는 갑자기 입을 꾹 다물고 그 커다란 눈으로 성태를 똑바로 응시하고 있었다. 영희는 어린아이처럼 성태를 따라오고 있었다. 성태가 갑자기 그녀의 손을 꼭 잡았다. 놀라는 것 같았다. 얼른 손을 놓았다. 잠시 후 다시 영희의 따스한 손을 꼭 잡았다. 그리고 놓지 않았다.

"재혼해야지?"

"재혼? 좋은 신랑감 있으면 오빠가 소개해봐."

"서울에는 올라가지 않을 거야?"

"서울보다는 고향이 더 낫지 않을까? 바다도 있고 여기 이렇게 좋은 오빠도 있고."

"나는 올라가야 할 몸이야."

"일 년이면 서너 번은 내려오지 않겠어? 그때마다 만나면 되고. 그래서 여기 이렇게 있는 게……."

"말 같은 소리를 해라."

"나는 이곳이 싫어. 너무 조용해. 무섭도록 조용하단 말이야!"

"아까는 서울보다 더 낫다고 했잖아?"

"모르는 소리 말아. 애들도 보고 싶어 죽겠어!"

"애들은 만날 수 없는 거야?"

"혼자라는 게 얼마나 잔인한 것인지, 오빠는 몰라. 내가 이곳을 떠나면 혼자라는 게 잔인해서, 그리고 이곳이 싫어서 떠난 줄 알아. 내가 죽어도 그렇구."

"영희야!"

성태가 영희 손을 꼭 잡았다. 그러나 영희는 갑자기 울상을 지으며 손을 뿌리쳤다. 성태는 자신을 걷잡을 수 없었다. 자신이 감상이나 연민으로써 세상을 사는 나이도 지났다는 생각이 들었다. 자신은 지금 직장을 잃고 서울에서 도망쳐 내려와 있으면서도 다른 여자와 밤의 바닷가를 걷고 있는 것 아닌가.

성태는 영희의 손을 다시 잡았다. 영희의 손이 성태의 손안에서 따스한 촉감으로 꼼지락거렸다. 두 사람은 갈대밭의 가장 깊숙한 곳을 찾아

앉았다. 순간 누가 먼저랄 게 없이 서로 껴안고 넘어졌다.

영희는 이내 온몸이 은은하게 불타오르는 신비한 빛과 색깔로 감싸인 채 두 눈을 지그시 감고 있었다. 그리고 예의 잘 익은 석류처럼 반쯤 벌어진 입술로 성태를 기다리고 있었다. 성태는 조심스럽게 그녀의 신비한 빛과 색깔 속으로 빨려 들어갔다. 얼마 지나지 않아 그들은 또다시 뜨거운 시간과 공간을 벗어나서 현란한 성애의 현장으로 접어들고 있었다. 차츰 뜨거워지기 시작한 그녀의 몸을 성태의 손이 어루만지자, 그녀가 문득 고개를 흔들었다.

"잠깐만요."

성태의 손길이 멈추었고, 일순간의 정적 속에서 영희가 거듭 깊은 숨을 몰아쉬었다. 그리고 그녀가 간절한 목소리로 말했다.

"제발, 거칠게 좀 다뤄줘요."

성태는 영희를 향해 몇 번이고 고개를 끄덕였다. 그녀의 온 몸이 신비스러운 빛과 색깔로 감싸이면서부터 다름 아닌, 이제는 삼십대 후반의 성숙하고 감칠맛 나는 맛깔스런 여인이었다는 것을 알 수가 있었다. 그렇게 그녀는 삼십대 후반으로 돌아와 스스로 저 두껍고 견고하고 성스런 그런 성문을 허문 채, 전혀 무방비한 상태에서 애오라지 연약하고 섬세하고 신비스런 속살만으로 존재하고 있었다. 그녀는 자신이 지금 얼마나 위험스런 무방비 상태에 노출되어 있는가를 본능적으로 알고 있을 것이었다. 그렇지 않고서야 그녀가 성태의 성난 불기둥을 받아들이는 일에 이렇듯 간절할 수는 없었다.

영희는 다시 성태의 거친 손길을 받아들였다. 이제 그녀는 흡사 한 마리 짐승처럼 온몸이 한껏 부드럽게 풀려있었다. 성태의 뜨거운 손길은 무서운 태풍 속의 거센 폭풍처럼 짐승을 뒤집으며 돌아다녔다. 이윽고 그 짐승의 마지막 남은 한 겹의 얇고 연한 속껍질마저 양파껍질처럼 벗겨나갔다. 그리고 금방이라도 온몸이 펑하는 소리를 내며 터질 것 같은 어떤 성전의 생명감으로 팽배해져 있었다.

성태가 영희의 가장 깊고 섬세한 속살로 들어가기 위하여 마지막 문을 여는 순간이었다. 성태는 환상처럼 두 마리의 번데기가 껍질을 벗고 나비로 변신하려는 우화의 장면을 눈앞에서 뚜렷이 보았다. 바로 그때였다. 누군가의 눈길이 그들의 바로 위에서 내려다보고 있는 것이었다. 너무 놀란 나머지, 성태는 하마터면 소리를 지를 뻔했다.

성태는 일순간 어떤 착각에 빠져 사방을 두리번거렸다. 어디서 누군가가 두 사람을 지켜보고 있는지도 모른다. 그 눈길은 다름 아닌 아내와 두 아이의 눈길이었다. 그러나 곧이어 그 눈길이란 어디에도 없다는 것을 깨달았다. 그 눈길은 바로 자신의 마음속에 있는 것이었다. 누군가의 눈길이 그들을 지켜보는 순간, 성태의 몸에 터져날 것처럼 팽배해 있던 생명감은 고무풍선이 터지는 것처럼 순식간에 사라져버리고 말았다. 그리고 성태는 어쩔 수 없이 욕정에 온몸이 달아올라 꿈틀거리는 한 마리 수컷 짐승에 불과할 따름이었다. 그렇게 아내와 아이들의 눈길이 그들을 바라보는 순간, 성태의 온몸을 감싸며 은은하게 불타오르던 성난 파도와 같던 신비한 힘은 거짓말처럼 사라져버리고 말았다.

"왜 그래요?"

영희가 가쁜 숨을 몰아쉬며 물었다. 그런 그녀를 성태 자신이 아닌 다른 누군가의 눈길이 아직까지도 바라보고 있는 것 같았다. 그리고 누군가의 눈길이 바라본 그녀 또한 어쩔 수 없이 욕정에 온몸이 달아올라 꿈틀거리는 한 마리 암컷 짐승에 불과할 따름이었다.

"나도 잘 모르겠어."

성태는 힘없이 고개를 저었다. 그러자 기다렸다는 듯이 캄캄한 절망감이 그런 성태를 겹겹이 휘감아버렸다. 도대체 어쩌자고 하필이면 이런 때 아내와 아이들의 눈길이 갑자기 나타난 것일까.

"어디 아픈 건 아니지?"

영희의 물음에 성태는 힘없이 고개를 저었다.

"그런 건 아니야!"

그때서야 어떤 기미를 알아챈 영희가 몸을 벌떡 일으켰다. 성태는 참담한 모욕감과 함께 온몸이 떨리는 분노에 휘감기며 그녀의 목소리를 들었다. 그러나 누군가의 눈길을 증오하지는 않았다. 그런데 누군가의 눈길은 성태의 모욕감이나 분노에는 아랑곳없이 그들을 묵묵히 지켜보고 있는 것 같았다. 그 눈길은 냉정하다 못해 비정한 나머지, 흡사 성태와는 전혀 다른 별개의 인격체처럼 여겨질 지경이었다.

"언니 때문이지, 무리는 하지 마."

"그런 게 아니라……."

누군가의 눈길은 쉽사리 사라지지 않았다. 성태는 누군가의 눈길에 대해서, 죄의식을 지나쳐서 공포감에 사로잡혀 있었다. 만일 누군가의 눈길이 쉽사리 사라지지 않는다면, 성태는 결국 스스로도 제어할 수 없는 일종의 괴물을 만난 셈이었다. 전혀 뜻밖의 장소에서 뜻밖의 형태로 나타나 성태와 영희를 나락으로 밀어 넣은 누군가의 눈길을, 성태는 괴로워할 수밖에 없었다.

"오빠를 떠났던 과부를, 도저히 받아들일 수 없다는 뜻은 아니겠지?"

"그게 아니고……."

성태는 순간적으로 몸을 벌떡 일으켜 세웠다. 그러자 영희가 분노에 떨리는 목소리로, 기다렸다는 듯이 달려들어 성태를 덮쳤다.

"그게 아니면, 이거잖아!"

성태는 영희를 잠자코 다시 맞이했다. 그녀는 성태의 육체에 대해 냉정했다. 그녀는 신중했고, 부드러웠고 어떤 의미에서는 좀 신랄했다. 굶주린 한 마리의 표범처럼 먹이를 먹어치우는 것 같았다. 거친 파도와도 같았다. 성태가 삽입한 후 멈춘 채 얼마간의 순간들을 천천히 보낼 때, 그때 이미 영희의 몸은 벌써 그와 친숙해진 것 같았다. 그 정지의 시간 동안 그녀의 것이 온기를 회복하며 한 잎 한 잎 열려 그를 맛보고 빈틈없이 조이며 끌어안고 뜨거운 숨을 쉬며 깊이 빨아들여 마침내 삼켜버려야 할 지경에까지 이르렀다. 그 성난 파도는 쉽사리 가라앉지 않았다. 성태는 그녀의 굶주림을 있는 힘을 다해 채워주었다. 얼마동안 그들은 밤의 바닷바람을 맡으며 짙고 칙칙한 안개의 갈대밭에 오랫동안 누워 있었다.

그것이 무엇이었던가? 성태는 유체로부터 이탈된 영혼처럼 자신의 내부에서는 물론 외부에서도 결합되었다. 성태는 그 모든 것을 너무나 생생하게 느끼며 동시에 너무나 생생하게 의식했던 것이다. 혈관의 진동을 일으킨 마지막 순간에 경련이 반복되는 동안 밤하늘에 번갯불이 일어나듯 자신의 존재의 어두운 뿌리에 불꽃이 하얗게 튀어 오르는 것이 눈에 보인 듯했다. 그런데 이상한 것은, 두 사람이 기꺼이 성적결합을 끝낸 뒤부터는 누군가의 눈길은 사라지고 없었다. 단지 성태는 내내 스스로에게 물었을 뿐이다. 도대체 내가 이 여자와 내 아내에게 무슨 짓을 저지른 줄 아느냐고. 그렇다. 나는 서로가 일찍이 예감했던 대로, 내가 가장 결정적인 순간에 이 여자와 내 아내에게 가장 돌이킬 수 없는 치욕적인 상처를 입히고 신의를 저버렸다는 것을. 그리고 흡사 죽음과 같은 모욕감을 무릅쓰고 어렵게 두껍고 견고하고 성스런 그런 자신의 성벽을 허물었음에도 불구하고, 나는 그 성벽 안에 감추어져 있던 내 첫사랑의 연약하고 섬세하고 신비스런 그런 속살을 한순간에 허물어버렸다는 것도. 그리고 또 이 여자가 자신도 미처 의식하지 못한 채 소중하게 여겼던 두껍고 견고하고 성스런 곳을 통째로 들어내 버린 것도. 그리하여 이 여자가 지금 얼마나 괴로워하고, 허망하디 허망한 몸부림에 휘감기는 울부짖음을 받아들이게 되었는지도.

두 사람은 그렇게 성적 충돌을 끝낸 뒤 똑같이 잠이 들어 버렸다. 그들이 갈대밭에 그렇게 누워 있을 때, 어두운 하늘 끝에서 비릿하고 칙칙한 바닷바람이 불어왔다. 성태는 머리끝에서 발끝까지 피가 운반되는 신선한 생기가 몰려오는 것 같은 기분이었다.

"이제 됐어. 그리던 오빠를 만났으니까. 단지 그것뿐이었어."

"용서해다오!"

"그런 말은 하지 마!"

한참 후에 영희가 말했다.

"세상엔, 거짓말을 못하는 사람이 있을까?"

성태는 담배에 불을 붙이며 말했다.

"절 나무라는 거죠? 오빠는 착한 사람이야!"

"영희가 그렇게 생각해 준다면 고맙지."

영희는 누운 채 성태에게 조금 더 다가왔다. 그들은 그곳에서 쉽사리 일어나지 않았다.

성태와 영희가 바닷가에서 마을로 돌아온 것은 새벽이 다 되어서였다. 마을로 들어오기 전에 강둑 밑에서 짙은 키스를 했다.

성태는 잠을 이루지 못했다. 곡간에서 제주 몇 병을 꺼내다 마셨다. 그러고 나서 곤한 잠에 빠졌다.


성태는 어머니가 흔들어 깨워서야 눈을 떴다. 늦은 아침이었다.

"엊저녁에는 어디를 갔다가 그렇게 늦었냐?"

"……."

"엊저녁에 진구 에미가 너를 찾고 난리가 났었다. 밤늦도록 전화를 해대드라."

"친구들을 만났어요. 초등학교 친구들요."

"너, 회사를 그만 뒀다고 하드라. 자진해서 그만 둔 것이라냐, 쫓겨난 것이라냐?"

"아니에요."

"다 들었다. 진구 에미도 진즉부터 알고 있었던 눈치더라. 텔레비전에서 아이엠프인가 뭔가 하고 야단법석들이드니, 너한테까지 이런 일이 닥치고 말았구나."

"아니라니까요!"

"이 에밀 속일 생각은 말거라! 다른 대책을 세워야지, 거짓말을 한다고 일이 해결나것냐?"

"엄니!"

성태는 어머니의 두 손을 꼭 잡고 눈물을 흘렸다. 해고를 당한데 대한 서러운 눈물이 아니었다. 아내와 아이들과 어머니를 속이고 가족은 물론 어머니께 실망과 고통을 안겨 드린데 대한 그런 서러운 눈물이었다.

"며칠 있으면 진구 에미가 애들 데리고 내러온다고 올라오지 말고 걱정 말고 있으라고 하드라."

성태는 갑자기 주위가 어둑어둑해지는 것을 느꼈다. 바다 속 같았다. 성태의 주위를 물결이 흔들고 있는 것 같았다. 숨 쉬는 것이 역겨워졌다.

성태는 허겁지겁 일어나 바깥으로 나갔다. 문을 나설 때 갑자기 속이 뒤집힐 듯한 메스꺼움을 느꼈다. 온몸에서 식은땀이 비 오듯 흘렀다. 심한 한기를 느꼈다. 마루의 기둥에 머리를 기대고 한참 만에 정신을 차렸다.

"성태야, 너 왜 이러냐?"

"엄니, 괜찮아요."

"이놈아, 뭣이 괜찮아! 니 안색이 말이 아니다."

"괜찮다니까요."

"들어가서 좀 눕거라."

성태는 어머니에게 자신의 그런 모습을 보인 게 몹시 싫었다. 애써 태연함을 가장했다. 하늘에서 갑자기 콰앙 쾅, 하고 뇌성이 울고 번개가 쳤다. 조금 전까지 맑던 하늘이 갑자기 어두워지고 있었다. 그리고 비가 쏟아지기 시작했다. 성태는 담배를 피워 물었다.

그때 무섭도록 시커먼 먹구름 속에서 오빠, 하고 영희가 울먹였다. 으아 악, 하고 공중에서 아파트 건설 현장의 인부 2명이 떨어져 내리는 소리가 들렸다. 잠시 후 구급차량의 요란한 사이렌소리와 클랙슨소리도 들렸다. 그리고 그 인부 가족들의 통곡과 신음, 다른 인부들의 소란스런 목소리, 이마가 번들번들한 박 상무의 구슬리는 목소리가 뒤범벅이 되어 시끄럽게 들려왔다. 점점 더 가까이 요란스럽게 들려오고 있었다.

"으, 아악!"

갑자기 성태가 소리치며 머리를 흔들어 댔다.

"성태야, 너 왜 이런 다냐?"

성태는 갑자기 마당 한 가운데 영희와 발가벗고 드러누워 섹스를 즐기고 있는 것 같았다. 동네 사람들이 그곳에 드러누워 있는 성태와 영희를 내려다보고 있었다. 그 사람들 중에는 어머니와 아내, 진구와 진희도 끼어 있었다. 어머니와 아내는 해설프게 웃고 있었고, 아이들은 아빠를 부르며 손을 흔들어 대고 있었다. 성태는 동네 사람들의, 어머니와 아내의, 진구와 진희의 눈길을 의식하며, 어디론가 숨고 싶고 도망치고 싶었다.

성태는 대문 밖으로 튀어나왔다. 그리고 영희의 집을 향해 빗속을 달리기 시작했다.

"성태야, 너 어디 가냐?"

어머니가 소리치며 성태를 따라 뛰기 시작했다.

"엄니, 괜찮아요. 아무 일도 아니에요."

"이 놈아, 너 왜 이러냐?"

성태는 단숨에 달렸다. 숨을 몰아쉬며 영희 집에 다다랐다. 그러나 영희는 없었다. 대문은 열려 있었고 집은 텅 비어 있었다. 빗속에서 그것들은 쓸쓸하고 너절해 보였다. 아무도 없는 마당이 가을비에 후줄근히 젖고 있었다. 모두가 떠나고 없는 텅 빈 조용한 집, 마침내 무서웠다.

"성태야, 너 왜 이러난 말이다?"

뒤따라 온 어머니가 숨을 헐떡였다. 어머니가 성태의 어깨를 잡아 흔들며 흐느끼듯 말했다.
"떠났는 갑다. 인제 잊어불그라."
성태는 빗속에서 말없이 울고 있었다.

黃眞伊를 찾소

# 黃眞伊를 찾소

그해 겨울 달호는 남해안에 인접한 어느 조그만 읍 소재지의 여인숙에 묵고 있었다. 회사에서 일주일 동안의 휴가를 얻어 벌써 5일째 이곳에 묵고 있었다. 달호가 무슨 연유로 집을 떠나 이곳에 묵고 있는 것일까. 그것은 달호 자신에게 있어서나 우리 난인(蘭人)과 난계(蘭界)에 있어서나 중대한 일이 아닐 수 없다. 아무 자극도 없으리만큼 눈에 익지 않은 난을 대하는 사람에게 있어서나, 매일같이 난을 매만지고 바라보는 난인에게 있어서나, 난으로 인하여 기망을 당하고 그 사기꾼을 찾아다니는 달호와 같은 사람에게 있어서나, 하여튼 몇 분 동안의 사념이나마 그들에게 빌려줄 흥미가 있을 게 분명할 것 같다.

달호는 결국 사람과 인연을 맺는다는 것이, 어쩌면 채권자와 채무자와 사이의 관계처럼 무거운 채무를 주고받는 것이라고 생각했다. 달호는 재작년 손수 산채(山採)하여 애지중지하며 배양하던 난을 잃어버리고 그것을 찾아 나선 것이다. 많은 돈을 받아주겠다고 속여 그 난을 가지고 어디론가 감쪽같이 도망쳐 버린 그 사기꾼을 말이다.

달호는 고등학교 동창인 영수와 가깝게 지냈다. 가끔 산채도 함께 다녔고, 그 무렵 그의 권유에 의해 애란인(愛蘭人)들의 모임체인 난우회(蘭友會)에도 가입했다. 그 난우회의 구성원들은 거의가 아주 순수한 마음으로 난 그 자체가 좋아서 난을 배양하는 사람들이었다. 주로 산채를 통해서 난을 취득하고 특별한 경우가 아니면 난을 구입하지 않을뿐더러 기르던 난을 판다거나 하는 일은 하지 않았다. 달호는 그 사람들의 그 순수한 마음에 호감을 갖게 되었고 그 난우회의 정기적인 모임 외에도 자주 만나 난에 관한 얘기를 나누고 산채도 함께 다녔다. 그런데 영수는 그 사람들과는 달랐다. 가끔 허풍을 떨고 사람들을 속이려 들었다. 그 사기꾼이 지닌 능력이란, 호탕하게 생긴 얼굴에 언변이 좋다는 점에서 순진한 사람을 속여먹을 수 있다는 것일 게다.

사람은 이따금 참이라는 것을 잊어버리고 다른 데서 아름다움과 기쁨을 찾으려 한다. 그러나 미움과 괴로움을 동시에 맛보지 않으면 안 될 의무가 있다면, 영수는 그러한 상대로 하필 친구인 달호를 택했을까. 혹시 마음대로 주무를 수 있다고 생각했던 것은 아닐까. 그 상대인 나에게서 그런 아름다움과 기쁨을 빼앗아갈 권리가 있었단 말인가. 그런 권리는 그의 생명이 붙어있는 동안 그와 같은 행위는 가엾어 보일 뿐이다. 한 사람을 가엾게 생각한다면, 달호는 아직까지도 영수와 그 난을 생각하고 있는 것이 분명했다. 한 사람을 미워한다는 것은 그 동기를 어디다 두던지 그를 믿었다는 점에 있었을 것이다. 달호는 그 믿음에 속았다는 비분에 분노를 참지 못하고 있는 것이다.

달호는 가끔 현재를 잊어버리고 뇌리 속에 남아 있는 그 난의 기억을 들추었다. 긴장미 넘치는 단정한 화형과 꽃잎 전체에 맑고 붉은 색깔이 녹아 흐르는 홍화소심(紅花素心) 4촉을 말이다.

지구상에는 약 800속(屬) 3만 5천여 종(種)에 이르는 난과 식물이 있다. 그 중 우리나라에는 39속 80여 종의 난이 자생하고 있다. 자생란에 대한 관심이 적은 대부분의 사람들은 한국, 중국, 일본의 자생란을 개량한 동양란과 미국이나 유럽에서 원예화한 서양란을 구입하여 배양하는 것이 대부분이다. 이는 대량 유통되고 있는 배양품종의 가격이 저렴하다는 이유 이외에도 자생지가 남부지방에만 한정되어 있는 지리적인 여건 때문에 자생란을 접할 기회가 많지 않았을 것이라는 점도 있다. 중국에서는 약 1,500여 년 전부터 난을 재배했다고 하며, 일본도 본격적인 난 재배역사가 200여년인데 반해 우리나라는 옛 선비들의 벗으로, 사군자의 소재로 오르내렸을 뿐 난을 배양하기 시작한 것은 고작 20여년 안팎에 불과하다. 그 동안 난 인구가 크게 늘었고 개개인의 수준도 상당히 높아졌으나, 산지가 한정되어 있고 희귀품종인 변이종은 극히 일부의 애란인이 소장하게 됨에 따라 여러 가지 바람직스럽지 못한 문제들이 빚어지고 있는 것이다.

그래서인지 모든 애란인들이 한국춘란의 변이종을 찾아 배양하기를 원한다. 그 춘란의 변이종은 엽예품(葉藝品)과 화예품(花藝品)으로 대별된다. 우리 남부지방의 야산에 자생하는 대부분의 춘란은 잎이 녹색이고, 꽃 또한 잎을 닮은 녹색으로 피우며, 혀라고 하는 설판은 붉은 잡티를 띠고 있다. 녹색을 기본으로 하는 한국춘란의 잎에 가끔 선상(線狀)과 반상(斑狀)의 무늬가 나타난다. 이런 무늬들이 계속적으로 나타나 고정되어 있는 경우가 있는데, 그 춘란의 잎에 선상과 반상의 무늬를 띠고 있으면 엽예품이다. 그리고 한국춘란의 꽃잎 전체가 물들거나 일부분이 물들거나 하여 원래의 녹색에서 벗어난 색들이 나타나는 경우, 이들이 고정되어 계속 그 아름다움을 감상할 수 있는 품종을 화예품이라 하는데, 그 춘란의 꽃이 원래의 색이 아닌 다른 색깔로 피게 되면 그것을 색화라 하여 1예라 하고, 또 혀[舌瓣], 꽃대[花莖], 포의[苞衣], 꽃잎[花瓣] 어느 곳에도 하얗거나 녹색이 아닌 적색계의 반점 등 아무런 잡티가 없는 단색을 소심(素心)이라 하여 1예라 한다. 그렇다면 달호가 산채하여 배양하고 있던 홍화소심은 2예품으로서 아주 희귀한 변이의 춘란인 것이다. 애란인들이 그와 같은 난을 소유하여 배양하고 싶어함은 일생일대의 소원일 것이다. 달호는 지금 생각하여도 과연 그런 난이 정말 내게 있었던가 하고 의심할 만큼 훌륭한 난을 산채하여 촉수도 늘려 배양하고 있었다.

"이건 신이 내린 선물이야, 촉당 1, 2천은 받고도 남겠어!"

영수가 달호의 난대 위에서 뽑아든 난을 불빛에 비춰 보이며 뻥을 놓던 소리가 달호를 깜짝 놀라게 했다.

"어허, 이 사람 뻥이 심하구먼."

"뻥이 아니라, 사실일세."

"이 난이 그렇게 좋은 난이란 말인가?"

"나 머리에 털 나고 이런 난 첨 보네, 이것 좀 보소."

영수가 그 난을 불빛에 비춰 보이며 감탄을 연발했다.

"둥근 꽃잎과 단정한 봉심, 평견의 안아 피기, 풍만하고 단아한 태를 보이는 꽃잎에 맑은 홍색이 물들었지 않은가. 투명한 듯 맑은 포의와 깨끗한 설판은 또 어떤가. 맑은 포의와 설판이 마치 조선조 여인의 모시옷 같네."

연신 토해내는 영수의 감탄에 달호 또한 말려드는 것 같았다.

"어허, 이 사람이……."

"명명을 하세, 황진이(黃眞伊)라고."

"황진이?"

"이조 중종 때 뭇 사내들을 울렸던 풍류기생 황진이 말이시!"

조선조 500년을 통하여 문학과 예술이 극치에 달했던 중종 연간에 개성의 명화로 출생하여 짧은 40평생을 살다간 기생 황진이. 수수한 매무새, 가식 없는 아름다움의 과시로 천하의 풍류객들로부터 최대의 흠모와 존경을 품게 하였던 황진이. 다른 춘란과 달리 잡티 하나 없이 맑은 것이 마치 가느다란 허리, 구름을 걷어차는 듯한 외씨버선코에 휘늘어진 한산세모시의 한복을 차려입은 듯한 여인의 모습을 하고 있었다. 달호는 그 청초하고 수수한 옷매무새하며 가식 없이 아름다운 천하의 명기 황진이를 품에 안고 있었다.

달호는 머리를 흔들었다. 그런 기억을 지워 버리기에 위해서였다. 그러나 극단의 기억이 또 다시 달호를 부르고 있었다.

"이런 명품은 빨리 현금화하는 것이 상책이야."

"그 많은 돈을 주고 살 사람이 있을까?"

"있고말고. 돈 많은 서울 양반들이 변이종을 못 사서 안달이라네. 엊그저께도 서울 사람들이, 어떤 난 가게에서 변이종을 싹쓸이 해갔다는 소문도 못 들었는가?"

"거참, 이상한 사람들이구만."

"이상한 게 아니라 현실일세. 나만 믿으라니까."

"알았네."

"그래, 빨리 처분을 하세, 벌브는 떼 줌세……."

벌브는 난의 줄기에 해당하는 것으로서 잎의 기부(基部)에 자리 잡고 있으면서 난의 수분과 양분을 갈무리하는 가구경(假球莖)이다. 이 가구경은 마치 작은 구근(球根)과 같이 생겼는데, 벌브(퇴촉) 틔우기를 하면 그곳에서 새싹이 돋아나 그와 같은 난을 번식시켜 종자를 보전할 수 있다. 영수는 그런 벌브 하나를 달호에게 떼 주겠다는 것이었다.

"서울 사람들은 벌브를 기어이 내놓으라고 한다든디."

"이 사람이 순진하기는, 벌브 떼 놓았다고 광고하고 다닐란가?"

"벌브를 떼 놓고도, 어떻게 거짓말을……."

"이 사람이 순진하기는."

"그래도 그렇지."

"하여튼, 나한테 맡기소."

"그럼, 알아서 하소."

달호는 영수의 그런 말에 더 이상 말을 하지 못했다. 그렇게 해서 달호는 영수에게 빼앗기다시피 그 난을 내주었다. 달호는 겨우 벌브라는 퇴촉 하나를 건네받은 다음, 그 난을 고가에 팔아주겠다는 말에 속아 영수에게 넘겨주었던 것이다. 지금 생각하면 그 말에 속은 것에 대한 마음의 공허함을 잊어보겠다는 말조차 입 밖에 꺼내기 싫었다.

기억을 꺼내지 말자. 그를 믿었던 어리석음과 같이 믿고 싶은 마음도 없는 나에게서 어떠한 구석으로라도 그를 내쫓자. 무감각한 생각이 달호의 앞길에 놓여있고 그것이 오로지 한 갈래의 선이라고 한다면, 그 난에 대한 애착심을 강요하여 무가치한 것도 가치 있게 만들고 미운 것도 아름답게 하여 몸을 움직이지 못하게 하는 미련을 구태여 가질 필요가 어디 있겠는가.

그러나 영수가 달호를 속여 그 난을 가지고 도망을 쳐버린 이상 그가 채무자가 안 될 수는 없는 것이다. 달호는 이 모순을 없애기 위해서는 아무래도 무거운 금액의 채권자나 채무자가 됨을 포기하여서는 안 된다고 생각했다.

오전까지 맑던 하늘이 갑자기 흐려지며 눈이 날리고 있었다. 방의 깨진 창틈으로 이따금 설편이 튀어들었다. 달호는 요즘 탁한 하늘만 보아도 견디지 못했다. 비가 오거나 눈이 내리는 것은 더 견딜 수가 없었다. 남이 모를 분노와 슬픔이 풍선처럼 공중에서 소리를 내며 터지는 아픔, 달호는 유리창에 튀기는 설편을 속으로 세며 담배를 피워 물었다.

달호는 오늘 오전 내내 방에 틀어박혀 애꿎은 담배를 피워대는 일 말고는 한 일이 거의 없었다. 입안이 깔깔하고 식욕마저 없었다. 시간만 흐를 뿐, 이러다간 큰일이다 싶었다. 정오가 훨씬 지나서야 애써 밖으로 나왔다. 달호는 두어 시간 정도 거리를 헤매었다. 영수의 고향이 이곳이라서 혹 이곳에 숨어들었을지 모른다는 생각에 찾아왔던 것이고, 그 녀석의 고향 마을 사람들을 만나거나 거리를 헤매면서 그를 찾고 있는 것이다. 잔디밭에서 바늘을 찾는 격일지는 몰라도 꼭 이곳의 어디선가 그 녀석을 찾을 수 있을 것이라는 생각이 들었다.

달호가 난을 처음 접한 것이 언제였는지 확실한 기억이 없지만, 어찌 되었던 달호의 난에 대한 인상은 제법 멋있고 괜찮은 동시에 가격도 상당히 비싼 풀잎이라는 정도였다. 일반인들이 난을 처음 대할 때 느낄 수 있는 그런 감정의 그 이상도 그 이하도 아니었다.

그러다 재작년 10월 어느 일요일 평소 가까이 지내던 영수가 난을 캐러간다기에 그의 일행들을 따라갔다가 명품의 난을 캤던 일이 그림일기를 펼치듯 생생하게 머릿속에 되살아났다. 그날따라 아내와 아이들은 멀고 긴 여행이라도 오르는 양 동구 밖까지 따라 나와서 달호를 실은 자동차의 모습이 마을 허리를 돌아설 때까지 눈길을 놓치지 않았다.

달호는 그날 난생 처음 말로만 듣던 난을 찾아 산을 헤매는 산채의 길에 오른 것이었다.

"지난달에는 시골 아줌마가 중투(中透) 두 촉, 복륜(覆輪) 네 촉, 복색화(複色花) 세 촉을 캤답디다요."

누가 묻지도 않았는데, 달리는 차안에서 영수가 불쑥 말을 꺼냈다.

"어디서 캤다든가?"

자동차를 운전하던 영수의 고향 선배라는 장 사장이 곁에 앉은 영수에게 묻고, 룸미러로 달호의 얼굴을 살폈다.

"오늘 우리가 가고 있는 그 야산 부근에서 캤답디다."

"거참 횡재를 했구만, 우리한테는 그런 게 안 걸리나?"

"우리한테라고 안 걸릴랍디여? 열심히 찾아다니면."

"그래, 열심히들 찾아보세."

장 사장은 영수에게 오른 손의 엄지와 검지로 동그라미를 만들어 보였고, 영수도 그와 같은 동그라미를 만들어 보이며 힘차게 대답했다.

"그럽시다요."

"요새 중투 값이 엄청나게 올라버렸다데요."

영수가 장 사장을 향해 말했다. 그러자 달호 옆에 앉아 있던 김 과장이라는 사람이 대꾸했다.

"화예품 값은 더 올랐다든디?"

"화예품도 화예품 나름 아니겄는가? 색화소심(色花素心) 같은 것은 부르는 게 값이것제."

"몇 달 전에는 홍화소심 4촉이 육천(육천만원)에 거래 됐다든디."

김 과장이 말했다.

"오메, 씨팔놈들. 돈 지고 댕기다 등창난 놈들이구먼."

영수가 갑자기 볼멘소리로 말했다.

"이 사람아, 그렇게 말하는 거 아니시. 돈 많은 놈들, 그것이 어디 돈이란가?"

장 사장이 말했다.

"염병헐, 그래도 그렇제. 풀잎사귀 한 촉에 천오백이라니 환장할 노릇 아니요? 우리 같은 놈들은 살았다껏도 없제."

영수가 계속 목청을 높였다.

"그러니까 열심히들 찾아다니자 마시."

"그것이 쉬운 일은 아닌디, 그렇게들 해봅시다요."

이미 난을 시작한 지 오래고 산채의 경험이 풍부한 영수와 그 일행들의 대화였다. 달호는 어떠한 모습을 하고 있는 난이 중투고 복륜이고 복색화며 색화소심인지 도무지 생소한 용어들이라 알아들을 수가 없었다. 그럼 어떻게 생긴 난을 찾아 다녀야 할 것인가. 막연했다. 생소한 용어들 때문인지, 달호는 달리는 자동차 안에서 입을 굳게 다물고 차창 밖을 스쳐 지나가는 바깥의 가을 풍경을 바라보고만 있었다.

자동차가 긴 행로의 배기가스를 내뿜으며 멈춰선 곳은 조용한 시골

마을의 뒷산 밑이었다.

달호는 그곳에 도착하자마자 산으로 기어오르는 일행들을 따라 산으로 갔다. 가시덤불과 억새풀, 소나무 가지를 헤치며 그들의 말대로 이상하게 생긴 난을 찾아 산을 헤매기 시작했다. 산에 올라 난을 찾아보니 춘란이 여기저기에 지천으로 널려 있었다. 달호는 마구잡이로 난을 캐 배낭에 담기 시작했다. 잎이 비교적 기다란 것은 길다는 이유로, 잎이 넓은 것은 또 그런 이유로, 촉의 수가 많은 것은 보기에 좋다는 등 모두 채취하다 보니 메고 간 배낭이 부족할 지경이었다. 달호는 초행의 산채 길에서 나름대로 좋은 난을 많이 캤다는 흐뭇한 마음으로 산을 헤매고 있었다.

"좋은 것 캤는가요?"

달호보다 먼저 산으로 올라갔던 장 사장이 언제 내려왔는지 등 뒤에서 물었다.

"한 배낭 가득 캤습니다."

"어디 봅시다."

장 사장은 달호의 좋은 난을 많이 캤다는 말에 궁금하였던지 달호 쪽으로 급히 달려왔다. 그런데 장 사장은 고개를 내저으며 달호가 캔 난이 하나도 쓸모 있는 게 아니라는 것이었다.

"전부 묻어 줍시다."

"……?"

"허허허. 아, 초행이라고 하셨죠?"

장 사장은 한 동안 달호를 쳐다보더니 너털웃음을 웃으며 말했다.

"이런 난은 원예 가치가 없어 난 상인들이 쳐다보지도 않습니다."

"그럼, 어떻게 생긴 난을 캔답니까?"

"변이종을 캐세요."

"어떻게 생긴 것이 변이종이랍니까?"

"이렇게 생긴 난을 캐는 게 아니라, 잎에 노란 무늬나 흰 줄 무늬가 쭈욱 쭉 들어 있는 난을 찾아 보시요."

장 사장은 왼쪽 손바닥에다 그 무늬의 모습을 오른 손으로 그려가며 설명을 하다가 오른 쪽 능선으로 급히 사라져 버렸다.

달호는 장사장의 지시대로 그 난을 전부 묻어주고 나서 그 산의 왼쪽 능선을 택했다. 한 20여분 정도 난을 찾아다니던 중에 동남향 6부 능선 쯤의 산기슭에서 이상하게 생긴 난을 만났다. 썩은 참나무 등걸 밑에서 잎 장마다 노란 줄무늬가 들어있는 난을 발견한 것이었다. 모두 네 촉이었다. 달호는 조심스럽게 그 난을 캐서 배낭에 담았다. 정작 명품의 난을 캔 달호는 그것이 명품의 난인 줄을 모르고 있었다. 달호는 나중에 일행들이 모두 모여 휴식을 취하면서 그들로부터 축하의 말을 들었고, 그 말을 들으면서도 별로 실감이 나지 않았다.

"십여 년 간 산채를 다녔지만, 이런 명품을 산채하는 것을 현장 목격하기는 오늘이 처음이시!"

"나도 오늘 첨 봤네!"

"나도 머리에 털 나고 첨 봤네!"

일행들 모두 달호를 부러워했다. 그러나 달호는 초행의 산채 길에서 월척을 낚은 덕으로 현대판 마르코폴로나 되듯이 꽤 풍성한 난문(蘭聞) 보따리를 메고 일행들의 선망하는 눈초리 속에 하산했다. 10월 하순의 식어 가는 석양볕은 풀잎과 나무들로부터 엽록소를 시나브로 빼앗아가고 있었고, 오랜 동면을 준비하는 양서동물들은 어느 보이지 않는 산록에서 몸을 움츠리고 달호를 가만히 엿보고 있었는지도 모른다. 달호의 난에 대한 미래까지도.

달호가 이렇게 난에 관심을 쏟다 보니 자연히 난을 좋아하는 다른 사람들과 난에 관한 얘기를 나누고 함께 산채도 다녔고, 순수한 마음으로 난을 배양하고 가입한 난우회의 정기 모임에도 열심히 나갔다.

달호는 열심히 산채를 다녔다. 휴일이면 거의 산에서 살다시피 했다. 그러다 보니 난이 제법 모이게 되었고, 영수에게 기망을 당한 그 홍화소심도 산채를 하게 되었던 것이다. 달호는 아침저녁으로 그 난을 돌보는 것이 그저 즐겁고 또 그 난을 보고 있노라면 어느새 흥분되고 들떴던 마음도 가라앉을뿐더러 특히 신아(新芽)가 나올 무렵 그 앙증스럽고 귀여운 모습을 대할 때의 기쁨이란 이루 말할 수가 없었다.

그런데 난 가격이 뜀에 따라 난 채집인구가 폭발적으로 증가하는 바람에 간 곳마다 들쑤셔 놓은 흔적이 역력하고 전문 산채꾼이 생기고 사기꾼도 생기게 된 것이었다. 달호는 그렇다고 해서 산채의 즐거움에 이미 익숙해진 뒤라 그 정도의 속상함으로는 주어진 산행의 기회를 마다하지 않았다. 달호는 회사에서 근무를 하다가도 잠깐 눈을 들어 창밖을 내다보는 그의 마음은 하늘에 떠 있는 흰 구름을 타고 멀리 보이는 산록으로 바람같이 내달아 그곳에서 온갖 멋있는 난들을 다 만나곤 했다. 그러던 그 무렵 달호는 난으로 인하여 회사에서 징계처분을 당하고 말았다.

달호는 인쇄공장 기사장이었다. 공업고등학교를 졸업하고 그 인쇄공장에 취직했다. 평소 성심성의를 다해 열심히 근무한 덕에 기사장으로 승진해 인쇄기 운전의 총책임을 맡고 있었다.

그 인쇄 공장의 제일 중요한 시기는 신학기 교과서를 인쇄하는 2, 3월이었다. 그런데 난의 꽃을 찾아다니는 산채꾼들은 2, 3월을 적기로 생각하고 열심히 난꽃을 찾아다녔다. 그 무렵 인쇄공장에서는 인쇄 주문이 밀려 야근을 하고 일요일에도 출근을 하는 날이 많았다.

달호는 그러던 어느 일요일 아침 일찍 산채를 떠나버렸다. 일요일, 그것도 산채의 즐거움을 포기한 채 기름 냄새와 소음으로 가득한 공장에 쳐 박혀 있을 수 없다는 것이 달호가 산채를 떠나버린 이유였다. 그 다음날까지 납품을 하여야 하기 때문에 그날 전 직원이 특근을 해야 했는데도 말이다. 기사장인 달호의 출근을 애타게 기다리던 조수가 하는 수 없이 인쇄기를 돌렸다. 그런데 단상교류로 인해 인쇄기의 모터들이 모두 타버리는 사고가 발생했다. 달호는 월요일에 출근해서야 그와 같은 사실을 알게 되었고, 그런 수리는 즉석에서 고쳐지는 것이 아니었다. 모터 수리 공장의 직원들을 불러 고쳤으나 사흘이 걸렸다. 사흘 동안 공장의 직원들이 놀아야 했고, 회사에서는 그로 인한 손해만을 계산했다. 회사의 모든 간부들도 그 모든 책임이 달호에게 있는 것으로 생각했다. 한 번 흘러가 버린 시간은 달호를 몹시 괴롭게 만들었다.

드디어 달호는 회사의 징계위원회에 회부되었고, 결과는 6개월 동안 봉급의 절반을 삭감한다는 감봉처분이었다. 중징계임에 분명했다.

그 무렵 정말로 달호를 좋지 아니한 시선으로 바라보아야 할 사람은 그의 아내였다. 처음에 아내는 달호의 그런 난과의 생활을 이해하려 들었다. 그러나 시간이 흐르면서 차츰 달호와 난을 증오하기 시작했다. 그런데 설상가상으로 감봉처분, 그것도 6개월 동안 봉급이 절반으로 준다니 좋은 시선으로 바라볼 리 만무했다. 봉급생활자의 제일 민감한 부분이 봉급날과 그 수령액일 게다. 3개월마다 나오는 상여금을 학수 고대하고 있는 판에 봉급이 절반으로 준다니 이를 증오하지 않을 아내 는 거의 없으리라.

"난에서 밥이 나오요, 죽이 나오요?"

"……."

새벽잠에서 깨어난 부스스하고 찌뿌듯한 아내의 얼굴을 탓할 수 있 는 여력이 없어 달호는 아무 대꾸도 하지 않았다.

"미쳐갖고 그 풀잎사구를 황진이라고 하든만, 그래 산에 가면 그 황 진인가 뭔가 하는 년이 있답디여?"

부엌에서 김밥을 말던 아내가 볼멘소리로 말했다.

"바람이나 쐬고 올려고."

달호가 어물거리자 아니나 다를까, 그녀는 대뜸 기관총을 쏘듯 그를 향해 퍼부어댔다.

"정말 미쳐도 단단히 미쳤어. 쥐꼬리만 한 월급할라 제대로 못 받게 생겼으니, 새끼들은 커가고 인자 어쩔라요? 잘난 그 풀잎사귀 뜯어 묵 고 살라요?"

"어, 어쩌기는 어쩌. 조, 조금만 참아야지."

달호는 아내의 눈치를 살피며 말까지 더듬거렸다.

"참기는 뭘 참아, 그 잘난 난을 삶아 묵고 살든지, 황진인가 뭔가 하 는 년을 품고 자든지 하지!"

그녀의 말처럼 그게 아내에게 제일 미안한 부분이었다. 적당히 즐기 면서 얼마든지 할 수 있는 취미생활인데, 공휴일과 난 그리고 그 인쇄기 때문에 이 지경이 되었지 않는가.

아침 일찍 산채를 떠날 준비를 갖춘 다음, 식탁에 앉아 있는 달호에게 약간의 김밥이 담긴 도시락을 내밀며 아내는 또 구시렁거렸다.

"난에 귀신이 씌었든지, 조상 중에 난 때문에 죽은 귀신이 있든지 둘 중에 하나여."

달호는 입을 꾹 다물고 김밥을 씹었다. 그는 별로 내키지 않는 김밥을 절반쯤 먹고 일어섰다. 지루하고 짜증스런 도시를 벗어나 산에 간다는 생각 하나만으로도 가슴이 조금 울렁거렸다. 달호가 현관을 나서려는데 아내는 그간의 잔소리만으론 부족했던지 등 뒤에다 대고 소리를 버럭 질렀다.

"아예 집에 들어오지 말고 난하고 산에서 사슈!"

"그런 막말은 하는 법이 아닌디."

"어지간해야지, 그 미친놈의 병이 낫을 때도 됐는디, 낫는 게 아니라 무장 더 심해지니!"

"그만해둬, 나 다녀올게."

"다녀오든가 말든가 알아서 하슈!"

달호는 출입문을 나서면서 기어드는 소리로 겨우 그런 대꾸를 하고 말았다. 그리고 잠시 후 "쾅!"하고 닫히는 현관문 소리를 들었다. 새벽잠에서 깨어난 후부터 지금까지 오장을 긁어대는 아내의 말투에 더 이상 대꾸할 여력이 달호에게는 이미 없었다. 다만 어서 빨리 그렇게 독이 올라있는 아내의 그 영역으로부터 벗어나고 싶을 뿐이었다.

하긴 주위 사람들은 물론 직장 동료들도 마찬가지였다. 난으로 인하여 감봉처분까지 당한 달호를 좋은 시선으로 바라보지 않았다. 미친 사람이 아니고서야 난 때문에 그럴 수 있겠냐는 것이었다. 난 때문에 징계를 먹은 미친 놈 봤는가. 봤지, 오늘도 미쳐서 배낭에 갈고리 하나 치켜들고 산에 가고 있데. 난에서 밥이 나와 죽이 나와, 미쳐도 참말로 미쳤지.

그들의 말이 옳았다. 무엇이든지 지나치면 화를 부르는 법이다. 취미 생활이라고 예외는 아닐 텐데, 난에 지나치게 빠져들었다가 중징계를 당하는 화를 불러들였지 않았던가. 그리고 달호에게 딸린 식솔이 몇인가. 미치지 않고서야 그럴 수 있다는 말인가.

그러나 달호는 그들의 그런 말에 그냥 그러다 말려니 했다. 달호는 그들이 그럴 때마다 우리 선인들이 수많은 식물 중에서 특별히 난에 대하여 고상하다느니 군자의 품성을 갖추었다느니 하며 찬사를 아끼지 않았던 까닭을, 그 잎의 부드러우면서도 탄력을 잃지 않은 선의 흐름, 꽃의 색과 모양의 소박하면서도 은근한 아름다움을, 그리고 폐부(肺腑)를 찌르는 것 같은 청아하고 산뜻한 향기가 세파에 찌든 심신을 정화시켜 주는 작용이 있음을 그들에게 얘기해 주고 싶었으나 그냥 내버려두었다. 그들의 비아냥거림에 별로 신경을 쓰지 않았다는 편이 옳다. 달호는 전과 다를 바 없이 산채도 하고 열심히 난을 배양하여 그들의 비아냥거림으로 인한 공허한 마음을 메우고 있었다.

그런데 달호는 난 가격의 폭등과 그러한 가격이 형성되게 된 난인과 난계의 세태가 난을 진정 좋아하고 사랑하는 사람들이 일구어 낸 그것인지 의심스러울 때가 많았다. 난을 배양하다 보면 더욱 좋은 난이 눈에 띄게 되어 그것을 소장하고 싶은 욕구가 생기기 마련이지만, 그래도 그렇지 한낱 풀잎사귀에 지나지 않은 난 한 촉이 몇 백, 몇 천만 원에 거래된다니 어찌 그 난을 사는 사람이 순수한 마음으로 난을 사랑한다고 말할 수 있단 말인가. 이는 단지 난을 투기의 대상으로 여기고 있는 것이다. 난을 투기의 대상으로 삼든 말든 관여할 바는 아니지만, 난인으로서의 가면만은 벗어 주는 것이 전체 난인을 욕되지 않게 하는 것이 아닌가 여겨졌다. 자연을 좋아하고 난을 사랑하면서 그로써 수익도 올릴 수 있으면 특별히 나쁠 것은 없지만, 그래도 정도의 문제이지 한 촉에 몇 백, 몇 천만 원씩 하는 난을 구입하여 어찌 아무런 이해타산 없이 순수한 마음으로 그 난을 바라볼 수 있단 말인가. 그렇게 구입한 것은 난이라는 이름만 빌렸을 뿐 이미 난이 아닌 재물의 한 형태에 불과할 따름이고, 그렇게 고가의 난을 거리낌 없이 구입한다는 것은 그 정도로 난을 사랑하는 것이 아니라 이는 단지 자기 재력의 과시요 물욕의 표출일 뿐이고, 가게만 차리지 않았을 뿐 난 상인과 하등 다를 바 없다는 생각이 들었다. 그런데 많은 돈을 받아주겠다는 그 사기꾼의 말에 속아 그 난을 영수에게 건네주고 나서 그 난을 찾아 나선 자신 역시 그러한 사람들과 다를 바 없다고, 달호는 자신을 질책하고 있었다.

무릇 남정네들은 스케일이 크고 동적이어서 화초를 기르거나 가까이 하는 것은 별로 어울려 보이지 않는다고 하고, 실제로도 일반 화초를 가까이 하지 않는 게 사실이다. 그럼에도 난만은 무슨 까닭인지 대부분 남정네들이 많이 기르면서 그 재미에 푹 빠져 있는 것을 보면 참으로 신기한 생각이 들고, 난이 우리를 끌어들이는 알 수 없는 매력에 다시 한 번 감탄하게 된다. 우리 선조가 난에서 군자의 풍류를 찾고 난을 대하여 자기 자신을 다스렸다는 것은 잘 알려진 사실이고, 아직도 진정한 난인의 길을 가기 위해 스스로 가다듬는 난인이 많다. 이와 같이 우리를 가다듬게 만드는 난의 깊은 의미에도 불구하고 그 심원한 철학적 의미보다는 그것을 돈으로 여기고 상대를 속여 이득을 취하려는 자도 있다.

달호는 오늘도 그런 골똘한 생각에 잠겨 거리를 헤매고 있었다. 그는 요즘 꿈인지 아닌지 분간할 수도 없는 상태에서 몇 번이고 벼랑에서 떨어지면 그 밑은 시퍼런 바다였다. 그것은 아무런 연결도 비약도 없었다. 그리고 그것은 달호가 이곳까지 올 때 타고 왔던 기차이기도 했다. 기차는 경사가 심한 내리막을 달리고 있었다. 이미 어떠한 방법으로도 정지할 수 없는 상태였다. 브레이크가 듣지 않은 자전거가 내리막길로 쏠리는 것 보다 더 무서운 관성과 속력으로 바다를 향해 달리고 있었다. 그러나 그때마다 기차가 미처 바다에 빠지기 전에 달호의 의식과 잠재의식은 혼돈의 상태였다.

이런 혼돈의 상태는 밤이면 더 무수히 되풀이되었다. 그러면서도 달호는 이곳 읍 소재지의 변두리 여인숙에 묵고 있다는 사실과 그 사기꾼을 찾아내는데 열을 올리고 있다는 사실을 그 의식과 잠재의식의 틈바귀 사이에서 의식하지 못하는 때가 많았다. 그만치 달호의 심신은 피로해 있었다. 날이 샐 무렵이 되어 창문에 어린 희부연 새벽빛을 바라보았을 때 그런 의식은 현실로 되돌아오곤 했다. 그런데 지금 그 사기꾼의 고향 마을로 발길을 향하고 있는 중에도 그러한 혼돈상태가 또 다시 이어지고 있는 이유는 무엇일까.

달호가 영수네 고향 마을을 찾아낸 후 그 마을의 이장이라는 사람을 만나게 된 것은 점심나절이 훨씬 기운 늦은 오후 무렵이었다.

"지 애비가 밤밥을 해묵고 달아난 뒤로는 통 연락이 끊겨 부렀는디."

그 마을에서 태어나 그곳을 떠나본 적이 없이 줄곧 그 마을에 살고 있다는 이장의 말이었다.

"그럼, 영수가 이곳에 나타난 적이 한 번도 없었단 말씀이신가요?"

"그란디, 뭣 땜세 그렇게 꼬치꼬치 캐묻는단가?"

"죄, 죄송합니다. 알아볼 일이 좀 있어서 그럽니다요."

"혹시, 경찰 아니여?"

이장은 달호의 위아래를 살피며 경계하는 눈초리로 물었다.

"아닙니다. 개인적으로 좀 알아볼 일이 있어서요."

달호는 이장의 심사를 건드리지 않게 하기 위해 조심스럽게 대답했다.

"한 번도 없었제, 그 후로는 그림자도 얼씬하지 않았은께."

"그, 그래도 고향인데……."

"무슨 낯짝으로 이곳에 나타나. 그 많은 사람들을 거덜나게 해놓고 도망간 주제에. 아마도 영수가 야반도주한 그 작자의 둘째 놈일 것인디? 그놈이 무슨 일을 저지른 모양이구만?"

이장은 의아해하는 표정으로 달호의 위아래를 연신 살폈다.

"무슨 일을 저지른 건 아닙니다요."

"그놈이 소문에 듣기로는 광준가 어딘가 산다고 하든디."

"예, 잘 알았습니다. 감사합니다."

실상보다 지나치게 과장하여 믿음성이 적은 말이나 행동을 허풍이라 일컫는다. 어느 시대, 어느 사회에서나 허풍은 있기 마련이고, 또 어느 정도의 허풍은 웃음과 활력을 불어넣는 윤활유 역할을 하기도 할 게다. 그러나 그 허풍이 의도적이고, 다른 사람으로 하여금 판단의 오류를 불러와 잘못된 결과를 낳게 한다면 문제는 다르다. 단순한 허풍이 아닌

사기요, 사기꾼일 게다. 값나간다는 희귀종의 많은 난을 배양하고 있어 여러 난인들로부터 최고의 찬사를 받으며 난인들의 부러움을 샀던 영수. 그는 지금 우상의 난인에서 달호의 지명수배자로 전락하고 말았다. 달호에게서 값비싼 난을 가져다 많은 돈을 받아주겠다고 속인 사실이 드러나면서 난의 귀재가 아닌 난계의 계산된 허풍쟁이였음이 드러났기 때문이다.

달호는 그 고향 마을에서는 그 사기꾼의 행로에 대해 더 이상 얻을 게 없다는 생각이 들었다. 아버지가 많은 빚을 지고 고향을 떠났다니 이곳에 나타날 리 만무했다. 달호는 그 애비에 그 자식이라더니, 하고 중얼거리며 돌아섰다. 이장과 헤어진 후 읍내까지 걸었다. 족히 두어 시간은 걸었다고 생각했다. 해는 서산으로 뉘엿뉘엿 기울고 있었다. 이제 어디로 갈 것인가. 과연 이곳에서 그 녀석을 찾을 수 있을 것인가. 또한 그 녀석을 찾아낸다고 하더라도 그 난을 돌려받을 수 있을 것인가. 그런 기대를 가지려는 것 자체를 부정하여 버리고 싶었다. 달호는 머리를 흔들어 보았다. 또 다시 현실로 점화되어지는 의식. 참으로 피곤한 노릇이었다. 머리가 무지근했다. 머리를 좀 식히고 싶었다.

달호는 배가 몹시 고팠다. 아침과 점심을 걸렀기 때문일 게다. 그러나 어디서 밥을 먹는 것보다는 술을 마셨으면 싶었다. 술에라도 취해버리고 싶은 심정뿐이었다. 그가 들어선 곳은 어묵과 닭똥집과 몇 가지 술을 팔고 있는 포장마차였다. 삶아놓은 면발에 뜨거운 국물을 부어주는 국수로 시장기를 달랬다. 그리고 포장마차 주인이 구어 주는 닭똥집을 안주로 소주를 마시고 있었다. 그때였다. 바람에 펄렁거리는 그 포장마차의 포장 사이로 나이가 들어 보이는 아주머니 둘이 길가에 앉아 난을 팔고 있었다. 달호는 잔을 급히 비우고 밖으로 나왔다. 그 아주머니들은 산에서 캐온 듯한 한국춘란을 무더기로 쌓아 놓고 있었다. 거의 모두가 무지의 춘란이었다. 민춘란은 한 무더기에 5천원이라고 했다. 그런데 그 무더기의 민춘란 위에 2촉의 호가 아름다운 자태를 뽐내고 있지 않은가. 달호는 갑자기 전신에 서서히 번져오는 흥분으로 몸을 떨었다.

"아주머니, 이 난도 팔 건가요?"

달호는 그 난을 가리키며 조심스레 물었다.

"팔랑께 여그다 놔뒀지라우."

"얼마면 이걸 제게 파시겠습니까?"

"많이만 주슈."

그 아주머니는 달호를 힐끗 쳐다보며 히죽거렸다.

"얼마라고 말씀을 하셔야지요."

"한 장만 주슈."

달호는 깜짝 놀랐다. 한 장이라는 것이 천만 원은 아닐 터이고 백만 원을 뜻한 것 같은데, 비싸다는 생각이 들었다. 달호는 그 정도의 난이라면 오십만 원 정도면 될 것 같다는 생각이 들었다.

"반으로 자릅시다."

"에끼, 여보슈. 젊은 양반이 취했구먼."

달호는 갑자기 얼굴이 확 달아올랐다. 그리고 자신도 모르게 얼굴을 매만지고 있었다. 그러고 보니 빈속에 갑자기 들이마신 소주로 인해 취기가 도는 것 같았다.

"취하기는 뭣이 취했다고 그러세요? 그럼 얼마면 되겠습니까?"

"한 장이라고 안 합디여?"

"그럼, 이 난이 한국춘란은 맞습니까?"

"척 보면 모르것소? 똥인지 된장인지, 이 양반이 참말로 취했는 갑네!"

그 아주머니의 옆에서 두 사람의 대화를 지켜보고 있던 다른 아주머니가 그 난을 낚아채듯 집어 들어 허공에 비춰 보이며 큰소리로 말했다.

"아주머니한테 묻지 않았는데, 왜 그렇게 화를 내고 그러세요?"

좀 난감해 하던 달호가 퉁명스럽게 말했다.

"우릴 의심한 것 같아서 안 그라요!"

"아주머니들을 의심하는 게 아니라, 흥정하기 위해 그러는 거 아닙니까?"

"여러 소리 말고 칠십 주슈."

그 아주머니가 더 이상 깎을 생각은 말라는 듯 단호히 말했다.

달호는 신용카드로 현금서비스를 받아 그 난을 사고 말았다. 그리고 조심스레 그 난을 싸서 잠바 주머니에 넣고 여인숙으로 돌아왔다. 그런데 왠지 썩 좋은 기분은 아니었다. 화가 잔뜩 나있는 아내의 얼굴과 측은스런 아이들의 얼굴이 자꾸 떠올랐다.

그날 밤 여인숙 주인은 이제 나이 스무 살 남짓한 사람을 달호의 방으로 안내하여 합숙을 권유했다. 그날 읍내에서 어떤 정당의 단합대회가 있어 방이 부족하다는 게 이유였다. 중학교를 학비 때문에 못 마치고 부모 모르게 집을 나와 돈을 좀 벌어보겠다는 욕망이 그가 이곳까지 온 목적이라고 했다. 휘둥구는 새까만 눈동자라든가 나불나불하며 잠시나마 가만두지 못하는 입술이 돈에 대한 흥미를 무척 가졌다는 것을 말해 주었다. 달호는 이제 집으로 돌아가야겠다는 생각만 했을 뿐 그에게 별다른 관심을 보이지 않고 일찍 잠자리에 들었다.

"선생님, 선생님 좀 일어나 보슈."

달호는 그 녀석이 흔들어 깨우는 바람에 눈을 떴다. 시계는 밤 11시를 가리키고 있었다.

"술이나 한 잔 합시다요."

"술은 무슨 술?"

잠에서 덜 깬 달호가 눈을 비비며 일어났다.

"바깥을 한 번 내다보십시오. 함박눈이 소복소복 내리고 있습니다요. 이런 밤을 그냥 보내기가 아쉬워 소주를 좀 사왔습니다요."

밖을 내다보니 정말 함박눈이 펑펑 내리고 있었다. 그 녀석은 소주병을 들고 어금니로 병뚜껑을 물어뜯었다. 그리고 오징어를 쭈욱 쭉, 찢었다.

"자, 한잔 받으십시다요."

그는 종이컵 그득히 소주를 따랐다.

"저는 섬놈입니다요. 가난이 하도 징해서 돈을 좀 벌어볼라고 도시로 나왔는디, 참말로 징한 놈의 세상이더구만요."

"어디는 안 그렇겠습니까?"

"말씀 놓으십시다요. 보아하니 저희 삼촌뻘은 되신 것 같은디."

"그래도 초면에 어디……."

"아닙니다요. 말씀을 놓으십시오."

"그러면, 그렇게 할까."

"그러십시오. 사실은 나 오늘 기분이 좋지 않습니다요."

“왜?”

“나 오늘 경찰서에서 나왔습니다요. 무혐의 처분을 받고.”

“무슨 일 때문에?”

그 녀석이 푸흐흐 웃었다.

“절도혐의 때문입니다요.”

“저런?”

“제가 근무하는 회사에서 도둑을 맞았는데, 저를 의심하는 겁니다요.”

“그래서?”

“아무리 제가 아니라고 해도 제 말을 믿지 않는 겁니다요. 그 사장 놈도 그렇고, 그 파출소 순경 놈도 그렇고, 니미럴 놈의 새끼들. 참말로 환장을 하겠드만요. 그래서 사람이 그래갖고 미치는가 보듬만요.”

“그래서 어떻게 되었나?”

달호는 그의 모습을 멀거니 바라보며 소주잔을 기울였다. 그 녀석은 술병의 뚜껑을 또 이빨로 물어뜯었다. 술병의 모가지를 어금니 쪽에 밀어 넣고 오기스레 물어뜯는 것이었다.

“뻔질나게 파출소에 불려 다녔고, 또 순경들이 공장으로 들락거렸구만요.”

“결, 결과를 말하라니까.”

달호가 고개를 갸웃거리며 묻자, 술에 취한 듯한 그 녀석이 울상을 지으며 말했다.

“결과야 뻔할 뻔자 아니것소. 진짜 도둑놈이 잡혔지요.”

“거, 참 다행이구먼.”

"그 순경 놈의 새끼들, 그 새끼들의 수없이 반복되는 똑같은 질문에 참말로 미쳐불 것드만요."

"그래도 진범이 붙들려서 다행이었구먼."

"자, 소주나 듭시다요."

"천천히 들세."

"아따, 선생님 엄살 작작 하십시다요."

녀석이 재촉했으나, 달호는 술기운이 조금 오르는지 눈을 끔벅거리며 잔을 말렸다. 그러자 그 녀석이 고집스레 손을 저으며 다시 술잔을 내밀었다. 달호는 그 사내가 밀어대는 술잔을 내키지 않는 기분으로 받아 마셨다. 낮에 포장마차에서 마신 술로 인해 취기가 빨리 도는 것 같았다. 차츰 달아오르는 술기운으로 얼굴이 벌게진 그 녀석이 다시 입을 열었고, 달호를 바라보는 그의 얼굴엔 호기심이 가득 차 있었다.

"그란디, 선생님은 무슨 일로 여기서 묵고 계십니까요?"

녀석이 의아스런 눈으로 조심스럽게 물었다.

"그것은……."

달호는 잠시 망설이다가 어정쩡하게 대답했다.

"난 도둑놈 때문일세."

녀석은 한참 있다가 갑자기 힘찬 목소리로 물었다.

"난 도둑놈이라고 하셨습니까요? 아따, 난이 돈이 된다고 하더니, 그것도 도둑놈이 생기는 갑네요?"

"……."

"니미널 놈들!"

녀석은 단숨에 잔을 비우고 괜히 이를 아드득 갈았다

“자네도 난을 아는가?”

“그렇습니다요. 우리 고향 마을 뒷산에서 몇 백, 몇 천만 원짜리 난이 나왔다고 난리가 났던 적이 있습니다요.”

“어떤 난을 캤는데?”

“아따, 난 잎에 노란 줄무늬가 쭈욱 쭉, 들어간 것 말씀입니다요.”

달호는 자리에서 일어나 낮에 산 그 난을 잠바 주머니에서 꺼내어 그 녀석에게 보여주면서,

“이렇게 생긴 난을 캤단 말인가?” 하고 물으며 흐물쩍 웃었다.

“아따, 그놈 참 잘 생겼습니다요. 군침이 돕니다요.”

갑자기 그가 발광하듯 몸을 흔들며 허둥거리다가 달호에게서 그 난을 낚아챈 다음 형광등 불빛에 그것을 비춰보며 감탄을 했다. 그리고 녀석은 넉살좋게 웃더니 그 난을 다시 달호에게 건네주었다. 그 난을 뚫어지게 쏘아보는 녀석의 눈빛이 예사롭지 않다고 달호는 생각했다.

“니미럴 놈들, 난이 돈이 된다고 하니까……”

녀석은 횡설수설 두서없는 말을 지껄이다 말고 다시 술을 그득히 따라 단숨에 술잔을 비워버렸다.

“선생님, 그러면 그 난을 사셨습니까요?”

녀석이 물었다. 약간 미심쩍은 생각이 들긴 했지만 달호는 그렇다고 대답했다. 그는 어디서 샀느냐, 얼마를 주었느냐 등 미주알고주알 캐묻더니 갑자기 아리송한 말을 늘어놓았다.

“우리 고향 마을은 난의 보고집니다요. 가을걷이가 끝나면 남녀노소 할 것 없이 산을 뒤지러 다닙니다요. 발복 눈복 있는 사람은 뼈 빠지게 일 년 농사짓는 것보다 더 낫은 수입을 올리곤 합니다요.”

녀석은 값비싼 난이 그의 고향에서 산채 되었다는 고향동네 얘기를 떠벌이다가 갑자기 시무룩해지더니 자리에서 벌떡 일어났다.

"저, 나가서 소주 몇 병 더 사오겠습니다요."

"이제 밤도 늦었는데, 그만 하지. 난 낮에 전작이 있어서 그런지 취하는구먼. 여기서 그치세."

"아닙니다요. 오늘 우리 삼촌처럼 좋은 분을 만났는디, 한잔 더 합시다요."

그 사내가 벅벅 악다구니를 쓰기 시작했다.

"어허, 이 친구가 취했구만."

"아닙니다요. 오늘 저녁은 취하지 않고 못 배기겠구만요."

"그만 하세. 여기서 그치는 게 좋겠네."

"아닙니다요."

그 녀석은 기어이 밖에서 소주 몇 병과 오징어를 사들고 들어왔다. 달호는 그 녀석을 위 아래로 훑어보았다. 보면 볼수록 무척 재미있는 얼굴이었다. 잠시도 입을 그냥 두질 못하고 시부렁거렸다. 달호는 많은 생각을 하며 거푸 술잔을 비우고 담배를 피워댔다. 그리고 필름이 끊겨버렸던 것 같았고, 그 이후로는 전혀 아무런 기억이 없었다.


달호는 숙취에 따른 심한 갈증과 속 쓰림 때문에 잠에서 깼다. 반쯤 열려진 문틈과 깨진 유리창 틈으로 바깥의 햇빛이 기어들고 있었다. 달호는 엊저녁의 일이 도무지 생각이 나질 않았다. 벽시계의 바늘이 열 시를 가리키고 있었다.

달호는 머리를 흔들며 자리에서 일어났다. 물을 찾았으나 주전자는 비어 있었다. 그런데 함께 잤던 그 녀석이 보이질 않았다. 달호보다 더 일찍 일어나 어디로 가고 없었다. 어디로 가든 돈을 벌 수 있는 사람이라는 첫인상 때문에 어디로 갔을까 하는 생각마저 하지 않았다. 달호가 아무 생각 없이 출발준비를 하고 있을 때였다. 주인이 방문을 벌컥 열고 노기가 등등한 얼굴을 들여 밀며 소리쳤다.

“같이 있던 녀석 어디 갔소?”

“…….”

“같이 있던 녀석 어디 갔냔 말이야!”

“같이 있던 녀석이라뇨?”

“그 새앙쥐 같이 생긴 놈 말이여!”

“그걸 내가 어떻게 알겠소.”

“건방진 소리 말어! 엊저녁 내내 한 방에서 함께 술을 마신 놈이 어디 갔는지 모른단 말여?”

“사정에 못 이겨 함께 술을 마셨던 건 사실입니다. 그런데 그 사람이 도망이라도 쳤단 말입니까?”

“이 놈이 수작떠는 것 좀 봐!”

“수작이라뇨, 말씀이 좀 지나치십니다.”

“뭣이라고, 말씀이 지나쳐? 함께 있던 놈 어디 갔냔 말이여?”

“그 사람하고 함께 술을 마셨다고 해서 그 사람의 행방까지 알아야 합니까?”

“이 사람 참말로 건방지구만!”

“자꾸 건방지다고 하는데, 내가 그와 같이 온 사람입니까, 뭡니까?”

“한 방에 같이 있던 사람을 어디 간지 모른다니, 말이나 돼!”

“참말로 딱하십니다. 그 사람이 어디 간지 내가 어떻게 알겠습니까?”

“딱한 것은 네 놈이여!”

“돈벌이를 하러 간 모양인데, 그가 간 곳까지 내가 알아야 합니까?”

“이 놈이 얼굴에 쇠가죽을 쓴 모양이네. 방값을 안 낸 놈을 슬쩍 빼놓고도 그런 뻔뻔한 수작을 부려?”

“뭐요?”

“너도 오늘 나갈 것이지. 당장 방 값하고 밥값이나 내놔!”

“당신, 첨부터 계속 말을 내리까는데, 왜 이러는 거요?”

“잔소리 말고, 방값하고 밥값이나 내놓으란 말이여!”

달호는 어이가 없었다. 이제까지 방값과 밥값을 밀려보지 않았다가 떠나려는 날 이런 푸대접을 받아야 하다니. 그리고 반 강제로 합숙을 시켜놓고서 이런 날벼락이라니. 참으로 어처구니없는 일이었다. 울화가 치밀었다. 주인을 공격해 버리고 싶었다. 그러려면 우선 방값과 밥값을 주어야 했다. 달호는 잠바의 속주머니에 손을 넣어보았다. 지갑이 없었다. 달호가 고개를 갸우뚱거리면서 이상하다는 듯이 배낭 속까지 뒤져보고 있을 때였다. 순간 난데없는 주먹이 따귀에 떨어졌다. 변명이 효과를 낼 때가 아니었다.

달호는 때린다는 가장 치사한 수단을 옳다고 생각한 그 사람에게 아무런 대항도 하기 싫었다. 그런데 그의 행동이 점점 난폭해졌다. 달호는 그의 힘이 그에게 지지 않는다는 것을 보여주고 싶었다. 그러나 자신이 불리한 위치에 놓여 있다는 생각에 미쳤을 때, 내가 다시 사람과 더불어 인연을 맺은 채무, 그 빚을 갚아야 한다는 회한과 자각 속에서 아픈 따귀를 감각하고 말았다.

　하여튼 달호에게는 잘못이 없었다. 달호가 그 녀석을 주인 모르게 내보낸 것도 아니었다. 달호만 하더라도 자기에게 방값과 밥값으로 주기 위해 엊저녁까지 돈을 가지고 있었다. 지금 그 돈을 가지고 있지 못한 것도 그놈에게 도둑을 맞았기 때문이다. 달호 또한 피해자인 셈이다. 그런데 이런 폭행을 당해야 하다니, 참으로 어처구니없는 일이었다.

　달호는 한방에 같이 있던 사람을 경계하지 못한 것을, 내가 그 이상 더 괴로움을 받아야 할 나의 잘못이라고 생각했다. 그렇지만 달호 자신이 딴 의미로 주인으로부터 푸대접과 학대를 받았다는 것은 아무리 생각해도 어처구니없는 노릇이었다. 달호가 줄 수 있는 정도에서 주인에게 괴로움을 완전히 주지 않고는 견딜 수가 없었다. 하지만 속수무책이었다.

　달호는 이곳에 묵으면서 많은 돈을 인출하여 사용했을 뿐 아니라 어제 그 난을 사버림으로 인해 신용카드도 더 이상 사용할 수 없게 되었다. 주인에게 애원하다시피 하여 집에 도착하는 즉시 방값과 밥값 등을 송금하여 주기로 하는 내용의 각서를 써주고 방으로 돌아왔다.

　"이런 죽일 놈 좀 보소!"

　아무리 배낭 속을 뒤져보아도 어제의 그 난이 없었다. 그 녀석의 소행임에 틀림없었다. 그러나 이미 남의 손에 넘어가 버린 난은 어쩔 수가 없는 노릇이었다. 난, 참으로 미묘한 식물이다. 난이 곧 돈이라는 잘못된 생각에 남을 속이고 훔쳐서 도망쳐 버리는 세태 속의 풀잎. 무겁지 않고 부피 또한 크지 않아 절취하기에도 별 불편함이 없는 난. 자신의 모습, 회한을 드러내지 않고 단지 우주의 근원과 이치를 표출하여 잎으로 꽃으로 청향을 뿜고, 외로움을 삼키며 적요히 밤을 사르고 밤하늘의 냉랭한 기류도 자신의 체온으로 다스리며 우주의 표상으로 새 촉과 꽃을 피울 뿐이라는 난. 과연 천년의 세파를 헤치어 살아오고 또 끝없이 살아가야할 만인의 풀잎, 모든 형상과 색깔을 초탈하여 인고의 상흔으로 밤하늘에 떠도는 궤적, 산록의 끝없는 역사를 윤회하는 풀잎임에 틀림없다.

넓으나 넓고 어지러운 저 거리에서 그 사기꾼과 도둑놈을 잡기란 쉬운 일이 아닐 게다. 그들은 치졸한 정열을 아무렇게나 마음대로 발산시킬 용기가 있을 뿐이다. 그 용기라는 것은 말하자면 고리대금업자 이상으로 채권자가 되고 싶은 헛된 욕망에 불과할 게다.

달호는 씁쓸한 생각을 먹어보며 그 여인숙을 빠져나와 거리를 걷고 있었다. 상당히 걸었다 싶을 때 군내버스 한 대가 달호의 바로 앞에서 급히 정거했다. 그곳에 승객을 내리기 위함이었다. 달호는 재빨리 어디로 가는 버스인 줄도 모르고 그저 버스에 올라탔다. 달호가 자리에 막 앉으려 하자 앞머리에서 엔진소리가 요란하더니 버스는 자지러드는 소리를 내면서 지독하게 빠른 속도로 내달았다. 때마침 눈이 퍼붓기 시작했다. 달호는 폭풍우에 시달린 장미꽃처럼 해쓱한 얼굴로 창밖을 내다보았다. 자신의 지난날의 묵연하고 초연했던 난과의 생활이 창밖의 눈의 세례를 받아 희미하게 흔들리는 풍경처럼 머릿속으로 스쳐갔다. 버스의 속력은 더 빨라지기 시작했고, 엔진소리는 더 시끄러웠다. 눈송이가 차창을 때렸다. 덜커덩거리며 버스가 달아나는 대로 곧 바로 뻗어간 비포장 도로, 앞으로도 뒤로도 눈 속에서 자꾸 길었다.

그 눈 속에서 아내는 잔뜩 화가 난 얼굴로 서 있었고, 아이들은 측은한 모습으로 무단히 히죽히죽 웃고 있었다.

수령의 끝

# 수렁의 끝

쿠웅쾅, 쿵쾅, 우르르 쾨앙. 쉴 새 없이 들려오던 저 아래 아파트 건설 현장의 파일 박는 소리와 포클레인 엔진소리. 그 시끄럽던 소리가 이제 소나기로 그치고 있었다.

나는 가까스로 바닥을 헤집고 일어나려다 그 자리에 폭삭 쓰러지고 말았다. 그만 두 손으로 땅을 짚어야 했다. 무한한 바깥의 세계는 컨테이너 생활에 길들여진 나를 짓눌러 버린 것 같았다. 생각만 앞서고 몸이 따르지 못했다. 기고만 싶어졌다.

모로 드러누워 눈과 이마를 식히고 나서야 정신을 간신히 차렸다. 그리고 문을 열고 바깥으로 나갔다.

문을 나서자 굵은 빗방울이 떨어지고 있었다. 뺨 위로 떨어지는 빗방울에 나는 소스라치게 놀랐다. 신열이 있는 얼굴에 찬 빗물이 와 닿자 내 살갗은 송곳에 찔린 듯 아팠다. 오랜 컨테이너 생활로 인해 형성된 뭐라 형용할 수 없는 두려움. 차갑고 날카로운 송곳 끝이 사정없이 날아와 몸에 박힐 것 같은 공포가 나를 몸서리치게 했다. 그러나 몰골처럼 야윌 대로 야윈 나의 마음은 차츰 밝아오기 시작했다.

이 땅에 비를 뿌리고 또 다른 비를 머금은 저 하늘의 무섭도록 시커먼 먹구름. 나는 그곳으로 트이는 나의 잔잔한 호흡을 어루만지면서 산등성이에 앉아 저 아래 시내를 내려다보았다.

건너 편 능선 저 쪽에서 저 끝까지 잿빛 빌딩의 숲이 어지럽도록 이랑을 이룬 도시의 숲. 그 잿빛의 숲 속에서 득실거리며 살고 있는 사람들. 그들은 마치 재래식 화장실의 똥통, 그 속에서 꿈틀거리는 구더기와 같다. 맑고 신선한 자연이 산과 들에서 뜯겨 도시에다 그 잔해를 눕혀 살고 있는 것이다. 똥통이라기보다 차라리 쓰레기장이라는 표현이 옳을 것이다. 일테면 자연의 쓰레기가 날려다 버려진 쓰레기하치장 말이다. 어찌 보면 도시에 사는 사람들은 그 쓰레기꾼인 셈이다. 그들은 그렇게 날려다 버려진 쓰레기를 뒤집어쓰고 그것을 문명이다, 예술이다, 프로야구다, 피자다, 코카콜라다, 주식이다 하고 떠들어댄다.

저 하늘에서 떨어지는 빗방울의 영롱함을 보고, 저 푸른 산의 숭엄함을 보고, 저 들의 청초함과 그곳에 아무렇게나 흐드러지게 피었다 지는 풀꽃을 보고, 그리고 시선을 조금 당기어 도시를 들여다보라. 우주, 지구상에서 제일 지저분하고 더러운 부분이 바로 도시일 게다.

이따금 맑고 신선한 이 산의 공기를 떨리게 하는 어떤 불안스러움도 도시가 풍겨내는 냄새, 그 숨소리에서 오는 것일지 모른다. 저 잿빛 건물들의 지붕의 뚜껑을 훌렁 벗겨놓고 보자. 그 속에서 무엇이 꼼지락거리고 있을 것인가. 모함, 공갈, 기망, 아세, 시기, 교만이라는 벌레가 싱싱한 자유와 사랑이라는 풀잎을 쏠아 먹으면서 와글거리고 있을 게다. 맑은 눈빛, 순진한 웃음, 부드러운 숨결이 과연 몇 방울이나 거기에 섞여 있을 것인가.

나는 저 도시의 한복판에서 도시의 끝으로 쫓겨나 살다 그곳에서 다시 이곳으로 쫓겨, 여기 해발 백 미터는 됨직한 산기슭의 컨테이너에서 살고 있다. 내가 살고 있는 이곳은 어쩌면 대자연과 도시, 고대와 현대의 한 빈약한 접점, 그 공제선상이 될 수 있는 곳이기도 하다.

나는 폐를 앓고 있다. 그리고 노환으로 드러누워 있는 어머니와 함께 살고 있다. 그리 오래지 않은 얼마 전까지 개나 오리를 사육하면서 막사로 사용하다 떠났음직한, 컨테이너 두 개를 잇대어 만든 우리 집은 워낙 응달진 곳에 있을뿐더러 목이 잘린 큰 고목이 그 앞을 가리고 있어, 하루에 햇빛을 보는 것은 겨우 두 세 시간 정도일 게다. 그러나 그러한 햇빛의 혜택마저도 나는 받기 싫다.

햇빛으로 인해 마음이 멍들대로 멍들어 있는 나. 어찌 생각하면 내가 이곳으로 쫓겨 올라와 살게 된 것도 햇빛 때문일지 모른다.

나는 재작년 봄, 다니던 회사에서 명예퇴직을 했다. 말이 명예퇴직이지 해고나 다름없었다. 하여튼 나는 명예퇴직을 당하고 나서 서 너 달이 지나도록 새 직장을 구하지 못했다.

그 무렵 아내는 저 아래 아파트 신축 현장에서 벽돌을 나르다 식당 종업원으로 자리를 옮겼다. 벽돌을 나르는 것보다 더 편할뿐더러 수입이 더 낫다는 게 식당으로 옮긴 이유였다. 아내는 곧바로 술 냄새를 풍겼고, 길고 빨간 손톱으로 치장했다. 그러나 우리는 그런 술 냄새와 길고 빨간 손톱으로, 그렇게 해서 근근이 연명해 가고 있었다. 그러던 어느 날 아내는 집에 들어오지 않았다. 그 다음 날, 그 다음날에도 돌아오지 않았다. 손톱. 잔혹하리만큼 시린 등짝의 실직생활보다 끝내 그 길고도 빨간 손톱으로 나의 가슴을 할퀴어 깊은 손톱자국만을 남겨버린 그녀의 배반이 더 아프고 슬펐다.

아내는 나와 어머니를 배반한 것만이 아니었다. 집주인으로부터 전세금까지 몰래 빼내서 달아나 버렸다. 전 재산이나 다름없는 전세금까지 빼앗겨 버린 나는 결국 사글세방으로 옮겨 앉아야 했고, 열 달이라는 사글세 기간은 너무 짧기만 했다. 일정한 수입이 없는 나로서는 그 사글세마저 밀릴 수밖에 없었다.

게다가 나는 회사를 그만 둘 무렵 직장 동료의 빚보증을 섰다가 살고 있던 집을 날려 버렸다. 집뿐 아니라 쓸 만한 살림살이까지 모두 강제집행이라는 걸 당해 버렸다. 그것도 모자라 회사로부터 매월 지급 받을 급료가 그 채권자에게 압류를 당해버려 월급마저 제대로 받지 못했다. 그런데 아내는, 그런 와중에 겨우 마련해 살고 있던 그 전세금까지 빼내 도망쳐 버린 것이었다. 현실이라고 말하기에는 너무 애처로웠다.

나의 생활에 햇빛이 관여하기 시작한 것은 아마 그 무렵부터일 게다. 전에도 햇빛이 유난히 쨍쨍 내리쬐는 날은 별로 신통한 일이 생기는 것 같지는 않았다. 그렇다고 낯이 찌푸려지거나 마음이 질리는 일까지는 없었다. 그러던 것이 언제부터인가 햇빛만 보면 괜히 가슴이 떨리고 맥이 풀려 나갔다. 그러다가 햇빛을 대하는 날은 일이 글러지고 말았다. 아무리 희망적이었던 일자리도 햇빛만 보면 기어이 글러지고 말았다. 차츰 공포심까지 품게 되었다. 지금 생각해 보면, 그 날 아내가 집을 나가 돌아오지 않았던 날도 막 골목길을 나서는데 햇빛이 유난히도 이글거리고 있어 그만 가슴이 철렁해지고 나서였던 것 같다.

늙은 어머니의 병세는 차도가 보이지 않았다. 차도가 보이지 않는 게 아니라 날로 더 심해져 가는 것 같았다.

그 무렵 집주인은 나에게 별로 좋은 얼굴을 해보이지 않았다. 언제부턴가 인사를 해도 잘 받지 않고 코로 대답을 했다. 그러던 어느 날 집세를 당장 못 내겠으면 방을 비우라고 했다. 악화되어 가는 어머니의 병세에 뒤지지 않겠다는 뜻이 깔려있었다. 집주인의 명도 요구는 날이 갈수록 그 강도가 더 심해져 갔다. 하루는 집주인이 안채로부터 연결되어 있는 전기의 선을 자르고 있었다.

"그만 두지 못해! 나가면 될 게 아냐!"

나는 사다리 위에 있던 집주인을 끌어내려 마당에 밀어 버렸다. 마당에 나자빠진 집주인은 파리를 채먹은 두꺼비처럼 한 동안 멍 하니 앉아 눈만 끔뻑거리고 있다가 아무 소리 없이 방으로 들어가 버렸다.

그 후 며칠이 지나도록 집주인은 아무 말이 없었다. 그러나 나로서는 그런 짓이 나의 마지막 신명이었다는 걸 깨달았다. 그렇게 해서 확보해 두었던 방을 끝내 명도하게 되었다. 그것은 집주인에게 문짝을 몰수당해 버렸기 때문이다. 아주 희망적이었던 일자리가 글러졌다는 말을 듣고 집에 돌아와 보니 방 문짝이 모두 뜯겨 나가고 없었다.

"엄니, 아무 걱정 말아요."

"앞으로 어떡할 작정이냐?"

"내가 봐둔 집이 하나 있어요."

그때 나는 이 컨테이너를 얘기했던 것이다. 가끔 등산 삼아 이 산을 오르내리며 보아두었던 것이다.

"봐둔 집이 있다니 다행이구나."

"걱정 말아요, 엄니."

"그래, 집세는 어떡할 참이고?"

"집세 걱정은 하지 않아도 돼요."

나는 집세에 대한 어머니의 걱정을 적당히 얼버무렸다. 어머니도 더 이상 캐묻지는 않았다.

나는 자꾸 아래로 처지는 어머니를 추스르며 서둘러 걷기 시작했다. 집주인과 싸우고 난 후 며칠 밤을 허옇게 지새웠던 탓으로 산기슭 가득히 부서지는 아침 햇살이 누렇게 보였다. 전신이 한없이 녹작지근했고, 눈앞을 가로막는 어찔어찔한 현기증으로 나는 간단없이 부대끼기 시작했다. 간밤 내내 집을 비워야 한다는 팽팽한 불안을 붙들고 있었다. 새벽녘의 설핏한 잠에 빠져들었던 나는 뒤숭숭한 인기척에 놀라 잠에서 벌떡 깨어났다.

순간, 나는 깜짝 놀랐다. 집주인이 방안에 있던 살림살이를 모두 바깥으로 끄집어 내버려 어머니와 나는 한데나 다름없는 방에 드러누워 있었던 것이다. 살림살이라고 해봤자 자취생들의 생활도구만도 못한 것이지만, 그 주인의 의사가 무시된 채 그런 처분을 당했다고 생각하자 화가 치밀었다. 쫓아가 집주인을 한 대 갈겨 버렸으면 시원할 것 같았다. 그러나 애써 참았다. 나는 허겁지겁 바지를 꿰입고 밖으로 나왔다. 그리고 어머니를 등에 업었다. 뜻 밖에도 어머니는 작았고, 가벼웠다. 어머니는 내 등에 얼굴을 묻었다. 내가 툇마루에서 토방으로 내려왔을 때였다.

"쥔 양반한테 작별인사는 드렸냐?"

어머니는 얼굴을 내 등에 묻은 채 속삭이듯 말했다.

"그, 그 사람 얘기는 꺼내지 말아요!"

"그래도 그라는 게 아니다, 미우나 고우나 한 집에서 살았는디."

어머니는 갑자기 끌어안았던 내 목에서 손을 풀었다.

"여그다 내려라."

"아, 아니에요, 아침에 작별 인사는 했어요."

나는 거짓말을 했다. 어머니는 겨우 안심이 되었는지 한숨을 푹 내쉬었다. 집 주변을 한 번 둘러본 뒤 나는 어머니를 등에 업고 산으로 향했다. 자꾸만 아래로 처지는 어머니를 또 다시 추슬렀을 때 어머니는 힘없이 코를 골고 있었다. 잠이 든 모양이었다. 점점 다리에서 힘이 빠지고 이마에 땀이 솟았다. 그러나 나는 숨을 헉헉 몰아쉬며 산을 올랐다. 어머니를 업고 산길을 더듬어 돌아오는 나의 눈에는 굴러 떨어질 눈물도 없었다.

컨테이너에 거의 이르렀을 무렵 잠에서 깬 어머니가 나직이 말했다.

"이 에미 때문에 니가 이 고생구나."

"듣기 싫어요!"

나는 누가 할 말을 누가 한다고 퉁명스럽게 쏘아 붙였다.


산사람이 되어서는 햇빛에 대한 두려움은 공포에서 저주로 변했다. 일자리는 영 나타나지 않을 작정인 것 같았다.

어머니는 요즘 세상에 돈을 쓰지 않고 무슨 일이 되겠냐는 것이었다. 그러나 나는 햇빛 때문이라고 했다. 햇빛이 훼방을 놓는 것이다. 어쩌면 어머니보다 더 미신적일는지 모른다. 그러나 내가 모를 것은 햇빛이 왜 나를 그렇게 원수로 삼는가 하는 것뿐이다. 사실 우연한 일치일는지 몰라도 나에게 있어서 햇빛을 보게 되는 것과 일이 글러지는 것이 꼭 인과관계에 있는 것 같았다. 그래서 나는 햇빛을 대하지 않는 날에도 일이 글러지기를 바랐다. 그런데 그런 날에는 으레 구수한 이야기를 얻어듣거나 뜻하지 않았던 반가운 일이 생기는 것이었다. 그러다가 햇빛을 대하고 나면 기어이 일이 글러지고 말았다. 나는 가끔 그 신기한 일치에 감탄을 했다. 그러나 감탄이나 하고 있을 수만은 없었다. 햇빛을 보기만 하면 숨부터 막혀 드는데.

그러나 햇빛은 집주인과 달랐다. 산으로 거처를 옮긴 이튿날 아침 비가 내리기에 은근히 무슨 기대를 가지고 산을 내려갔다. 그런데 아랫마을 어귀에서 햇빛을 만나고 말았다. 이글거리는 햇빛이 나의 전신을 짓누르기 시작했다. 나는 한동안 길 가운데 멍하니 서 있다가 그대로 돌아서 산으로 돌아오고 말았다. 글러지고 말 일을 당하고 싶지 않아서였기 때문이다.

내가 방직공장을 그만 두게 된 것도 햇빛 때문일 게다. 내가 회사를 그만 둘 무렵 불어 닥친 경기불황과 구조조정의 회오리. 거리에는 실직자들이 날마다 쏟아지고 있었다. 고통스런 실업과의 전쟁. 그 전쟁이라는 것이 그 무렵 세차게 불어 닥치기 시작했고, 날로 늘어만 가는 실업자가 심각한 사회문제로 대두되고 있었다. 갑작스레 직장을 잃은 사람들은 고통스레 거리를 방황하고 있었다. 평일인데도 도시 근교 저수지나 강가에는 낚시의 인파로 북새통을 이루고 있었다. 무슨 일이라도 해보겠다고 인력은행으로 몰려드는 사람들. 공원에서 기나긴 하루해를 한숨으로 보내거나 역 대합실 벤치에 지친 몸을 기대고 있는 사람들.

오늘은 무슨 일거리가 있을까 하고 새벽부터 근로자대기소로 행했다가 그냥 돌아서는 무거운 그들의 뒷모습. 어디에나 실업의 그림자가 드리워져 있었다. 그 무렵 실업의 회오리는 실업자 개인과 그들의 가정은 물론 사회 전체를 뿌리째 흔들고 있었다. 그 극심한 실업의 한파는 단란하고 아늑한 가정까지 흔들어대고 있었다.

회사에서는 경기불황 속의 구조조정 작업을 하고 있었다. 나도 그 고용조정이라는 칼날에 퇴직금 한 푼 받지 못한 채 베어지고 말았다. 실직은 나에게 경제적인 어려움보다 더 쓰라린 아픔을 주고 있었다. 가장으로서의 무책임함을 탓하며 몇 날 며칠 밤을 새웠다. 처음엔 이해하는 것 같던 아내도 차츰 신경질적으로 변해갔다. 조그만 일에도 다툼이 잦았고, 내 자신의 삶이 깨지는 고통보다 가정이 무너지는 것을 지켜보는 것이 더 힘들었다. 그렇게 해서 아내는 결국 생활전선에 뛰어들었다가 진한 화장냄새와 독한 술 냄새를 풍기기 시작했고, 끝내는 가출이라는 것을 선택하고 말았던 것이다.

그 무렵 나는 실업급여의 창구에도 얼굴을 내밀었다. 당장 쌀 한 봉지 살 돈이 없는 나로서는 그것이 유일한 방법이었다. 그러나 남의 도움을 받는다는 것이 만만치 않았다. 심사절차는 왜 그리 까다로운지. 서류를 작성하는 것도 서너 군데의 창구를 전전했고, 무성의한 직원들의 태도는 더 큰 좌절감을 느끼게 했다. 당국에서는 하루가 멀다 하고 새롭지만 중심이 없는 실업대책을 발표하고 있었다. 그러나 나에게는 그러한 대책의 어떤 그림자도 와 닿는 게 없었다.

처음에 적어도 나에게만은 그런 해고의 대상이 아닐 것으로 생각했다. 그런데 나는 회사의 군더더기가 되어 해고를 당했고, 결국 회사에서는 그러한 조류에 편승해 나를 실업자로 만들어 밖으로 내몰았다.

　나는 방직공장의 기사장 겸 수석 제조팀의 팀장이었다. 그 공장은 그 규모가 상당히 큰 공장이었다. 나는 공업고등학교 3학년 때 그 공장으로 취업실습을 나갔다가 공원으로 채용되었고, 다른 동료들 보다 빨리 승진하여 기사장이라는 사령장을 받았다. 내 밑에 기사가 따로 있는 것이 아니었다. 나를 돕는 조수 한 사람이 있고, 그 조수를 포함하여 가장 숙련된 공원 다섯 명으로 구성된 수석 제조 팀을 내가 팀장이 되어 이끌어 오고 있었다. 그 공장에는 모두 20여 개의 제조팀이 있었는데, 기사장인 내가 그 20여 개의 제조팀을 이끌어 오면서 수석 제조팀의 팀장노릇을 한 셈이었다.

　그런데 그해 12월 중순경 그 공장의 제2팀 면화제조기에서 사고가 발생했다. 그 제조기에서 원료인 면화의 품종변경 작업을 하고 있던 여공이 제조기에 쌓여 있던 면화의 먼지를 제거하기 위해 손을 집어넣었다가 오른 팔이 잘리는 커다란 사고가 발생했던 것이다. 그 제조기에 쌓여 있는 면화의 먼지를 제거하지 않으면 다른 작업을 할 수 없을뿐더러 불량품이 발생하기 때문에 제조기의 작동을 정지하고 청소를 해야 했다. 그런데 그 여공은 함께 일하던 다른 공원이 제조기를 정지하기 위하여 그 팀의 팀장을 찾으러 간 사이에 그 제조기를 정지시킨 것으로 잘못 알아 그와 같은 사고가 발생했던 것이다.

　회사와 그 여공과의 사이에 합의가 이루어지질 않았다. 결국 그 여공이 회사를 상대로 하여 손해배상 청구의 소를 제기하고 말았다. 판결은 쌍방의 과실상계를 하고도 2억5천여 만 원의 돈을 지급하라고 명했다.

회사 측에서는 그로 인한 손해만을 계산했고, 회사의 간부들은 그 책임이 나에게 있는 것으로만 생각하고 있었다.

드디어 사장과 공장장 앞에서 명예퇴직의 얘기를 듣게 되었다.

"그 동안 기사장의 큰 공로에 깊은 감사를 드립니다."

"……."

"이런 경제 불황 속에서 설상가상으로, 발생했던 이번의 사고는 우리 회사로서는 큰 타격이 아닐 수 없소."

"죄, 죄송하게 생, 생각하고 있습니다."

번들거리는 사장의 이마와 도수 높은 공장장의 안경의 무게에 짓눌리어 나는 말까지 더듬거렸다.

"죄송하게 생각하고 있다니까 다행이구먼, 그렇다면 회사로서는 그 제조기의 총책임을 지고 있는 기사장을 거론하지 않을 수가 없지 않겠소? 기사장이라는 것은 기사장이 관장하고 있는 모든 기계의 고장뿐 아니라 그 어떠한 사고도 미연에 방지해야 할 책임이 있는 것으로 회사로서는 생각하고 있소."

"드, 드릴 말씀이 없습니다."

"그 책임을 기사장이 져야한다면, 현명한 기사장은 자기의 처신을 어떻게 해야 한다는 걸 구태여 말하지 않아도 잘 이해해 줄 것으로 믿소."

"네, 알겠습니다."

"회사의 사정을 이해해 주어서 고맙소."

그때 나는 회사의 기사장 겸 수석 팀장이란 직제에 대한 편제의 잘못을 말하려 했다. 그러나 구구한 변명을 늘어놓는 것 같아 입을 열지 않았다. 그런데 그때 왜 내가 말까지 더듬거리며 떨고 있었을까. 게다가 사장이 의도하고 있는 쪽으로 술술 대답을 하고 말았을까. 그리고 그 사건이 나에게는 별로 큰 책임이 없다는 항변을 왜 하지 못했을까. 이제 와서 생각해 보면 아주 바보스런 짓이었다는 생각이 들었다.

나는 공장장실에서 사장의 이와 같은 말을 듣고 나와 한 동안 침울한 생각에 빠져 있었다. 그러한 내 자신을 걷잡을 수 없었다. 기사로서의 패배감이 머리를 때렸다. 그러나 나는 명예퇴직 신청을 하고 말았다.

기사장으로서 사전에 사고를 방지하지 못했다는 회사의 그러한 윤리의 세계, 나는 이것만을 생각했다.

사고를 당했던 그 여공의 말에 따르면 그 사고의 경위는 이랬다. 그때 그 여공이 그 면화제조기를 청소하기 전에 제조기의 뒷부분을 확인했다는 것이다. 제조기의 기계하부에 면화의 먼지가 가득 차 있어 화재의 위험과 기계 손상 사고 등의 발생이 염려되어 같은 조원과 상의하여 그 제조기의 겉 문과 속 커버를 열고 면화의 먼지를 권취봉(拳取棒)으로 제거한 다음, 속 커버는 그대로 두고 겉 문만 닫은 상태에서 남은 원료를 소모시키고 제조기를 정지시키기 위해 팀장을 찾으러 갔다는 것이었다. 제조기의 작동을 정지하기 위해서는 제조기를 운전하는 운전반 및 정비를 담당하는 보전반과 사전에 협의를 한 후 운전책임자나 팀장의 입회 아래 기계의 작동을 정지시켜 청소를 해야 하는데, 그때 그곳에 운전반 담당자가 없어 함께 일하던 다른 공원이 제조기의 작동을 정지시키기 위해 팀장을 찾으러 간 사이에 그 여공이 에어클리너를 이용하여 제조기의 청소를 하려 했다는 것이었다.

그때 그 여공이 안전수칙만 제대로 지켰더라면 사고가 발생하지 않았을 것이라고 설명했으나, 사장과 공장장은 나만을 원망하는 것 같았다. 왜 사고가 일어날 것을 미연에 방지하지 못했냐는 것이다. 나는 그럴 때마다 그 제조기의 안전을 위해서는 제조기 문의 개폐 시 동력이 차단되는 차단장치를 설치해야 했는데도 그 차단장치를 설치하지 않았던 것을 설명했다. 또한 제조기를 청소하기 위해서는 에어클리너를 사용해야 하고 에어클리너의 끝 부분에 안전장치가 장착되어 있어야 하는데, 그때 그 여공이 사용했던 에어클리너에는 안전장치가 장착되어 있지 않아 사고가 발생했던 것으로써, 에어클리너에 안전장치만 장착되어 있었다면 그 제조기에 약간의 손상은 있었을지라도 그와 같은 커다란 사고는 발생하지 않았을 것이라는 것도 설명했다. 그러나 사장과 공장장은 나의 구구한 변명으로만 여겼다.

나를 돕던 조수는 그때 공장에서 무슨 일이 일어났는지도 모르고 자기 의자에 앉아 졸고 있다가 사고가 일어난 후에야 당황해 했다.

나는 성심성의를 다해 기계와 살아왔었다. 그러나 그 여공과 기계는, 그들의 말대로 커다란 사고를 일으켰고, 공교롭게도 경제 불황 속 군살 빼기의 바람이 불고 있을 무렵에 그 사고가 발생했다. 하여튼 그 커다란 사고의 발생이 회사에게 나에 대한 해고의 빌미를 제공했고, 결국 회사는 나를 해고했던 것이다.

나는 강한 고독을 느꼈다. 매일 같이 매만지고 바라보던 저 기계를 다시 대하지 못한다는 것이, 나를 절박하고 공허하게 만들었다. 나는 이제 나의 이 시간을 무엇으로 메워 갈 것인가. 그러나 아무 것도 할 수 없다는 공허한 시간이 나를 에워싸고 있는 것 같아 괴로웠다.

햇빛이 나를 관여하기 시작한 때는 내가 그렇게 방직 공장을 그만 두

게 된 무렵부터라고 생각한다. 그러나 정말 그랬는지 어쨌는지 하는 것은 잘은 모르겠다. 그러나 지금 돌이켜 보면 아마 그랬던 것 같고, 그랬을 것이라는 것이 지배적인 것 같다.

기계의 문명에게서 쫓겨나 그것을 햇빛의 탓으로 돌린다는 것은 온당하다고 할 수 없을 것이다. 그러나 나는 그러한 와중에 휩쓸려 들었다는 게 사실은 사실이다.

요즘 들어서는 햇빛을 대해도 별로 놀라지 않는다. 바깥으로 나가지 않으면 되기 때문이다. 그걸 모른 어머니는 자꾸 시내로 내려가 살자고 한다. 정말 딱한 노릇이었다. 컨테이너에 갇힌 몸이 되었는데, 두더지가 아닌 바에야 어떻게 시내로 내려가 살 수 있단 말인가. 이따금 소나기만 한줄기씩 오고 말 뿐 요즘은 비도 잘 내리지 않는다. 흡사 가뭄이 든 모양이다.

구름이 걷히고 비가 그치기 시작했다. 일어나 집 앞으로 갔다. 순간 멈칫했다. 나는 이 컨테이너를 집이라고 부른 것이다. 집, 하기야 이 컨테이너 속에 사람이 살고 있으니 그것을 집일 수밖에 없지 않은가.

컨테이너는 머리를 좀 숙이면서 들어서면 양쪽으로 침대가 놓여 있고, 그 사이를 사람이 지나 다닐 수 있을 만한 넓이에, 누우면 발밑이 되는 안쪽 구석에 살림살이를 조금 놓아 둘 수 있을 만큼의 깊이를 가지고 있는 것이 이 컨테이너의 용적이다. 침대라지만 벽돌조각을 밑에 깔고 그 위에 베니어판을 깐 것이 전부이다.

자질구레한 약병들과 불안과 좌절이 갈피마다 끼워져 있는 몇 권의 책들이 쑤셔 박힌 이불 보따리는 한사코 옆으로 기울어지는 그 절망의 무게만큼이나 나를 짓눌렀다. 도저히 떨쳐버릴 수 없는 그 무게를 추스르기도, 잡목 빽빽이 들어선 산길을 어머니를 등에 업고 기어오르기도 도시로부터 쫓겨난 나에겐 너무나 힘든 비탈이었다. 흡사 공동묘지를 찾아가는 기분이었다. 하긴 무덤 속까지 동행해주는 동반자가 어디 있으랴. 저 아래 도시를 떠나올 때 아내는 나타나지 않았다. 나는 자질구레한 짐들을 꾸려놓고 아내를 기다려보았다. 여기저기를 옮겨 다녔지만 그래도 혹시나 하는 마음에 몇 시간을 더 기다리지 못할 까닭이 없었다.

벌써 수개월이나 소식이 끊긴 참이었다. 짐을 꾸려두고 그녀를 기다린 몇 시간 동안. 나는 아내가 나타나리라는 믿음은 이미 없었다. 매사에 후회만 하고 살아온 터라 공교롭게도 도시를 떠나는 날 그녀가 나타날지도 모른다는 의구심을 털어 버리지 못한 때문일 뿐이었다. 그래, 산으로 가자. 마침내 그곳에서 한번 살아보자. 그리고 그곳에서 마무리를 짓자. 어머니를 등에 업고 나는 산으로 기어올랐다. 뜨거운 눈시울에 비쳐든 짙푸른 녹음. 어느덧 변해버린 계절의 눈부심으로부터 나는 애써 고개를 떨어트렸다.

산에서의 내 생활은 처음부터 몹시 농도 짙은 곤혹감에 직면했다. 어느 때부터 무심히 내 시야를 비집고 들어온 철쭉꽃과 푸른 잎사귀 위에 떨어진 객혈이 섞인 나의 침방울 그거 말이다. 아니, 그것은 피가 섞인 가래침이 아니라 바람결에 떨어진 붉은 꽃잎 하나가 푸른 색 이파리 위에 살짝 내려앉은 것처럼 보였다. 그것은 지천으로 피어있는 철쭉꽃만큼이나 붉게 나의 가슴속에 엉켜 붙어 있는 결핵의 흔적이리라. 새삼스러운 일은 아니지만 그것을 보는 순간 나는 이미 나를 할퀴어버린 아내의 참혹한 손톱자국을 연상했고, 동시에 철쭉의 그 붉은 색깔의 잔인함까지를 한꺼번에 느끼기 때문이다. 폐의 치료에 너무 소홀해 있는 결과라기엔 너무 모진 내력의 흔적이었다.

어머니는 전에 없이 일어나 앉아 있었다. 내가 들어오는 것을 지켜보고 있었다. 나는 갑자기 숨이 쿡 막혔다. 어둠에 익혀지는 어머니의 모습. 언제 이렇게 되어 버렸단 말인가. 자리에 누워있을 때는 그저 아파 누워있는 사람이기 때문에 그러려니 했다. 그런데 일어나 앉아있는 모습을 보니 죽었던 사람이 다시 살아나 숨을 쉬고 있는 것 같았다. 딸각딸각 분주하게 움직이는 목젖에 온 생명이 매달려 있었다.

“이놈아, 시내로 내려가자!”

“……”

“니가 죽으라고 하면, 오늘이라도 죽어 주마!”

“엄니!”

“그래, 오늘도 안 내려갈 작정이냐?”

“엄니!”

“듣기 싫다!”

“엄니, 그것은……”

가슴이 쿵 내려앉았다. 전신에서 힘이 빠져나가며 땅 속에 묻혀드는 것 같았다.

“아이고, 이 망할 놈아!”

나는 더 이상 말을 잇지 못했다. 갑자기 어머니가 옆으로 몸을 내던져 버렸기 때문이었다. 그 바람에 베니어판을 받치고 있던 벽돌 몇 개가 빠지면서 자리가 기울었다. 나는 얼른 한 손으로 땅을 짚으면서 한 손으로 어머니를 받쳐 들었다.

“이놈, 보기도 싫다!”

어머니는 내 손을 뿌리쳤다. 나는 균형을 잃고 그만 문을 들이받으면서 뒤로 넘어졌다. 문 밖에 숨어 있던 오후의 햇빛이 컨테이너 속으로 새어 들고 있었다.

“너를 보고 이제껏 살아온 내가 죽일 년이다!”

나는 그 말을 듣고 있는 것이 아니었다. 햇빛! 햇빛의 그림자가 컨테이너 속까지 파고 든 것이다. 순간, 나는 실컷 울어 버렸으면 시원할 것 같았다. 그러나 울고 싶어졌던 나의 눈시울은 분노로 치켜지고 있었다. 햇빛이 이곳까지 기어들기는 이번이 처음이었다. 어쩌란 말인가. 이제 또 어떠한 액운이 끼어들어 나를 부대끼게 할 지 모른다는 생각이 들었다.

“아이고, 이놈의 팔자. 한 시라도 빨리 죽어 없어져야 하는디.”

어머니가 저 쪽으로 몸을 틀어 버렸다.

나는 급히 일어나 문을 쾅 닫아 버렸다. 벽돌도 고쳐 쌓아 베니어판을 다시 깔았다. 그러면서 나는 뜨거워만 지는 눈으로 주위를 살펴보았다. 햇빛의 그림자는 보이지 않았다. 환각이 아니었는가 싶을 지경이었다.

나는 슬픈 생각을 하며 내 자리로 가서 드러누웠다. 몸이 떨렸다. 이불을 편 다음, 그 속으로 기어들었다. 갑자기 속이 뒤집힐 듯한 메스꺼움을 느꼈다. 미끄럽고 끈적끈적한 가래를 수없이 뱉었다. 헛구역질과 각혈. 내가 가장 싫어하고 두려워하는 증세이다. 전신에서 땀이 비 오듯 흘렀다. 또한 일시에 낮아지는 체온과 한기를 느꼈다. 벽의 사방에 거품 같은 노란 안개가 끼는 듯하더니 눈앞이 아뜩했다. 나의 신체가 가진 것이라곤 약간의 미열과 혼돈뿐이다. 현기증을 느끼며 밤이면 불면증 때문에 뜬눈으로 밤을 새우는 곤혹과 수없이 싸워오고 있다.

피곤했다. 나른한 피로가 전신에 감겨 왔다. 나는 이부자리 속으로 더 깊이 기어들었다. 사방의 벽에 달라붙은 어둠이 나를 덮어 왔으나 좀처럼 잠이 오지 않았다. 나는 진한 피로감으로 수없이 몸을 뒤척거렸다. 몸을 뒤척일 때마다 잠은 오물에 붙은 파리 떼처럼 윙윙거리며 달아났다. 나는 몇 번이고 가벼운 신음과 함께 몸을 수없이 뒤척거렸다.

눈을 떴다. 정신을 차렸다는 편이 옳다. 나는 잠이 들었던 것이 아니다. 잠시 정신을 잃어 버렸던 것 같다. 이렇게 정신을 깜박 잃곤 하는 버릇은 나의 오랜 습관이다. 나는 몸이 바닥에 붙은 듯 일어날 수가 없었다. 겨우 바닥을 헤집고 일어났다. 벽에 머리를 기대고 서 있다가 한참 뒤에야 정신을 차렸다. 바깥으로 나가려다 자리로 다시 돌아왔다. 아직은 해가 지지 않아 바깥으로 나가서는 안 된다는 슬픈 생각을 먹어 보며 잠자코 돌아와 자리에 다시 누웠다.

드러누워 빛이 바랜 누런 신문 조각을 펴들었다. 그리고 신문을 읽기 위해 반쯤 남은 초에 불을 붙였다. 꽤 오래 전에 읽은 듯한 신문이었으나 그냥 읽어 내려갔다.

자질구레한 기사들이 너절했다. 어떤 정치인은 해외여행을 다녀왔고, 어떤 탤런트는 이혼을 했고, 누구는 새로운 아파트를 샀다는 등 쓸데없는 사연들이 열거되어 있었다. 나는 그 가운데 혹시 내 이름이 실리지나 않았을까 하고 열심히 살폈다. 나는 정치인도 이름난 탤런트도 명사도 그 누구도 아니다. 다만 규칙적이고 정상적인 것과는 달리 조금씩 움직임으로써 녹스는 것을 겨우 면하고 있는 생활을 하고 있을 뿐이다. 폐를 앓고 있고 회복은 가망이 없을지도 모르며, 햇빛 때문에 컨테이너 속에 갇혀 소일하다가 햇빛이 사라지고 나면 바깥으로 나와 대자연의 섭리나 느끼면서 산다는 기사가 한 줄쯤 실린다 해도 무방할 것 같다는 생각이 들었다.

신문 조각을 버리고 다른 사물을 바라보았을 때 나의 시선은 무수히 작은 동그라미와 온갖 안개로 가득했다. 나는 눈에 시린 사물들을 외면한 채 눈을 감아 버렸다. 그리고 나의 폐가 어느 정도 계속하여 침식작용을 일으키고 있을 것인가를 가늠해 보았다. 손바닥만 한 나의 폐는 지금쯤 더 형편없이 일그러져 있겠지. 하지만 나는 내 폐의 운명을 한 번도 비관적으로 생각해 본 적은 없다.

나는 이미 내 폐의 치료에 너무 소홀해 있다. 어느 때건 내가 폐를 앓는 환자임을 의식해 본 적은 없다. 나의 폐 속에 결핵균이 날로 번식하고 있을지도 모른다는 것은 비현실적인 상상에서나 허용될 얘기이다. 나는 나의 무릎에 난 상처가 더 아프고 쑤실 뿐이다.

갑자기 배가 몹시 고팠다. 몸속의 끓는 열과 함께 심한 허기가 느껴졌다. 그러나 모두가 텅 빈 것들 뿐, 어느 것 하나 제대로 남아있는 것이 없었다. 빈 병과 가방, 가래를 뱉을 때 사용하는 빈 깡통이 눈앞을 어지럽혔다. 구수한 국물을 마시고 싶었다. 폭신하고 따스한 이불과 집, 사랑스런 아내도 그리웠다.

"만호야."

나는 얼른 대답이 나오지 않았다. 누가 누구를 부르는 것인가 했다. 벽을 바라보고 드러누운 어머니가 내 이름을 부르고 있었다. 어머니는 내가 결혼한 이후 처음으로 나의 이름을 부르는 것 같다. 어머니의 내 이름을 부르는 소리는 그렇게 부드럽고 애탄한 것이었다. 남루한 저고리 사이로 비쳐 보이는 어머니의 신체는 너무 말라 있었다. 사람의 몸이 이렇게까지 마를 수 있을까 하는 생각이 들었다.

"내 마지막 부탁이다!"

나는 울었으면 시원할 것 같았다. 어머니는 왜 불가능한 일을 자꾸 요구하는 것일까. 햇빛이 훼방을 놓는데 어떻게 산을 내려가 살 수 있단 말인가.

그러나 어머니의 부탁은 그런 문제가 아니었다.

"저것을 없애버려라!"

어머니는 돌아누운 채 손을 움직여 안쪽을 가리켰다. 아내와 나의 결혼사진이었다. 있지도 않은 꿈의 새, 봉황이 양쪽으로 길게 꼬리를 드리운 정면의 벽 앞에 나란히 선 아내와 나의 결혼사진. 어머니는 그것을 가리키고 있었다. 그렇다. 이제 저 사진이 나에게 무슨 의미와 필요가 있단 말인가. 사진 속의 봉황이 존재하지 않듯 이미 다른 사내의 여자가 되어버린 그녀와 함께 찍은 사진이 무슨 의미가 있단 말인가. 나는 그 사진을 태워 없애기로 했다.

나는 사진틀을 꺼내면서 아내를 생각했다. 다른 사내와 어디론지 감쪽같이 달아나 버린 아내의 얼굴이 떠올랐다. 그녀는 얼굴이 꽤 반반하다는 점에서 어떤 사내든 품어 빨아먹을 권리를 가지고 있을는지 모른다. 그녀는 사랑의 진실이라는 것을 잊어버리고 아름다움과 기쁨을 찾으려 한다. 그녀가 미움과 괴로움을 동시에 맛보지 않으면 안 될 의무가 있다면, 그녀는 그러한 사내를 마음대로 주무를 수가 있을 것이다. 그 사내에게서 아름다움과 기쁨을 빼앗아갈 권리가 있을는지 모른다. 그 권리는 그녀의 생명이 붙어있는 한 나와 같은 사내는 가엾어 보일 뿐이다. 한 여자를 가엾어 한다면 아직까지도 나는 그녀를 생각하고 있다는 게 분명했다. 그리고 한 여자를 미워한다는 것도 그 동기를 어디다 두던지 그녀를 잘 알고 그녀를 사랑했다는 점에 있을 것이다. 그렇다면 나는 그 사랑이 완성되지 못한 비분에 큰 분노를 느끼고 있는 것이 아닐까.

"사랑해요, 우리 평생 죽지 말아요."

응석을 부리며 나의 몸과 마음을 껴안던 아내와의 일상. 속이 훤히 들어 비친 잠옷으로 갈아입은 그녀의 그 콧소리가 나의 머릿속에 남아 있는 기억을 들추게 했다. 지금 생각하면 참으로 아름답고 성스러웠던 일상의 일부였음에 분명했다.

"우리 즐기면서 살아요, 무의미한 생활은 싫어요."

의미 없고 취미 없는 생활에 염증이 난다는 그녀의 이런 말이 나를 깜짝 놀라게 한 적이 있다. 그녀의 이러한 말에 나는 더 이상 대답을 못했다. 그것은 그녀의 말이 논리적이라는 것보다는 월급쟁이의 재무구조가 점점 좀을 먹어 마음의 공허함을 잊어보겠다는 생각을 입 밖에 꺼낼 수가 없었기 때문이다. 더 이상 기억을 꺼내지 말자. 미워하고 싶지 않은 생각과 같이 사랑하고 싶은 마음도 없는 나에게서 어떠한 구석으로라도 내쫓자. 무의미하고 무감각한 생활이 나의 앞길에 놓여있는 오로지 한 갈래의 선이라고 한다면 애착심을 강요하여 가치 없는 것도 가치 있게 만들고 미운 것도 아름답게 하여 몸을 움직이지 못하게 하는 미련을 구태여 가질 필요가 어디 있겠는가.

결국 사람과 인연을 맺는다는 것은 상당한 채무를 주고받는 것 밖에 아무 것도 없다. 아내가 나를 버리고 그 사내와 도망쳐버린 것도 내가 진 채무와 그녀에게 준 채무를 내 스스로 청산할 수가 없었기 때문일 게다. 결혼하기 전에는 생판 어디서 보지도 듣지도 못한 남의 집 딸을 집에 데려다 놓고 그녀는 나를 위해 살고, 나는 그녀를 위해 일했다. 그것이 태어나기 전부터 결정이나 됐던 것처럼 당연한 일로 여기게끔 친숙했다는 것이 벌써 상당한 채무를 늘였던 것이 아니었을까. 내가 다른 사람에게 채무를 준다는 것은 나라는 존재가 살기 위해 하는 짓이라고 말할 수 있다. 그러나 그것은 채무를 주는 동시에 내가 또 채무자가 안 될 수는 없다.

채권은 어느 특정인이 하는 장래의 급부를 수령할 수 있는 현재의 권리이므로 당사자 사이에 일정한 신뢰관계가 존재하는 것이 필요하고, 다른 권리보다는 높은 정도의 문화를 전제로 한다. 이와 같은 채권의 중요성에 대응하여 원래 사람과 사람 사이의 상대적인 관계로서 파악된 채권이 그 자체의 경제적 가치를 가지는 하나의 독립된 재산권으로서 거래의 객체가 됨으로써 사람들의 재산의 주요한 부분이 채권의 여러 형태로 존재하게 되는 것이다. 나는, 아내가 권리만을 갈구할 뿐 그 어떤 의무도 임의로 이행하지 아니한 채 감쪽같이 잠적하여 버렸는데도, 일정한 요건하의 그 어떤 이행의 강제를 구할 수가 없어 억울하고 비분할 뿐이라는 생각이 들 때가 있다. 그렇다면 이 모순을 없애기 위해서는 아무래도 무거운 금액의 채권자나 채무자가 되는 것을 포기해야 하는 도리 밖에 없으리라.


나는 그 사진이 들어 있는 사진틀을 들고 바깥으로 나갔다. 멈칫했다. 칠십은 넘었음 직한 노인 한 사람이 문 앞에 버티고 서 있었다.

"어흠, 이곳에 살고 있는 작잔가?"

"왜 그러신가요?"

"이 컨테이너에 사는 사람이냐고 묻지 않는가?"

"그, 그렇습니다만……."

"이곳을 속히 비워줘야겠네."

나는 아무런 대답도 할 수 없었다. 이곳을 비워달라니. 그렇다면 나와 어머니는 이제 어디로 가란 말인가. 쫓기고 쫓겨서 이곳까지 왔는데, 이곳마저 비우라면 이제 어디로 간단 말인가. 새나 물고기가 아닌 이상 날아갈 수도 없고 그렇다고 강이나 바다로 빠져들 수도 없지 않은가.

"내가 이 땅 주인일세."

그는 처음부터 말을 놓고 있어 별로 기분이 좋지 않았다. 그러나 나는 그에게 그것을 따지고 있을 때가 아니었다.

"이 땅 주인이라고요?"

"그러네, 이곳에 큰 아파트 단지가 곧 들어서게 될 것이구만."

"예!"

나는 목젖이 뒤집혔다. 나는 내 가슴속에 피가 거꾸로 흐르는 것을 의식했다. 그래, 올 것이 오고 말았구나. 그렇지 않아도 며칠 전부터 빨간 삼각형의 깃발이 달린 막대기가 컨테이너 주변에 일정한 간격으로 꽂아있을뿐더러 이따금 안전모를 쓴 사내들이 측량을 하고 있는 것부터가 이상하다고 생각하고 있던 터였다. 측량과 빨간 삼각형 깃발의 표시는 이 일대가 곧 개발될 것이라는 경고의 뜻을 담고 있으리라. 그리고 내 목소리가 지나치게 컸다는 것을 뒤늦게 깨달을 때 그 노인은 벌써 산을 내려가고 있었다.

나는 나의 몸이 굳어져 땅 속으로 빨려드는 것 같았다. 무엇을 겁탈

당한 것 같았다. 주위를 둘러보았다. 그러나 무위로 메워져 있던 아까 그대로의 세계가 있을 뿐이었다. 눈에서 뜨거운 것이 와르르 쏟아져 내렸다. 이대로 드러눕고 싶었다. 깊은 잠에 빠져 죽을 때까지 일어나지 않았으면 싶었다. 죽음 속에서 다시 학교도 다니고, 결혼도 하고, 취직도 해서 공장의 기계를 만지며 살고 싶었다. 그러나 나는 살아 있어야 한다. 어머니를 위해서다. 어머니에게 호강은 못 시켜드려도 어머니 보다 먼저 죽는 불효를 저질러서는 안 될 것이다.

나는 맥이 풀렸다. 머리를 흔들어 보았다. 꿈에서 깨어난 것 같았다. 주위를 둘러보았다. 그 노인은 벌써 저 아래 아파트 신축 공사장 쪽으로 사라지고 있었다.

나는 결혼사진을 태워 버렸다. 그리고 한 동안 멍청히 그 곳에 서 있다가 맥이 풀린 몸을 이끌고 안으로 들어갔다.

"누가 왔더냐?"

어머니는 나의 얼굴을 읽고 있었다.

"예, 취직이 된 것 같구만요. 이제 곧 산을 내려가서 살게 될 것 같아요."

내 입에서 거짓말이 술술 새어 나왔다. 마치 죽음 속에서 살고 있는 것 같았다. 내가 이렇게 거짓말을 해낼 수 있는 것은 무엇 때문일까. 그것은 어쩌면 어머니가 돌아가실지 모른다는 것을 의미하는지도 모른다. 거짓말까지 해냈으니 이제 남은 것은 없다. 그러면서 나는 한편으로 후련해지는 것 같았다. 거짓말을 하고 나니 무슨 무거운 짐을 벗어 버린 것 같았다. 그리고 힘이 생기는 것 같았다. 적당한 거짓말은 생산의 한 근원이 될 수도 있다고 했던가.

"난, 산을 내려가서 단 하루라도 살다 죽었으면 싶다!"

"엄니!"

나는 어머니의 손을 찾았다. 그러고 보니 어머니의 손을 이렇게 쥐어 보기는, 내가 철이 들고 나서는 별로 없었던 것 같았다. 나의 손을 꼭 받아 쥐는 어머니의 눈물어린 눈을 보니, 효란 이러한 뉘앙스 속에 있는 것인지도 모른다는 생각이 들었다.

"취직만 되면 곧 산을 내려가 살게 될 거구만요."

정말 일이 그렇게 되어 질 것 같았다. 햇빛도 이제는 제 위치로 돌아가 나에게 훼방을 놓지 않을 것 같은 생각이 들었다. 쌀자루의 쌀을 보니 아직은 서너 되는 남아 있는 것 같았다. 그렇게 해서 이 만큼 살아왔으니, 저 만큼 살아간다는 것은 그리 어려운 일이 아닐 것 같았다. 나는 이제까지 그림자 뒤만 따라 다녔다. 투욱 툭, 앞질러 나아가면서 살아보자. 처음부터 다시 한 번 살아보자.

나는 냄비에 쌀을 담아 가지고 밖으로 나왔다. 저 아래 약수터로 내려가 쌀을 씻었다. 불을 피워대면서 나는 여러 생각을 했다. 산에서 빨리 내려가 살아야 한다. 그때 내가 살던 집주인에게 사정을 해볼까. 그 사람은 원래 나쁜 사람이 아니었으니까. 사정을 하면 다시 집을 내줄지 모른다. 아니다. 좋은 낮으로 헤어지지 않은 마당에 그 사람이 쉽게 집을 내주지는 않을 것이다. 다른 집을 얻어서라도 산을 내려가야 한다. 산 공기는 사람의 마음을 이상하게 만든다. 저 아래 마을 어귀의 공터에다 텐트라도 치고 싶은 마음도 들었다.

그 다음날 그 노인과 두 사람의 중년 사내가 찾아왔다. 그 두 사람은 집행관이라고 했다. 가옥 명도 집행을 하기 위해 이곳까지 왔다고 설명했다. 지금 당장 살림살이를 밖으로 꺼내는 명도 집행을 단행하겠다고 했다. 나는 숨이 쿡 막혀드는 것 같았다.

"법원에서 판결이 났으니, 명도 집행을 하는 수밖에 없습니다."

집행관 중의 한 사내가 내게 말했다.

"나아리!"

그때 어머니가 밖으로 나오고 있었다. 한 팔로 가슴을 받치고, 한 팔로 나리를 찾았다.

"나아리, 한 번만 봐 주시요. 우리 아들이 이제 취직이 됐으니 곧 저 마을로 내려가 살게 될 거구만요!"

"엄니!"

"이놈아, 빌어라 빌어. 이럴 적엔 그저 빌어야 쓴다!"

"할머니께서 이렇게 사정을 해도 소용없습니다요. 법원에서 판결이 나왔으니 곤란합니다요."

어머니는 집행관의 다리를 붙잡고 통 사정을 했다. 그러자 그 집행관이 그 노인을 가리키면서 꽤 큰소리로 말했다.

"할머니, 판결 때문에 안 됩니다요. 저 노인께서 연기를 해주면 몰라도."

"판결이고 뭣이고, 한 번만 봐 주시요. 내가 이렇게 빌고 있구만요."

"판결을 어떻게 보고 그런 소리를 하는 거요!"

그 광경을 지켜보고 있던 노인이 갑자기 소리를 버럭 질렀고, 어머니는 상기된 얼굴로 따지듯 말했다.

"판결도 사람이 했는디, 사람이 어찌 이 딱한 사정을 모르겠소?"

"어흠, 안 돼요. 집행관님, 지금 당장 집행을 해주시요!"

열려있는 컨테이너 속을 기웃거리며 두리번거리고 있던 노인이 헛기침을 하며 거드름을 피웠다. 나는 그런 그 노인에게 대항이라도 하듯 불쑥 말했다.

"이런 법이 어디 있답니까? 나는 이제까지 노인네께서 나를 상대로 재판을 걸어 온지도 모르고 있었고, 또 그런 판결이 났는지 조차도 모르고 있었습니다!"

"선생의 주소를 알 수 없어서, 법원에서 공시송달을 한 것으로 되어 있어요."

옆에 있던 다른 집행관이 나에게 판결문을 내보이며 말했다.

"공시송달이라는 것은, 당신 같은 사람의 주소를 알 수 없는 경우 그 사람에게 송달할 서류를 법원이 보관하고, 그 사유를 법원 게시판에 게시함으로써 송달 된 것으로 보는 제돕니다."

그 집행관은 묻지도 아니한 공시송달 제도를 나에게 설명하고 있었다.

"내가 엄연히 이곳에 살고 있는데, 어떻게 주소를 모를 수 있단 말입니까?"

"그것은 법원에 가서 따지시요."

그 집행관이 판결문이라는 것을 내저으며 얼굴을 붉혔다. 그러자 노인이 나에게 삿대질을 하며 버럭 소리를 질렀다.

"남의 땅에서 거저 살면서 무슨 생떼야! 알았건 몰랐건 무슨 잔소리가 그리 많아!"

"내가 엄연히 이곳에 살고 있지 않습니까?"

"그런 절차상의 문제는 법원에 가서 따질 일이고, 하여튼 판결이 그렇게 났다는 얘깁니다."

그 집행관이 노인을 거들었다.

"설사 법원에서 그런 판결이 있었더라도, 말미는 주어야 할 게 아닙니까?"

"그런 사정은 집행 의뢰자인 저 노인에게 해보시요."

"말미? 말미 같은 소리하고 있네! 지금 당장 집행을 해주시요!"

컨테이너 속을 살피고 있던 노인은 지나치도록 언성을 높였고, 집행관의 손을 끌어 컨테이너 안쪽을 가리키며 집행을 독촉하고 있었다. 나는 사지를 바르르 떨었다.

"이놈아, 빌어라 빌어! 이럴 땐 그저 빌어야 한다!"

어머니는 그 노인과 집행관을 향해 두 손으로 빌고 있었다.

"빌지 말아요, 엄니!"

나는 무릎을 꿇으면서 어머니를 안아 들었다. 나의 눈에서 뜨거운 눈물이 쏟아졌다. 그것은 분한 눈물만이 아니었다. 어머니의 몸이 이렇게 가벼워진 줄을 몰랐던 것이다. 가을날의 한 줌 수숫대 같았다.

"이놈아, 빌지 않으면 니가 어떡할 테냐?"

노인이 버럭 소리를 지르며 달려들 태세를 취했다. 벌컥 화가 치밀어 큰 소리로 대들었다.

"무슨 놈의 판결이 그래요. 법정에 한 번 나가지도 않았는데!"

"이놈이 죽을 라고 환장을 했구먼!"

"자꾸 이놈, 저놈 하시는데, 노인께서 나를 언제 봤다고 그러는 거요!"

나는 소리를 버럭 질렀다. 물론 남의 땅을 점유 사용하고 있다면 임차료 상당액을 지급하든지 컨테이너를 명도해 주는 것이 옳을 것이다.

그리고 확정판결이 있었다면 그 노인과 나 사이의 관계를 규율하는 규준(規準)으로서의 구속력을 가진다 할 것이다. 그러나 법원으로부터 어떤 통지도 받지 못했지 않은가. 설사 그들의 주장대로 공시송달이라는 제도에 의한 판결이 있었다면 판결문이라도 나에게 보내왔어야 되지 않겠는가. 그런 생각을 들자, 나는 진정 그런 확정판결이 있었는지조차 모를 일이라는 생각이 들었다.

"이놈아, 빌자. 같이 빌자."

어머니는 나의 어깨를 쥐어흔들면서 눈물이 가득 괸 눈으로 두 손을 싹싹 비비는 것이었다.

"빌 것 없소. 빈다고 해결 될 일이 아니요!"

그 노인이 나와 어머니를 번갈아 쏘아보고 나서 산을 내려가려 했다. 그러자 집행관 중의 한 사람이 그의 뒤를 쫓아갔다. 서로 귓속말을 주고받았다. 그들은 한 동안 그렇게 귓속말을 하고 나서 다시 이곳으로 다가왔다.

"그럼 보름간의 말미를 줄 테니, 그 때는 꼭 비우도록 하시요!"

"감사합니다, 나아리!"

어머니는 그들에게 연신 꾸벅거렸다.

"만일 그 때까지 비우지 않으면, 집행비용까지 당신들이 부담해야 하는 불이익을 감수해야 할 게요!"

"예, 알았구만요. 감사하구만요, 나아리!"

어머니는 계속 그들에게 꾸벅거렸고, 집행관이라는 그 사람들과 그 노인이 다시 무어라고 귓속말을 주고받은 뒤 산을 내려갔다.

어찌 보면 어머니의 작전이 성공한 셈이다. 끝까지 나리를 찾으면서 눈물로 애걸했던 어머니의 작전 말이다.

"감사합니다, 나아리!"

어머니는 눈물을 연신 흘리면서 그들의 뒤쪽을 향해 두 손을 싹싹 비벼대며 꾸벅거렸다.

그들도 다 죽어 가는 노파의 딱한 사정을 묵살할 수 없었던지, 보름간의 말미를 주고 산을 내려갔다. 말이 보름이지, 보름이라는 기간은 금방 닥치고 말리라. 나는 악몽이라고 생각했다. 현실이라고 생각하기에는 너무 슬픈 일이었다. 있을 수 없으며 있어서도 안 될 일이었다. 다리를 꼬집어보았다. 분명히 아픈 감각이 왔다. 꿈이 아니고 현실이었다. 보름 후면 이 컨테이너를 그 노인에게 비워줘야 하지 않겠는가. 눈에서 눈물이 자꾸 괴었다. 인생이 슬펐다. 생각을 모아 보았다. 여전히 막연한 일이었다. 무엇을 어떻게 할 것인가. 정말 산을 내려가 살아야 할 것인가. 보름 후면 그 노인이 다시 나타날 것이다. 말뚝처럼 버티고 서서 이 컨테이너를 비우라고 하겠지. 만일 비워주지 않으면 옛 집주인처럼 문짝을 뜯어내고, 포클레인을 동원하여 저 컨테이너를 부숴뜨리겠지. 정말 어떻게 할 것인가. 생각할 것이 없다. 생각을 빼버리자. 생각을 빼버리고 그때그때 어울리는 동작을 취하자. 그것을 위해 조심스럽게 살자.

주위가 어둑어둑한 것이 바다 속 같았다. 나의 주위를 물결이 흔들고 있는 것 같았다. 숨 쉬는 것이 역겨워졌다.

나는 어머니를 안아 들고 허겁지겁, 컨테이너 박스 속으로 들어갔다. 문을 들어설 때 나는 또 속이 뒤집힐 듯한 메스꺼움을 느꼈다. 안간힘을 다해 어머니를 자리에 눕혔고, 가래를 끝없이 뱉었다. 이불까지 간

신히 기어갔다. 신열이 대단했다. 참기 힘들 정도의 고통이었다. 바닥은 찼고 여전히 헛구역질이 났다. 그리고 대량의 각혈을 했다. 금세 숨이 끊어질 것 같았다. 간간이 의식이 몽롱해지기도 했다.

어흠! 그 노인의 헛기침 소리가 들렸다. 그리고 쿠웅쾅, 쿵쾅, 우르르 쾅쾅. 저 아래 아파트 건설 현장에서 파일 박는 소리와 포클레인의 엔진소리가 다시 시끄럽게 들려왔다. 점점 더 가까이서 요란스럽게 들려왔다.

갑자기 문이 뜯기고 컨테이너가 조각이 나고 벽의 전부가 깨뜨려지며 주위가 시끄러운 시내의 길바닥에 어머니와 내가 드러누워 있는 것 같았다. 수많은 행인들과 차량들이 그곳에 드러누워 있는 어머니와 나를 내려다보고 있었다. 그리고 그 건너편 길바닥에는 어디서 본 듯한 젊은 사내와 아내가 벌거벗은 채 섹스를 즐기고 있었다. 아내 위에 엎드린 그 사내의 표정은 얼굴 속에서 금세라도 다른 얼굴이 튀어나올 것 같이 울그락불그락했다. 아내는 그 사내의 품속으로 파고들며 절정에 이르고 있었다. 그들은 자지러드는 음성으로 몸을 뒤채이고 거친 숨을 몰아쉬고 혈관의 진동을 일으키며 마지막 순간의 경련을 반복했다. 한참 뒤 그들은 한동안 해변에 밀려온 익사자들처럼 길바닥에 그대로 반듯하게 누운 채로 숨을 고르고 있었다.

나는 애써 아내만을 생각했다. 우리는 서로 만나 마음과 육체를 섞으며 살았지 않은가. 그런데 우리는 이별이라는 숙명 때문에 헤어졌지 않느냐. 아, 장미꽃 보다 더 아름다운 아내여. 우주의 그 무엇보다 아름답고 고귀하다던 우리의 사랑은 어찌 되었느냐.

그런데 이상했다. 그 많은 행인들이 아내와 그 사내는 거들떠보지도 않고 어머니와 나만을 내려다보고 있었다. 그 행인들 중에는 그 노인과 집행관들도 끼어 있었다. 그 노인은 헛기침을 연신 했고, 집행관들은 판결문이라는 것을 내 얼굴 앞에 흔들어 대고 있었다. 나는 그 행인들의, 그 노인의, 그 집행관들의 시선을 의식하며, 어디론가 숨고 싶고 도망치고 싶었다. 그러나 나는 혼자가 아니라는 생각, 먼지처럼 핵처럼 이 컨테이너 안에 떠돌고 있으면서 어머니와 함께 있다는 생각을 했다. 그리고 몹시 허전하고 무서웠다.

더 이상 아무 것도 생각할 수 없었다.

내 눈에는 나도 모르게 눈물이 고였다. 인간의 존재와 상처, 그 수렁의 끝. 나는 울면서 그 수렁의 한 끝 자락을 벗겨보았다. 컨테이너 속의 생활, 따뜻하고 아늑한 집과 사랑하는 아내에 대한 향수가 북받쳐 올랐다. 나는 어머니를 껴안듯이 그 끝 생각 같은 것 하나를 어렴풋이 꺼내 폭 껴안았다. 나의 존재의 이유는 무엇이고, 그 상처, 수렁의 끝은 어디인가를.

나는 이제 헤어 나오려고 애를 써도 소용없는 깊은 수렁으로 잦아들고 있었다. 잦아들면서 어렴풋이 기억을 헤아려 보았다. 그러나 마지막 생각은 아득한 수렁, 차갑고 깊은 회흑빛의 하나의 뻘밭이었다. 나는 그러한 뻘밭 속으로 점점 혼곤히 잦아들고 있었다.

질투

# 질 투

진희는 그 해 겨울 동해안의 한 콘도에서 남편과 휴가를 즐기고 있었다. 그런데 이틀째 되는 날 남편이 콘도를 나간 후 통 연락이 되지 않았다. 곧 돌아오겠다던 그이가 아직까지 돌아오지 않는 것이다. 바깥엔 함박눈이 내리고 시계바늘은 열두시를 가리키고 있었다. 대체 어떻게 된 걸까. 처음에는 그냥 무슨 볼일이 있어 늦는 걸로 여겼는데, 오랜 시간동안 돌아오지 않으니 걱정이 앞섰다. 눈 속에 사고라도 당한 게 아닐까. 자꾸 불길한 생각만 들었다. 게다가 휴대폰마저 꺼진 탓에 애가 탔다.

남편은 몇 해 전부터 난에 흠뻑 빠져들었다. 언제인가 그가 서점의 그 많은 책들 속에서도 결코 눈길을 끌 리 없는 '난과의 생활'이라는 한갓 애들의 그림책 같은 책을 사들고 들어왔다. 그리고는 마치 전문서적을 들춰보며 비교, 분석이라도 하듯 그 책을 뒤적거리며 한동안을 그렇게 보내는 것이었다. 그러더니 급기야 그것도 모자라 어느 헌 책방을 뒤졌는지 난에 관한 해묵은 책들을 한 아름 끌어안고 들어왔다. 그때부터 난에 관한 책은 남편의 그림자처럼 어디든지 따라다녔다. 그 후 남편의 욕망은 그러한 그림책만으로는 부족했던 것일까. 이따금 허리춤에 노랗거나 하얀 줄무늬가 든 이상하게 생긴 난을 사들고 들어오기 시작했다. 그리고는 마치 신비의 세계라도 탐닉하는 사람처럼 경이로운 눈빛으로 난을 살피는 것이었다. 남편이 이상하게 생긴 난을 그처럼 소중하게 여기는 걸 보면 지천에 널려있는 풀잎으로 밖에 보이지 않았던 그런 풀잎의 난에 분명 그녀가 알지 못하는 비밀이 감추어져 있으리라는 막연한 생각이 들었다. 그러자 난분이라도 잘못 건드려 깨진 날에는 큰일일 것 같아 애들에게 그곳 근처에 가까이 가지 말라는 말을 연일 되풀이하는 게 그녀의 첫 번째 소임이 되고 말았다. 남편은 난을 시나브로 사들고 들어왔다. 앓아도 중병을 앓고 있는 셈이었고, 쉽사리 치유될 병이 아닌 것 같았다. 그 무렵부터 그녀의 '난과의 전쟁'은 점점 더 고조되어 가고 있음을 깨달았다. 그리고 그때마다 그녀는 불끈불끈 솟구치는 질투심과 지독한 증오심 같은 것을 삭혀야 할 때가 많았다.

　얼마쯤 잤을까. 눈을 떴을 때 TV는 화면을 일그러뜨리고 하얗고 노란 수많은 점과 선의 빛으로 반짝인 채 잡음만 내뿜고 있었다. 그런데 남편은 아직도 들어오지 않고 있었다. 소파에서 깜박 잠이 들었나본데, 꿈결에 어디서 초인종 소리가 났다. 머리를 흔들어 보았다. 분명 그들이 묵고 있는 콘도의 초인종소리였다. 남편임에 분명했고 시계바늘은 새벽 두시를 가리키고 있었다. 대체 어디서 무얼 하다 이제야 들어온단 말인가. 그녀는 일어날까 말까 망설이다가, 그냥 자는 척 하기로 했다.

"우리 동해안으로 갈까?"

남편이 모는 자동차의 옆자리에 앉아서 캄캄한 고속도로를 질주하며, 그녀는 또 다른 남편의 모습을 보았다. 남편과 그녀는 지금 도회의 일상을 떠나 푸른 바다와 하얀 파도를 향해 내닫고 있는 중이었다. 그렇게 대자연을 향해 달리는 아득한 거리감 속에서, 그녀는 그동안 난으로 인하여 소원했던 남편과의 관계가 회복되는 듯싶어 즐거웠다.

밤새워 달린 자동차가 동해안의 어느 한적한 길가에 멈추어 섰을 때, 마침 일출이 시작되고 있었다. 아침 해는 겨울 바다를 온통 분홍빛으로 물들인 채 이제 막 서서히 수평선을 뚫으며 솟구치고 있었다. 그때 남편이 감탄을 연발했다.

"아무래도 우리 잘 왔나봐. 동해의 겨울 바다, 맘껏 즐기다 가자구."

그런데 이게 어찌된 일인가. 그러한 약속이 언제였느냐는 듯이, 그녀만 홀로 남겨둔 채 콘도를 나갔다가 새벽녘에야 돌아올 수 있단 말인가.

찰카닥, 현관문이 열렸다. 쿵, 문이 닫히고, 남편 특유의 발자국소리가 났다. 몇 분 후 잠든 척하는 그녀 곁에서 한참 무언가를 골똘히 지켜보고 있는 듯한 느낌이 들었다. 그녀는 자신을 내려다보고 있는 남편을 맞을 준비를 하고 있는 마음의 황홀감 때문에 감히 눈을 뜰 수가 없었다. 점점 시간은 흐르고 거칠어지는 듯한 남편의 숨소리가 그녀의 전신을 휘감았다. 오늘만은 남편의 잘못을 모두 용서하고, 난에 대한 질투심과 증오심을 모두 씻어 내리라.

진희 곁에서 남편이 숨을 쉴 때마다 부드러운 암시나 최면처럼 그의 체취가 천천히 그녀의 목구멍으로 넘어오면서 순간적으로 자릿한 느낌이 온몸을 스쳤다. 그녀의 몸에 남편의 냄새가 가득히 뱄다고 느끼는 순간 마침내 남편이 그녀를 끌어안기를 바랐다. 두 사람의 목이 이쪽과 저쪽으로 감기고 부딪치며 가볍게 흥분하고 그리고 뜨거운 입술을 부딪치고 저절로 열리는 입술의 틈으로 입술들이 틈입하고, 그리고 체온과 맛이 다른 혀가 입 속으로 와락 넘어 들어와 적당히 뜨겁게 달구어진 두 개의 혀가 서로를 휘감기고, 그리고 팔이 얽히고, 기우뚱 중심을 잃으며 서로의 팔 속으로 좀더 다가가고……. 그리고 양파 껍질을 벗기듯 그녀의 겉옷이 벗겨진 다음 마지막 속옷을 걷어내기를. 세상이 기우뚱거리면서 돌고, 남편의 신체의 일부가 그녀의 살 속으로 서서히 파고 들어 와 질기고 단단한 나무둥지처럼, 고궁의 둥글고 커다란 기둥처럼 마구 부풀어 올라 서로가 유체로부터 이탈된 영혼처럼 내부에서 결합되기를……. 깊숙이 파고든 후 나의 것이 온기를 회복하며 한 잎 한 잎 열려 그를 맛보고 빈틈없이 조이며 끌어안고 뜨겁게 가쁜 숨을 몰아쉬며 깊이 빨아들이며 마침내 통째로 삼켜버리려 할 지경에 이르기까지……. 그리고 혈관이 진동을 일으킨 마지막 순간에 경련이 반복되는 동안 밤하늘에 번갯불이 일어나듯 서로의 존재의 어두운 뿌리에 불꽃이 벌겋게 튀어 올라 그녀를 산산조각으로 터뜨려 버리기를…….

몇 분 동안 그녀만의 어처구니없는 착각 속에서 그녀는 감히 그 자리에서 움직일 수가 없었다. 지그시 한쪽 눈을 떠보니, 아니 이게 어찌된 일인가. 남편의 손에 들려있는 중투(中透) 한 분(盆). 굳이 얘기하자면, 중투는 난 잎의 중앙부가 녹색이 아닌 황색이나 백색의 무늬가 들고 잎 밑 부분의 기부에서 잎 끝까지 녹색의 테두리를 두른 잎 변이(變異)의 희귀한 난으로, 난 애호가들이 배양하기를 선호하는 까닭에 고가에 거래되고 있는 한국춘란이다. 그런데 남편은 여행을 와서까지 그 고가의

난을 사들고 들어와서는 연여인(戀女人)을 탐닉하듯 흠뻑 그 아름다움
에 도취되어 있었다. 모습만이 아니라 심장의 박동, 혈압까지 오를 정
도로 그 연여인과 가쁜 숨을 몰아쉬며 오르가즘에 젖어 있었다. 남편은
마치 초식류의 부드러운 살코기를 허겁지겁 먹어치우는 맹수처럼 가쁜
숨을 몰아쉬고 있었다. 그녀는 그 동안 그러한 여인에게 남편을 빼앗기
고 살아온 게 분명했다. 그런데 이곳까지 와서도 이런 신세라니.

"지금, 뭐 하는 짓이에요!"

그녀가 벌떡 일어나 버럭 소리를 지르자, 남편의 눈이 휘둥그레졌다.
난에 대한 그 어떤 감정을 그녀는 굳이 질투나 증오 따위로 표현하고 싶
지는 않았다. 세상사의 눈으로 보자면 난과 남편과의 관계란 더없이 감
상적이어서 자연에 대한 섭리가 아니라 변이와 희귀에 대한 소유욕에
불과한 것이었다. 그렇듯 그들의 관계가 단순한 소유욕이나 금전적 욕
망뿐이라 하더라도, 남편의 난에 대해 드러낸 어떤 감정 속에는 그가 끌
릴 수밖에 없는 남다른 생명력 같은 게 있을지도 모를 일임에 분명했다.

그럼 난이란 무엇인가. 이 지구상에는 약 800속(屬) 3만 3천여 종에
달하는 난과 식물이 있으며, 극지방 등 일부를 제외하고는 전 세계적으
로 광범위하게 분포되어 있는데 열대지방이 다른 지역에 비해 그 밀도
가 높다고 한다. 한국에는 39속 80여 종의 난이 자생하고 있으나, 자생
란에 대한 관심이 적은 대부분의 사람들은 한국, 중국, 일본의 자생란
을 개량한 동양란과 미국이나 유럽에서 원예화한 서양란을 구입하여
배양하는 것이 대부분인데, 이는 대량으로 유통되는 배양품종의 가격
이 저렴하다는 이유 이외에도 자생지가 남부지방에 한정되어 있는 지
리적인 여건 때문에 자생란을 접할 기회가 많지 않았을 것이라는 점도

생각해볼 수 있다. 난의 어원은 나비난초속(屬) 난초의 덩이진 뿌리가 고환을 닮았다 하여 고환을 뜻하는 그리스어 '오르키스'에서 오늘날 오키드(Orchid;난초)라는 말이 유래되었다고 하는데, 계절별로 각양각색의 꽃을 피울뿐더러 향기 또한 천차만별이어서 오랜 옛날부터 사람들의 관심을 받아왔던 것이다. 중국이나 일본에서는 이미 오래 전부터 난을 재배해왔는데 반해 한국은 옛 선비들의 벗으로 사군자 소재로 오르내렸을 뿐, 난을 배양하기 시작한 것은 고작 30년 안팎에 불과하다고 한다.

무릇 남정네들은 스케일이 크고 동적이어서 초화를 기르거나 가까이 하는 것은 별로 어울려 보이지 않는다고 하고, 실제로도 남정네들은 일반 초화를 별로 가까이 하지 않는다. 그런데 난만은 무슨 까닭인지 대부분 남정네들이 많이 기르면서 그 재미에 푹 빠져 있는 것을 보면 참으로 신기하고 난이 남정네들을 끌어들이는 알 수 없는 매력에, 진희는 다시 한 번 감탄했다.

그렇다. 눈에 비치는 푸른색의 풀잎으로 밖에는 그 이상 무엇으로도 다가오지 않던 식물이 무한한 영향력을 내포한 신비로움으로 마음속에 닿을 게다. 그윽하게 풍겨오는 청향(淸香)을 맡으며 저마다 각기 다른 자태로 그 특유의 멋을 간직하고서 날마다 변화되어지는 모습으로 새 날을 맞이하고 새싹을 탄생시키기 위한 준비를 하고 있을 게다. 우리 선인들이 수많은 식물 중에서 특별히 난에 대하여 고상하니 군자의 품성을 갖추었느니 하는 찬사를 아끼지 않았던 까닭은, 그 잎의 부드러우면서도 탄력을 잃지 않은 선의 흐름, 그리고 가냘프면서도 휘되 꺾이지 않는 절개와 지조, 꽃의 색과 생김새의 소박하면서도 은근한 아름다움을, 그리고 폐부를 찌르는 것 같은 청아하고 산뜻한 향기가 세파에 찌든 그들의 심신을 정화시켜 주는 작용이 있음일 게다.

"안 잤어?"

남편이 기어드는 소리로 지그시 물었다.

"지금, 뭐하고 있냐고요!"

진희가 턱을 내밀며 소리를 지르자 남편은 곤혹스런 표정을 지으며 어정쩡한 소리로 대답했다.

"미안해. 보면 모르겠어?"

"휴대폰은 왜 껐어요?

남편은 좀 당혹스런 표정을 지었다. 그리고 코끝으로 흘러내리는 안경을 밀어 올리며 냉장고에서 물병을 꺼내 병째로 물을 벌컥벌컥 들이켜고 나서 목소리를 낮추며 말했다.

"배터리가 다 닳았어."

"여기까지 와서 또 그년인데, 잠이 와요?"

"그게 무슨 소리야, 그년이라니?"

"미쳐 갖고, 그 풀 잎사귀가 황진이라고 하더니만, 그래 그년을 품고 자든지 말든지 알아서 하세요!"

"그만 해 둬."

남편은 그녀의 눈치를 살피며 어물어물 대답했고, 그 난을 뒤로 감추면서 어찌할 줄 몰랐다. 그리고 그 난분을 탁자 위에 가만히 올려놓은 뒤 그녀를 끌어안았다.

"그래, 난이란 한낱 풀 잎사귀에 불과해."

"……?"

　남편은 그녀를 그곳에 넘어뜨린 다음 팔을 뻗어 그녀의 몸을 둘렀다. 그리고 그녀의 목을 데이도록 물고 침대를 향해 방바닥을 비척비척 걸어가면서 말을 이었다.

　"물론, 당신보다 더 많이 진화된 생물이기는 하지만……."

붉은머리오목눈이

# 붉은머리오목눈이

최승희가 사무실로 나를 찾아온 것은 그해 늦가을 정오 무렵이었다. 아는 사람의 소개로 나를 찾아왔다고 했다. 그런데 무슨 연유로 나를 찾아 왔는지에 대해서는 말하지 않은 채 그저 묵묵히 내 책상 앞에 서 있을 뿐이었다. 무슨 딱한 사정이 있어 나를 찾아온 것 같은데, 입을 떼지 않으니 알 수 없는 노릇이었다.

"저쪽으로 좀 앉으시죠."

나는 하는 수 없이 집무 책상에서 일어나 응접세트를 가리켰다. 내가 메모지와 볼펜을 챙겨들고 응접세트로 가서 앉자 그녀도 따라 앉았다. 그녀는 그곳에 앉아서도 나를 물끄러미 쳐다만 보고 있을 뿐 별다른 말이 없었다.

"무슨 일로 오셨는가요?"

"……"

여전히 묵묵부답. 그녀는 지금 아무런 대꾸를 하지 않을 뿐 아니라 앞으로도 대꾸를 하지 않겠다는 메시지를 담은 표정이었다. 참으로 답답한 노릇이었다.

"말을 해야, 무슨 일이든 할 게 아니요!"

나는 말끝에 불현듯 목소리를 높이고 말았다. 그렇지 않아도 그날따라 골머리 아픈 일로 찾아온 사람이 많은 탓에 몹시 신경이 날카로워 있는 터였다. 그런데 바쁜 사람을 붙들고 그녀가 아무런 대꾸도 않은 채 나의 신경을 건드리고 있지 않은가. 게다가 설상가상으로 그녀는 대답하기는커녕 갑자기 눈물을 흘리기 시작했다. 난감하기 짝이 없었다. 나에게서 무언가 법률적 조언을 받으러 왔다면 묻는 말에 대답을 해야 할 일이지 갑자기 울음이라니, 어쩌자는 것인가. 나는 담배를 피워 물고 그녀의 눈치를 살폈다. 그녀는 눈물이 그득한 눈으로 나를 바라보고 있을 뿐 여전히 아무런 말이 없었다. 나는 그녀를 물끄러미 바라보며 가지고 있던 볼펜을 켰다 껐다를 반복하다가 드디어 그녀가 대답하지 못하는 이유를 알아차렸다.

"아가씨, 차나 한 잔 할까요?"

나는 자리에서 일어서며 이렇게 말했다. 그녀가 기다렸다는 듯이 고개를 끄덕였고, 나는 그녀와 함께 나의 사무실 아래 지하다방으로 내려가 커피를 시켰다. 그녀는 그곳에서도 내 눈치만 살피고 있을 뿐 입을 떼지 않았고, 입을 먼저 연 쪽은 나였다.

"아가씨, 무슨 일로 나를 찾아왔는가요?"

"저 아가씨 아닌데요."

아가씨가 아니라니, 이게 또 무슨 뚱딴지같은 소리인가. 이렇게 앳된

아가씨가, 아가씨가 아니라니.

"그럼 결혼을 했단 말인가요?"

"애가 둘인 걸요."

그녀는 기다렸다는 듯이 말을 이었고, 나는 다시 놀랐다. 이제 겨우 스물예닐곱 살 정도 먹어 보이는 아가씨가 애가 둘이라니. 그러나 그녀의 나이는 서른셋으로 나이보다 훨씬 어려 보였을 뿐이었다.

"이혼도 취급하나요?"

그녀가 불쑥 물었다.

아하, 그때서야 나는 아까 그녀가 사무실에서 나와 여직원들의 눈치를 살피며 대답을 하지 않았던 이유를 다시 한 번 깨달았다.

"이혼하게요?"

"네."

그녀의 대답은 단호했다.

"협의이혼인가요, 아니면……."

"재판으로요."

내 말이 채 끝나기도 전에 그녀는 나의 말을 잘라 말했고, 나는 협의이혼과 재판상이혼의 차이점에 대해 설명해 주었다. 협의이혼이 더 간편하고 시간과 비용이 저렴하여 바람직스럽다고. 그런데 남편이라는 사람이 이혼할 의사는 있으면서도 협의이혼을 해주지 않아 나를 찾게 되었다는 것이었다.

"협의이혼이 안 되면 하는 수 없이 재판으로 해야 합니다."

"네, 알고 왔어요. 소장을 써주세요."

그녀의 남편은 다른 여자가 있고, 그 여자한테서 아들까지 하나 낳았다고 했다. 결국 그녀가 법무사인 나를 찾은 것은 소장의 작성을 의뢰하기 위함이었고, 나는 그녀가 준비해야 할 서류를 메모해주었다. 이것이 그녀와 나와의 사이의 첫 번째 만남이었다.

흥정은 붙이고 싸움은 말리라고 하지 않던가. 그날 나는 그녀와 헤어지면서 이렇게 일러주었다. 어린 자식들을 위해 함께 살아보라고. 그래도 그게 아니다 싶으면 남편을 설득해 협의이혼 쪽을 선택하라고. 그것이 시간과 비용은 물론 여러 면에서 훨씬 더 바람직스러울 것이라고. 그것마저 되지 않았을 경우 메모해준 서류와 도장, 그리고 일정액의 소송비용을 준비하여 다시 나를 찾아오라고.

그 후, 그녀가 다시 나를 찾아온 것은 보름쯤 지났을 무렵이었다. 그녀와 나는 다시 지하다방으로 내려갔다. 그녀는 내가 적어준 메모지와 서류 뭉치를 내밀었다. 메모지에 적힌 나의 글씨에다 동그라미를 그려가면서 서류를 매우 꼼꼼히 준비하고 있었다. 이것이 그녀와 나의 두 번째 만남이었다.

"맡아서 일을 처리해 주세요."

"끝내 협의이혼은 안 되는가 보군요?"

"빌어먹을 자식!"

그녀는 남편에게 욕설을 했다. 그녀가 스스럼없이 욕설까지 하는 것으로 보아 그 동안 그 일에 무척 시달려 몹시 분개해 있는 게 분명했다.

"정말 괘씸한 사람이군요."

내가 그녀를 거들었고, 그녀는 이내 흥분된 어조로 말을 술술 이어갔다.

"글쎄, 내가 새로 시집가는 게 싫어서 못해 주겠다는 거예요. 니년 팔자 고치는 건 차마 눈뜨고 못 보겠다나요?"

"저런."

"그게 사람 자식이 할 짓입니까?"

"그러게 말입니다."

나는 계속해서 그녀를 거들었다. 이내 흥분이 갈앉지 않는 그녀에 대한 이 정도의 거들음은 필요할 것 같다는 생각이 들었다.

"대법원까지 가는 한이 있더라도, 기어이 끝낼 겁니다. 나쁜 자식!"

나는 그 사이 그들의 혼인생활의 과정과 파탄에 이르게 된 경위 및 재산관계 등에 대하여 메모를 했고, 그녀의 이혼소장을 작성하여 주기로 했다.

"비용은 얼마인가요?"

"재산분할 청구나 위자료는 어떡하시겠습니까?"

"더러운 자식, 이혼만 하겠습니다."

"그래도 정신적인 고통에 대한 위자료는 청구하는 것이……."

"내놓을 돈이나 있답니까. 내버려두겠습니다."

그녀는 또 다시 나의 말을 잘랐고, 나는 그녀의 소장 작성을 위해 여러 가지 질문을 더 했다.

"그럼, 두 딸아이에 대한 친권행사는 어떡하시겠습니까?"

"그것도 차후 문제구요. 이혼만 서둘러 주세요."

"그래도 일을 한꺼번에 처리하는 것이 바람직스러울 텐데요."

"급한 게 이혼입니다. 이혼만 해주세요."

"그럼, 그렇게 합시다."

"그런데 법무사님, 부탁드릴 말씀이……."

그녀는 더 이상 말을 잇지 않고, 나의 눈치를 살피고 있었다.

"뭔데요?"

"비용은 나중에 드리면 안 될까요?"

"내 수임료는 몰라도, 소장 첨부 인지대와 송달료 등 공적 비용은 지금 주시는 것이……."

"제가 지금 돈이 없어서요."

내가 미처 뭐라고 대꾸할 말을 찾지 못하고 망설이자, 그녀가 이번에는 표정까지 고쳐가며 얼굴 전체로 활짝 웃어 보였다.

"염려 마세요. 떼먹지는 않을 게요."

나는 그녀의 까만 눈동자에서 시선을 피하며 잠자코 옆으로 고개를 저어 보였다. 그러면서 어쩔 수 없이 자조했다. 사정이 그렇다면 내 수임료는 받지 않아도 된다지만 공적인 비용까지 나더러 부담하여 일을 처리해 달라고? 보지도 듣지도 못한 여자가 양질의 법률 서비스를 바란다면서 하는 얘기가 외상으로 하자니? 나는 그녀를 살폈다. 그녀는 앞도 뒤도 전혀 보이지 않는 캄캄한 시간 속에서 끝없는 갈증에 시달리며, 무언가 한 줄기 빛이라도 찾기 위해 안간힘을 쓰는 혼곤한 인생의 부랑자 같아 보였다.

돌이켜보건대, 나는 어린 시절 줄곧 나의 감정 따위를 드러내 보이지 못하고 어둡고 시린 삶을 살았다. 늘 그렇듯이 하루하루가 지루하리만큼 몹시 더딘 속도로 성장하는 나의 삶인지라, 애초에 깊은 감정 따위로써 내가 끼어들어 살 따뜻한 가정의 틈이란 없었다. 아니, 나라고 남들처럼 흔히 갖고 있게 마련인 동물적인 부성애나 모성애 따위가 없지는 않았을 터였다. 내가 이 세상에 갓 태어나자마자 어머니가 죽고 나서 시작된 아버지의 끝없는 방탕한 생활. 아버지는 마치 어머니의 죽음을 기다리기라도 했다는 듯이 거리의 술집을 방황했고, 집에 들어오는 날보다 술집을 배회하며 거리의 술집 여자들과 지내는 날이 더 많았다. 어머니가 차지하고 있던 아버지의 삶이 빈껍데기뿐이었다는 것을 확인이라도 시키듯 아버지는 가정이란 울타리를 벗어나기 위해 발버둥치는 것 같았다. 아버지는 숱한 시간과 돈으로 술에 취해 밤거리를 헤매고 다녔고, 그렇게 밤거리의 술집들을 떠돌다가 술의 명정 끝에 만난 술집 여자들과의 머무른 방탕한 생활, 그리고 배다른 동생들의 탄생. 그 다음에 나는 외갓집에서 외할머니의 보살핌으로 줄곧 고아처럼 자랐다. 그래서인지 나는 남에게 내 마음, 내 생각을 드러내 보인 적이 거의 없었던 나의 성장 조건이 어쩌면 나를 더욱 편벽되게 만들었는지도 몰랐다.

가정에 대한 나의 기억은 그것뿐이었다. 그리고 나는 비로소 가족이란 나와는 전혀 다른 독립된 싸늘한 하나의 개체일뿐더러, 그 어떤 노력으로도 더 이상 접근하기 불가능한 한계성을 지닌 또 하나의 외롭고 쓸쓸한 존재라는 것을 깨달으며 성장했던 것이다. 내가 가정에서의 나의 존재에까지 생각이 미쳤을 때, 뭉클한 가슴 저 밑바닥에 켜켜이 고여 있다가 전신을 휩쓸고 분수처럼 솟구친 시린 정기는 외갓집에서 외할머니의 손에 자란 경우보다 더 혹독하게 매섭고 차가운 것이었다. 결국 나는 가정에서마저도 거의 알맹이 같은 것을 받거나 얻은 적이 별로 없이 늘 쭉정이만 바라보고, 매만지고, 핥으며 성장했을 뿐이었다. 만일 어머니가 살아서 아버지의 숱한 술집 여자들과의 방탕한 생활, 그리고 배다른 동생들의 모습을 지켜보았더라면, 어떠했을까. 가련한 최승희. 나는 내가 태어나자마자 죽어 얼굴 한번 본 적이 없는 그런 어머니를 생각했다.

"걱정하는 건 돈이 아니라, 소송 절차와 그 결과입니다."

최승희가 눈을 커다랗게 뜬 채 나의 걱정하는 고갯짓에 대해 연신 의아해 했다. 그녀는 나의 고갯짓이 도무지 이해가 되지 않는다는 표정이었고, 나는 거의 입안에서 우물거리다시피 어눌하게 말을 골랐다.

"왜냐하면, 저쪽에서 다투고 나올 것에 대비해야 한다는 뜻이에요."

최승희는 여전히 진지한 눈빛으로 나를 주시하고 있었고, 나는 머릿속 깊은 언저리에 간직하고 있던 최후의 무엇인가를 꺼내 그녀에게 건넸다.

"돈은 걱정하지 말아요. 어디, 하는 데까지 한번 해봅시다."

"고마워요. 법무사님."

나는 그 다음 날 그녀가 그녀의 남편과의 사이의 혼인생활을 통하여 심히 부당한 대우를 받아왔고 또한 그녀의 혼인생활은 남편의 귀책사유로 인하여 더 이상 계속할 수 없는 중대한 사유가 있다는 취지의 이혼 소장을 작성하여 법원에 제출하여 주었다.


최승희가 나에게 풀어놓은 그들 부부의 혼인생활의 과정과 그 파탄의 보따리는 이러했다.

그녀는 여고를 졸업했으나 집안 사정이 어려워 상급학교에 진학하지 못했다. 졸업 후 곧바로 휴대폰 등을 판매하는 가게의 점원으로 일하면서 야간대학을 다녔다. 그녀가 그 회사에 입사한 지 두어 달 정도 지났을 무렵 그녀의 남편 될 사람이 군에서 제대하고 그 회사의 영업사원으로 들어왔다. 그 회사는 사장을 포함해서 직원이 열 명 남짓 된, 그야말로 조그만 회사였다. 그 회사는 휴대폰 등이 대중화되면서 차차 호황을 누리기 시작했고, 회사는 날로 번창했다. 이따금 전 직원 모두가 회식을 했는데, 어느 날 회식을 마치고 노래방까지 갔다가 남편 될 사람과 가까워지게 되었고 결국 결혼까지 했다.

그들이 결혼한 후 남편은 아내와 같은 직장에 근무할 수 없다는 이유로 독립하여 그 회사와 유사한 가게를 차렸고, 그 무렵 휴대폰 등은 대중화 단계를 넘어 필수품으로 자리를 잡아가고 있었다. 얼마 후 그녀도 다니던 회사를 그만 두고 남편의 가게를 도왔다. 그들은 상당한 돈을 벌었다. 그런데 남편은 이제 돈을 좀 벌어, 먹고 살만 하자 한눈을 팔기 시작했다. 날마다 접대가 있다고 귀가하는 시간이 늦었고, 이따금 외박까지 했다. 그녀는 처음에는 돈이 잘 벌리는 재미와 야간대학 때문에 남편의 귀가시간에는 별 신경을 쓰지 않았다. 그런데 날이 갈수록 그 빈도가 심해지고, 하루는 남편이 그날 오후 내내 보이질 않더니 이틀 동안 외박을 했다.

"당신 해도 너무 한 게 아니에요?"

참다못한 그녀는 드디어 남편의 늦은 귀가시간과 잦은 외박에 대해 문제를 제기했다. 도저히 이대로 넘겨버릴 수 없다는 생각에서였다.

"남편이 사업상 며칠 늦은 걸 가지고 왜 그래?"

"늦기만 했어요. 외박은 어떡하구요?"

"사업상 어쩔 수 없는 일이잖아?"

남편은 결국 사업 핑계를 댔다. 원래 휴대폰 등을 판매하는 가게라는 게 접대는 별로 필요치 않았다. 각종 통신기기를 가져다 팔면 그것으로 끝인데, 남편이라는 사람은 접대가 필요하다고 했다. 설사 거래처와의 접대가 필요하다고 하더라도 외박은 필요치 않으리라는 생각이 들었다.

"당신, 그 다방 김유민가 어떤 년인가 하고 놀아나는 게 아니에요?"

그 무렵 남편은 가게 맞은편 다방을 자주 들락거렸고, 그 다방의 종업원 김유미하고 어떻고 어떤 사이라는 소문도 나돌았다. 그러나 확증이 없는 그녀로서는 별 도리가 없던 터였고, 남편을 미리 단속해두자는 생각에서였다.

"누가 그런 소릴 해!"

그녀의 김유미에 대한 언급에 남편은 필요 이상의 과잉 반응을 보였고, 소리까지 버럭 질렀다.

"다 알고 있어요!"

"내가 그년하고 무슨 일이 있으면 손에 장을 지진다, 장을 지져!"

남편은 피곤하다고 하면서 이내 잠이 들어버렸다. 그녀는 말은 그렇게 했어도 남편과 김유미와의 관계가 그게 아니기를 바라는 마음뿐이었고, 그 날은 그 정도에서 그치고 말았다.

그런데 그달 말일 월말 결산을 해보니 돈이 턱없이 모자랐다. 무려 이천여 만 원이라는 돈이 부족했다.

"당신, 이 돈 다 어디다 썼어요?"

"무슨 돈?"

"이천만 원 이상이 부족하잖아요!"

"……."

그녀가 돈의 액수까지 정확히 말하자 남편은 입을 다물어버렸다. 오늘은 그냥 넘어가지 않으리라. 그녀는 집요하게 파고들었다. 그런데 남편은 아무런 대꾸를 하지 않았다. 상대방의 물음에 아무런 대꾸를 하지 않는다는 것, 그것은 더 화가 치밀고 의심은 더욱 증폭되었다.

"사용처를 대세요. 그게 어떻게 번 돈인데!"

"……."

"어디다 썼어요?"

그녀는 빠득빠득 대들면서 다그쳤다.

퍼억! 마침내 남편이 주먹을 날렸다. 그는 단단하게 쥔 주먹으로 권투선수가 상대방 선수를 공격하듯 그녀의 얼굴 광대뼈 부분을 내리쳤다. 번갯불 같은 것이 눈앞을 스치고 지나갔다. 그녀가 정신을 차렸을 때는 어린 두 딸아이가 그녀 곁에서 울고 있었고, 아래층 여자가 그녀의 머리에 물수건을 얹어놓고 딱하다는 듯 그녀를 바라보고 있었다.

방안에 널브러져 버린 그녀는 다음 날 하루 내내 고열에 시달리며 누워있었다. 얼굴에 퍼런 멍이 들어 있어 만지면 몹시 아팠다. 몸이 달구어진 쇳덩이처럼 뜨겁고 무거웠다.

남편은 그날도 그 다음날도 들어오지 않았다. 가게에도 나타나지 않았다. 그녀 혼자서 가게를 지켰는데, 장사는 그런 대로 되고 있었다.

남편이 집에 돌아온 것은 그로부터 무려 일주일이 지난 뒤였다. 그녀는 그런 남편에게 아무런 반응을 보이지 않았다. 필시 그 다방의 김유미하고 놀아나다 들어왔음이 분명했다. 더럽고 치사한 남편과 얘기하고 싶지 않았을 뿐 쳐다보기조차 싫었다.

"우리, 여기서 끝내자."

드디어 올 것이 온 것 같았다. 소문으로만 떠돌던 남편과 김유미와의 관계가 사실로 드러나고 있었다.

"제발, 그냥 나를 내버려 둬. 헤어지자고."

"나쁜 자식!"

그녀는 소리를 버럭 지르며 용기를 내어 남편의 뺨을 갈겼다. 그러자 남편의 주먹이 그녀의 얼굴을 쳤고, 그녀는 방바닥에 내던져졌다.

"내가 너를 놓아줄 것 같니? 어림없는 소리 마!"

"놓아주지 않으면 어떡할래!"

남편의 두 번째 주먹이 그녀의 얼굴에 작열했다. 숨이 막힐 것 같았다.

"우리 같이 죽자, 그 수밖에는 없어!"

어이가 없었다. 그녀는 그 이후로는 남편에게 아무런 반응을 보이지 않았고, 남편은 집을 조용히 나가버렸다. 그녀는 잠을 이룰 수 없었다. 거의 날마다 불면의 밤을 보냈다. 그녀는 몽롱함의 끝에서 미끄러지듯 빠르게 잠 속으로 밀려가다가도 마치 허공에 누워 있다가 뒤집혀 떨어지듯 화들짝 깨어나기를 반복했다. 그런 때면 머릿속에 끓는 물이 괴듯 두통이 몰려왔다. 뒷머리가 너무 아파 반듯하게 누울 수가 없었다. 엎드려 있으면 눈에서는 미지근한 눈물이 자꾸만 흘러나왔다.

겨우 수소문을 해서 가게로부터 얼마 떨어지지 않은 모텔에서 남편과 김유미를 찾아냈다. 그런데 최승희는 막상 그들을 찾아냈어도 앞으로 어떻게 해야 할 것인지, 막연했다. 과연 무엇을 어떻게 해야 할 것인가. 배신과 더러움, 치사함과 화가 난 것으로 하자면 그들의 손목에 싸늘한 쇠고랑을 채워놓아도 분이 풀리지 않았다. 남편과 그녀이 발가벗고 섹스를 즐기는 장면이 머릿속에서 떠나지 않았다.

벗어 놓은 속옷으로 그것을 가리고 안절부절못하면서 '이번 한 번만 용서해 주면 다시는 이런 일이 없겠다'고 애걸하는 남편. 침대에서 고개를 사타구니 깊숙이 밀어 넣고 쪼그리고 앉아 '네 남편을 제대로 관리했더라면 이런 일이 벌어졌겠냐' 는 듯 아무 말 없이 당당해 하는 김유미의 태도. 그들은 이미 헤어나려 해도 헤어날 수 없는 깊은 수렁에 빠져 허우적거리고 있는 게 분명했다. 하지만 그녀는 이대로는 물러날 수 없다고 생각했다. 앞으로 그들을 과연 어떻게 해야 할 것인가. 그녀는 며칠 동안 이 생각만 골똘히 하고 있었다.

그런데 이게 어찌된 일인가. 남편이 사라지고 나서 사채업자들이 가게로 들이닥쳤다. 가게와 2층집 전세금까지 압류를 당했다. 결국 그녀는 가게와 2층집 전세금 모두를 사채업자들에게 고스란히 넘겨주고 길가로 나앉고 말았다. 오고 갈 데 없는 그녀는 친정집의 도움으로 변두리의 사글세방에서 살게 되었다. 그녀는 어린 두 딸아이의 생계를 위해 일을 해야 했다. 아무런 자본이 없는 그녀로서는 아무것도 할 수 없었고, 식당에 나가 일하고 파출부로 일했다.

그러던 어느 날 시내에 있는 호텔의 사장이라는 사람이 그녀를 찾아왔다. 김유미가 그 호텔에 장기투숙을 하고 있는데, 숙박비가 밀렸을 뿐 오갈 데가 없다고 하면서 날마다 굶고 드러누워 있으니 함께 가보자는 것이었다.

"내가 거기를 왜 갑니까?"

"홀몸도 아니고, 그러다 죽기라도 하면 어떡합니까?"

"내가 알 바 아니에요!"

"그래도 그렇지……."

사장은 머리를 긁적거리며 매달렸다.

"듣기 싫어요. 내 코가 석잔데 어쩌란 말이에요!"

그녀는 소리를 버럭 질렀다. 사장이라는 사람은 최승희와 남편, 남편과 김유미와의 모든 것을 다 알고 있는 것 같았다. 그녀는 인간의 탈을 쓰고 해야 할 짓이냐고 하면서 단호히 거절했고, 그 사장은 그냥 돌아갔다. 사장이 돌아가고 나서 그녀는 곰곰이 생각해 보았다. 그런데 어찌된 일인가. 갑자기 김유미가 궁금해지기 시작했다. 지금 김유미가 홀몸이 아니라고 했지 않던가. 불행의 씨앗을 잉태한 김유미의 모습이 보고 싶어졌다.

최승희가 호텔의 객실에 들어섰을 때 김유미는 깊은 잠에 빠져 있었다. 출산을 며칠 앞둔 것 같은 김유미는 숨까지 막혀들 것 같이 새근거리며 드러누워 있었다. 한 참 만에 눈을 뜬 김유미가 울음을 터뜨렸다.

"누구야?"

"……."

"그놈의 자식이 맞지?"

최승희는 거친 동작으로 김유미를 일으켜서 방바닥에 앉혔다. 그러나 그때 최승희는 알고 있었다. 김유미가 절대로 순순히 말하지 않으리라는 것을.

"너에게 최소한의 양심이나 나에 대한 눈곱만큼의 예의가 있다면 이럴 수는 없어!"

그녀는 담담하게 말했다.

"누군지 말할 수 없어요. 제발 묻지 마세요."

"앞으로 어떡할 작정이야?"

"기다려야지요."

더럽고 치사한 것들. 최승희는 김유미의 얼굴을 힘껏 두드렸다. 그 다음엔 조금 더 세게 쳤고, 갈수록 악력이 가득했다. 그 다음엔 있는 힘을 다해 단단하게 쥔 주먹으로 그녀의 가슴을 올려쳤다. 그리고 그 다음엔 주먹으로 힘껏 그녀의 얼굴 광대뼈 부분을 수없이 가격했다.

김유미는 얼굴을 바닥에 부딪치면서 쓰러져버렸다. 얼굴이 부어오른 것 같았다. 그녀는 쓰러져 누운 채 두 손으로 가슴과 얼굴을 번갈아 가며 움켜쥐고 있었다. 그러나 김유미는 침착하고 울적한 음성으로 말했다.

"이러지 마세요. 이런다고 날아가 버린 게 다시 돌아오지는 않아요."

최승희는 정말로 김유미를 죽일 수도 있을 것 같았다. 문득 그런 생각이 스쳤다. 내가 그녀를 죽일 만큼 나에 대한 절대적인 어떤 의미가 있단 말인가. 우린 서로에게 어떤 의미이기에 지금 이토록 치명적인가? 사랑을 잃고 무표정하게 살아온 남편과 나의 삶, 이미 서로의 순결이 훼손되어버린 뒤에도 무엇이 남아서 이토록 힘이 드는가? 나에게 이런 아픔을 느낄 열정이 아직도 남아 있었던가. 그리고 살의를 불러일으키는 그 열정의 정체도 의심스러웠다. 모든 것이 비현실적이었다.

최승희는 김유미의 목을 조르기 시작했다. 의외로 그녀는 저항하지 않았다. 나를 죽일 만큼 고통스러운 게 있다면 죽여보라는 듯이. 지독한 년. 최승희가 손을 풀자 김유미가 구역질을 하기 시작했다. 그녀의 손과 핑크빛 잠옷에 구토물이 흘렀다.

최승희는 화장지통을 김유미 앞으로 내밀었다. 김유미는 심한 기침을 하면서 구토물을 닦아내고 있었다.

우리가 왜 이렇게 되었는가. 어쩌다가 이 낯선 호텔에서 이런 모습으로 폭력을 행사하고 또 이를 당하면서 울고 있는가. 나는 왜 그녀를 때리고 그녀는 왜 아무런 대항도 하지 않고 나의 폭력을 참아내고 있는 것인가.

거의 한 시간 이상의 시간이 흐른 것 같았다. 최승희는 김유미에게 미안하다는 말을 하고 싶었다. 그러나 그런 말이 쉽사리 입 밖으로 기어 나오질 않았다. 몸은 굳어 있었고 그녀에게 그런 음성이 있는 것 같지도 않았다. 최승희와 김유미는 날이 어두워져 어스름이 깔릴 때까지 방바닥에 누워 있었다. 몸이 얼어붙는 것 같았다.

그들은 김유미가 근무하기로 약속한 다방이나 술집으로부터 받은 노임의 선불로 지금까지 버티고 있었다. 그런데 김유미가 만삭으로 드러눕자 숙박비까지 밀려가는 생활을 하고 있는 것이었다.

그 후, 김유미는 최승희가 낳지 못한 아들을 순산했고, 시부모는 김유미에게 더 많은 비중을 두고 있는 눈치였다. 그러나 김유미는 어느 날 갑자기 남편과 그 핏덩이를 팽개치고 어디론가 훌쩍 떠나버렸다.

도시에서 쫓겨나다시피 해서 시부모와 함께 하는 시골의 생활과 그 눈물의 세월. 최승희는 그러한 시골생활을 탈출하기 위해 돈을 벌기로 했다. 그녀는 돈이 되는 일이라면 닥치는 대로 했다. 품도 팔고 푸성귀 장사와 해산물장사도 했다. 많은 돈은 아니었지만 상당한 돈을 벌었다. 그런데 남편이라는 작자가 이따금 시골에 나타나 그것마저 축내면서 집을 드나들었다. 남편은 항시 돈을 벌어오겠다고 집을 나갔으나, 돌아올 때는 언제나 빈손과 맨몸이었다.

그러던 중 기어이 일이 벌어지고 말았다. 남편은 그녀가 그곳을 탈출하기 위해 모아두었던 예금통장과 도장을 가지고 사라져버렸다. 결국 그녀는 남편과 헤어지기로 결심했다. 그녀는 다시 시내로 돌아왔다. 그러나 오갈 데가 없어 언니의 집에 얹혀사는 신세가 되었다. 그런데 남편이라는 작자가 이따금 전화를 하여 갖은 욕설과 폭언을 일삼았다. 집으로 찾아와 주먹까지 휘둘렀다. 하루는 남편이 협의이혼을 해주겠다고 해서 모든 서류에 도장까지 찍었다. 그런데 정작 가정법원에 나타나질 않았다. 남편은 어린 자식들과 자기를 버리고 팔자를 고치려는 그녀에 대해 참을 수 없다는 말만 되풀이했다.


그녀와 나의 세 번째 만남은 그해 겨울의 끝 하오 무렵이었다. 그녀는 아예 지하 다방으로 나를 불러 내렸다. 그녀는 핸드백에서 한쪽 면이 비닐로 되어 있어 속이 훤히 들여다보이는 법원용 하얀 봉투를 꺼냈다. 승소 판결문이었다.

"이겼군요. 남편이 다투진 않았는가요?"

나는 그녀에게 그렇게 물었다. 다시 말해 남편이 답변서를 제출하거나 법정에 나와 응소하지나 않았냐는 뜻이었다.

"무슨 낯짝으로 나타나겠어요."

"다행입니다. 뻔한 걸 가지고 다투고 나오면 어쩌나 했는데."

"나쁜 자식, 그럴 바에야 협의이혼을 해주지 이 고생을 시키다니."

그녀는 남편에게 이를 갈았다.

"그러게요."

"앞으로 어떻게 해야 합니까?"

"법원에서 확정증명을 받아 본적지에 신고만 하면 됩니다."

"그럼, 그렇게 해 주세요. 그런데 법무사님, 하나만 더 묻겠습니다."

"뭔데요?"

"판결문대로 꼭 끝내야 하는 건가요?"

그녀는 이혼녀라는 말이 싫다고 했다. 그리고 어린 두 딸아이가 불쌍

하다고 했다. 그리고 끝내 눈물을 흘렸다.

"신고하지 않으면 됩니다. 저쪽에서 신고해버리면 몰라도."

"나쁜 자식, 무슨 낯짝으로 신고하겠어요."

"하지만 알 수 없는 일 아니겠어요?"

"제가 먼저 신고하겠어요. 이제까지 이 고생을 시켰는데……."

그녀는 말꼬리를 흘리면서 코까지 훌쩍거렸다. 그녀는 그 날도 내게 수임료는 물론 공적인 비용도 주지 않았다. 나는 마치 의무적으로 그녀의 그런 일을 처리해 주어야 하는 것처럼 그녀로부터 하얀 봉투를 건네받았고, 그녀는 며칠 후에 연락하겠다는 말을 남기고 떠났다.

최승희와 나의 네 번째 만남은 그로부터 일주일이 지난 후였다. 약속대로 그녀는 나의 사무실로 전화를 해서 나를 찾았고, 나는 그녀가 지정한 시간에 맞춰 시내의 다방으로 판결문과 확정증명이 들어 있는 봉투를 들고 나갔다. 차를 마신 다음 나는 그녀를 태우고 시내를 빠져나가, 근교 국도 변의 고기 집으로 갔다.

그녀가 고기와 소주를 시켰다. 일테면 밀린 비용은 물론 승소 사례를 하겠다는 셈인 것 같았다. 나는 가져 간 차 때문에 술을 마시지 않으려 했으나 허사였다. 그녀의 권유에 못 이겨 술을 마시고 말았다. 그녀와 나는 소주 몇 잔을 돌렸고, 고기와 소주가 추가되었다. 그리고 그녀는 꽤 취한 듯한 어투로 입을 떼었다.

"붉은머리오목눈이라는 새 아세요?"

"글쎄요."

나는 처음 들어보는 새 이름이라서 이렇게 대답했고, 그녀는 붉은머리오목눈이에 대해 설명하기 시작했다.

"뻐꾸기와 붉은머리오목눈이. 참으로 약삭빠르고 바보 같은 관계지요. 뻐꾸기는 자신의 알을 부화시키질 못한대요. 그래서 붉은머리오목눈이의 둥지에다 알 하나를 몰래 낳아둔대요. 그걸 알아차리지 못한 붉은머리오목눈이는 자기 알과 뻐꾸기 알을 함께 품어 이를 부화시키데, 뻐꾸기 새끼는 둥지 안에 있는 붉은머리오목눈이 새끼를 모두 밖으로 밀어내 죽여 버린다구요. 그러면 뻐꾸기 새끼 하나만 남게 되는데, 그걸 모른 붉은머리오목눈이는 뻐꾸기 새끼가 자기 새끼인 것으로 알고 열심히 기른대요. 뱁새 과의 새로 매우 작은 붉은머리오목눈이는, 뻐꾸기 새끼가 자라면 자기보다 몸집이 몇 배가 더 큰데도 온갖 노력을 다해 뻐꾸기 새끼를 길러낸다구요. 다 자란 뻐꾸기 새끼는 어디론가 훌쩍 날아가 버리는데, 이게 바로 붉은머리오목눈이의 바보짓이지요."

"거참 재미있군요."

"재미있는 게 아니라, 멍청하다 못해 처절한 게지요."

"그러게요."

"나는 붉은머리오목눈이가 되어 그년의 젖먹이를 일 년 이상 보살폈어요. 불륜의 씨앗은 남아라는 이유로 대접을 받고, 내 두 딸아이는 붉은머리오목눈이 새끼가 되어 천대를 받고요. 그 녀석이 그 집 육대 종손인가 뭔가 된다나요."

"참으로 기구하군요."

"남편과 별거한 지 몇 년도 지났습니다."

"아, 그렇겠군요."

나는 별 의미 없이 대답했다. 그런데 그녀는 이상한 눈빛으로 나를 쳐다보았다. 그녀는 자기 잔에 손수 술을 따라 마시기도 했다. 그리고 여러 차례 단숨에 잔을 비우기도 했다.

"천천히 듭시다."

"술은 취하라고 마시는 게 아닌가요?"

나는 그 말에 대답을 할 수 없었다. 그리고 잠시 후 이렇게 대답했다.

"취하더라도 천천히 취하는 것이……."

"취하고 싶어요. 취하지 않고는 견딜 수 없을 것 같아요."

나는 그녀의 그 말에 마땅히 할 말이 없어 그녀처럼 단숨에 소주를 들이켰다.

"몇 년이 넘은 세월, 그 동안 남자 냄새는 맡아보지도 못했구요."

남편과 별거한 후로는 한 번도 남자와 육체관계가 없었다는 말일 터였다. 나는 그녀의 말에 아무런 반응을 보일 수가 없었다. 잘 했다고 해야 좋을지, 아니면 그것 참 딱한 일이군요 해야 좋을지 마땅한 말을 고를 수 없었다. 나는 시선마저 천장을 향하고 있었다. 한데 이상했다. 그녀의 그 말이 나의 말초신경을 건드리고 있음을 깨달았다. 술을 절제하기로 했다. 이러다간 무슨 실수를 할지도 모른다는 생각에서였다. 그런데 그녀는 잔을 자꾸 권했고, 나는 이 말밖에 달리 어떤 말도 할 수 없었다.

"천천히 마십시다."

"술잔깨나 다룬다고 들었습니다."

그녀는 상당히 취한 듯 딸꾹질까지 해댔다.

"누가 그런 소리를 해요. 그렇지 않아요."

내가 단호히 부정하자, 그녀는 피식 웃음을 흘리면서 곁눈질로 말했다.

"왜, 겁나세요? 이혼녀가 달라붙을까 봐서?"

“……..”

“염려 마세요. 달라붙지는 않을게요.”

“어허, 취한 것 같은데 그만 일어섭시다.”

“왜 이러세요, 시시하게, 시시한 남자는 싫어요.”

나더러 시시하다고? 이제까지 시시하다는 말은 처음이야. 네가 이혼
녀라는 말이 싫듯이 나는 시시하다는 말이 싫어. 그래 내가 시시한 사
람인가 보아라. 나는 반사적으로 소주를 벌컥벌컥 마셔댔다.

“왜, 시시하다는 말이 싫으신가 보죠?”

그녀는 이제 시비조였다.

“그래, 당신이 이혼녀라는 말이 싫듯이 나도 시시하다는 말이 싫어
요.”

나는 말끝에 불현듯 목소리를 높였고, 목소리가 너무 컸다는 것을 뒤
늦게 깨달았다.

“히히, 나더러 당신이라고? 그래 당신 한 번 어떻게 해볼 거야?”

“이봐요. 말꼬리 잡지 말고, 진정해요?”

나는 그녀를 달래듯 목소리를 낮추어 말했다.

“이러지 마세요. 이런다고 내가 수그러들 줄 알아요?”

그녀는 갑자기 웃옷의 단추를 풀어헤치면서 주정을 부렸고, 나는 그
녀의 그런 행동에 술이 확 깨는 것 같았다. 그녀는 쉽사리 일어설 것 같
지 않았다. 그렇다고 시내 외곽에서 술에 취한 그녀만을 남겨두고 떠나
올 수도 없는 처지였다. 게다가 술까지 마셔버렸으니 가져간 차는 어떻
게 할 것인가. 어지럽고 복잡한 일이었다. 나는 머리를 흔들어 보았다.
그러나 축에 몰린 바둑의 행마처럼 뾰족한 수는 찾을 수 없었다. 나는

짐짓 대화의 방향을 다른 데로 돌렸다.

"애들의 친권행사와 양육문제는 어떡할 건가요?"

나의 의도적인 대화의 방향에 눈치라도 챈 듯 그녀의 대답은 확고하고 단호했다. 눈까지 흘겼다.

"왜 이러세요. 술맛 떨어지게."

"그게 아니고……."

나는 목소리까지 떨면서 말했고, 그녀는 나를 향해 애매하게 웃어 보였다.

"그까짓 자식들, 잘난 그놈이 다 알아서 하겠지."

"이번 판결에 그게 빠진 것 같아서……."

"남자 냄새 끝에 왜 자식들 얘기에요. 나도 여자라구요."

"자, 술도 깰 겸 바람이나 쐽시다."

"왜, 이러세요!"

"돌아갑시다. 대리운전을 부르면 돼요."

"나, 지금 나빠지고 싶은 여자에요."

나는 머리를 한 대 얻어맞은 것 같았다. 그녀를 일으켜 세우려 했다. 그런데 그녀는 나의 팔을 완강히 뿌리쳤고, 우리는 식탁 위로 넘어지고 말았다. 최승희는 내가 가까이 다가오기를 기다렸다는 듯이 그렇게 속삭였고, 넘어져 있는 내 귓가에 거의 입김이 닿을 듯 얼굴을 대고 속삭이는 최승희는 어쩔 수 없이 가쁜 숨결이었다. 나는 그녀가 왜 그렇듯 흥분이 되어있는지 알 것도 같고 모를 것도 같은 그런 기분이었다.

그녀와 내가 넘어지는 소리에 놀란 주인의 도움으로 우리는 그곳을 빠져나올 수 있었다. 그녀와 내가 다시 들른 곳은 그 고기 집 건물 지하의 단란주점이었다. 어두우면서 빨간 불로 치장해 다른 사람의 얼굴을 잘 알아볼 수 없는 단란주점은 을씨년스럽게 우릴 맞았다. 손님은 겨우 두어 테이블 정도였다. 황급히 달려온 종업원이 탁자 위에 놓여 있는 빨간 등에 불을 붙였다. 우리는 맨 안쪽의 테이블에 나란히 앉았고, 몇 가지의 과일 안주와 맥주를 시켰다.

그녀는 그 동안의 배반과 서러움에 찌든 삶을 씻어내기라도 하듯 맥주를 벌컥벌컥 마셨다. 우는 건지 웃는 건지 알 수 없는 표정으로 계속해 술을 마셔댔다. 나도 따라 마셨고, 우리는 몹시 취하고 말았다.

그녀와 나는 결국 그 근처의 모텔로 들어갔다. 우리가 찾은 그 모텔의 주차장은 안쪽에 위치해있었고, 포장으로 가려져 있어 외부로 노출되지 않았고, 방마다 둥근 발코니가 달린 부조화하고 기묘한 모텔이었다. 왠지 모텔 주인조차 대하기가 쑥스러워 몹시 빠른 동작으로 계산을 하고 엘리베이터를 탔고, 엘리베이터에서 내려 빨간 카펫이 깔린 어둡고 침침한 복도로 들어갈 때 나는 굳이 그녀의 얼굴을 외면하고 있었다. 마음을 숨기고 아무런 의미도 없는 단순한 동물적인 쾌락으로 자신을 망가뜨리고자 하는 뻔뻔스러운 그녀와 나. 이 엉뚱한 밀회가 어떤 모습을 띠게 될 것이며, 우리들은 그 쾌락으로 인한 육체적 욕망으로부터 서로를 어디까지 파고들고, 그리고 어디까지 허용하게 될 것인가.

포근하면서도 눅눅한 모텔 특유의 냄새를 풍기는 방, 창문을 두껍게 가린 어두운 색깔의 커튼, 여러 사람이 덮고 섹스를 즐겼을 듯한 침대와 이불, 그리고 베개, 작은 냉장고와 갈색의 옷장, 물주전자와 하얀 종이로 덮힌 유리컵, 모텔의 이름과 온천 표시가 찍힌 타월 위에 나란히 놓여있는 두 개의 칫솔, 하늘색 플라스틱 빗과 값싼 남성용 스킨과 로션이 놓여 있는 화장대, 화장지 한 장이 얼굴을 반쯤 내밀고 있는 화장지통과 그 밑의 휴지통, 그리고 텔레비전과 전화기와 인터폰. 이런 것들이 그녀와 나를 맞이하고 있었다. 나는 학창 시절 며칠 동안 무단결석을 하고 담임선생님을 만나기 위해 교무실로 들어선 그런 기분이었다.

방안엔 한 겨울 특유의 난방냄새와 따뜻한 공기로 가득했고, 왠지 낯설지 않고 포근한 느낌이 들었다. 그녀는 방에 들어서자마자 옷을 벗기 시작했다. 나는 창을 등진 채 서서 어리둥절한 표정으로 그녀를 바라보았다. 그녀는 웃옷부터 벗기 시작했는데 저고리를 벗고 검정 색의 브래지어를 벗어 화장대 위에 놓고는 침대에 벌렁 드러누웠다. 그녀는 마치 몸을 파는 여자처럼 드러누워 나를 쳐다보았다. 자신의 유방을 내가 빨아주기를 원하는 것 같았다. 나는 천천히 고개를 저었다. 미안한 기분이었다.

"미안합니다."

"뭐가요?"

"난 이런 일에 익숙하지 못해요."

"물론 어색한 일일 수도 있겠죠. 우린 만난 지 얼마 되지 않았고, 일이 너무 빠르게 진행되어 가는 것 같아요. 그리고 이것이 부도덕하게 느껴질 수도 있겠죠. 하지만 이것으로 인해 서로를 이해하고 익히고 나면 그런 문제들이 많이 완화되리라 믿어요."

"하지만……."

나는 눈을 커다랗게 뜬 채로 고개를 설레설레 저었다. 나는 그녀가 특이하고 신랄한 여자라는 생각이 들었다.

"우린 사랑을 하는 게 아니고 그냥 즐기자는 거예요. 용기를 내봐요."

　나는 그녀의 그 말에 한편으로는 동의했다. 그러나 그럴 수 없었다. 여기에는 어떤 환상이나 미화도 필요 없었다. 그리고 이런 일이 꼭 마음에 드는 것은 아니었다. 나는 아까보다 더 세차게 고개를 가로 저었다.

　나는 그 어떤 감정을 굳이 사랑 따위로 표현하고 싶지는 않다. 세상사의 옳은 눈으로 보자면 그녀와 나의 관계란 더없이 퇴폐적이고 부도덕한 한순간의 불륜에 불과할 것이었다. 그렇듯 우리 둘의 관계 자체가 단순한 쾌락이나 육체적 욕망뿐이라 하더라도, 그녀가 나에게 드러낸 어떤 감정 속에는 분명히 그녀로서도 처음 대하는 생명력이 있을 터였다. 그러나 그녀와 내가 섹스를 즐기고 나서 확인하게 될 것은 새롭게 시작할 수 있는 어떤 가능성이 아니라, 엉뚱하게도 서로의 알몸을 태우고, 그 다음에 다가오게 될 것은 끝이 없는 갈증뿐이리라. 갈증은 섹스를 즐기면 즐길수록 사그라지지 않고 더욱 더 타올라, 결국 또 다시 서로를 찾기에 집착하게 할 뿐일 것이고, 그런 갈증 앞에서 그녀와 내가 어떤 감정을 드러내면서부터 보게 될 눈부신 생명력도 한낱 허망하디 허망한 물거품에 불과할 뿐이리라.

　우리 인간은 폭력적인 투쟁을 하지 않고 평화롭고 질서 있는 생활을 꾸려나가기 위해서는 개개인의 자의적인 자유를 규율하는 규범, 즉 예의, 관습, 종교율, 도덕, 법률 등의 규범 속에서 생활해야 한다. 나아가 개인 상호간의 생활관계는 이를 자기보존을 위한 관계와 종족보존을 위한 관계라는 두 개의 이질적인 것으로 나누어 볼 수 있으리라. 사람의 생활은, 그것이 물질적인 것이든 또는 정신적인 것이든, 그것이 영위되기 위해서는 각종의 재화의 지배와 성적결합, 이른 바 섹스를 필요로 하는 경우가 많다. 따라서 자기보존을 위한 생활관계는 결국 재화를 얻고 이를 지배하며 나아가 성적쾌락을 즐기는 데 관한 관계라 할 수 있다. 한편 사람은 남녀의 성적결합에 의하여 자손을 증식하고, 집단을 이루어 외적과 자연의 폭위를 방지하여 그의 존속과 발전을 꾀하는 이른 바 종족보존의 본능을 가지고 있다. 그러나 사람들이 종족보존을 위해 섹스를 하는 경우는 매우 드물 것이고, 거의가 섹스를 즐긴 부산물로서 그들의 자손이 증식될 것이리라. 만일 어떤 남녀의 성적결합이 자연의 애정을 가진 종족보존을 위한 것이었다면 그것은 특정 남녀의 결합에 의한 일정 범위의 혈연적 집단 즉 가족관계에 있어서의 생활관계를 의미할 것이고, 단순한 쾌락이나 육체적 욕망에 의한 불특정의 남녀의 결합이었다면 그것은 일시적인 자기 성적 욕망추구의 수단으로서 가식적으로 결합된 한순간의 불륜에 지나지 않으리라. 나는 문득 나도 모르는 사이에 입 밖에 소리 내어 중얼거렸다.

"그게 아니야……."

나는 뒤늦게 내가 중얼거린 말의 의미를 깨달았을 때, 불현듯 가슴 저 밑바닥 언저리에서부터 정체를 알 수 없는 한 줄기 찬바람이 시작되는 듯한 느낌이었다. 그러자 무언가 겉껍질만 보고 어루만지고 핥는다는 느낌은 비단 섹스 그 자체가 종족보존을 위한 것이든 일시적인 쾌락에 의한 것이든 나에게는 아무 상관없는 것이라는 생각이 들었다. 단지 알맹이 없는 무의미한 내 삶의 자체가 나를 무섭게 파고들기 시작했다. 나 또한 종족보존의 본능에 의하여 경제적 이해의 타산과 단순한 쾌락이나 육체적 욕망을 넘어서 자연의 애정을 가지고 알맹이 있는 삶을 살아왔단 말인가. 언제부터인지 모르게 나의 삶이란 것 자체도 전혀 알맹이라고는 없는 겉껍질인 것처럼 여겨지는 것이었다. 그렇듯 내가 살아온 삶의 어디를 둘러보아도 나라는 알맹이는 보이지 않은 것 같았다.

나는 애써 나의 무거운 상념을 떨쳐버리고 그녀를 향해 말했다.

"어차피 돌아가기는 틀렸고, 술이나 더 마십시다."

나는 냉장고를 열고 캔 맥주를 모두 꺼냈다. 모두 네 개였다. 그녀는 으레 내가 그렇게 나올 줄 알았다는 듯이 곧바로 말을 받았다.

"제길, 술이나 마시려고 여기까지 들어왔어요?"

"섹스를 즐기자는 게 목적은 아니었지 않아요?"

"섹스는 황홀하고 재미있는 것이에요. 어릴 때 하던 소꿉놀이처럼 어른이 되어서 황홀하게 즐길 수 있는 것 아닌가요? 즐긴다는 건 곧 살아 있다는 것이고, 우린 지금 이 공간에서 함께 숨 쉬며 무언가를 갈구하고 있어요. 그걸 참고 견디는 건 위선이에요."

"좋아요, 우리 서로를 더 알고 익숙해지면 즐기기로 해요."

"이봐요. 사람이 닭장에 닭을 가두어 기르듯, 식인종이 사람을 우리 안에 가두어두고 끼니때마다 한 사람씩 꺼내서 잡아먹는다면, 우리 안에 갇힌 사람들이 공포에 떨면서 결국 무얼 하는지 아세요?"

"글쎄요?"

"사람들은 언제 잡아먹힐지 모르는 불안 속에서, 결국 섹스를 한다는 거예요."

"우린, 지금 그런 상황이 아니잖소?"

"인간은 섹스의 위대한 창조물이자, 허탈한 피해자란 뜻이에요."

"……?"

"얼마 전 신문에서 섹스보고서란 가십 기사를 읽었어요. 인간의 삶에 있어 가장 기본적인 문제 가운데 하나가 바로 성적 본능이라는 거예요. 역사를 통해 문학 등 대부분의 예술 분야에서 중요한 테마로 꼽혀 왔고, 지금도 거의 마찬가지인 것도 그런 때문이래요. 인도의 간디를 괴롭혔던 문제 가운데 하나가 바로 성에 관한 욕구였대요. 금욕생활을 맹세하면서 다시는 섹스를 하지 않겠다고 다짐했건만 그 뒤로도 몇 번씩이나 매음굴에 찾아가려는 충동을 느꼈다는 거예요. 그가 한창 젊었던 서른 살 무렵에 금욕생활에 들어간 자체부터가 문제라면 문제였지만, 예순 살을 넘겨서도 가끔씩 성적 충동을 느꼈다니 그의 고민을 어느 정도는 미루어 짐작할 수 있을 것 같지 않아요?"

"그런 기사가 신문에 게재되었어요?"

"그럼요, 순진하시긴. 그리고 플라톤에 따르면 남녀는 원래 한 몸이었는데, 신에 의해 둘로 나뉘어졌으므로 서로 몸을 합침으로써 본래의 상태로 되돌아가려 한다는 거래요. 그런 원초적 충동이 바로 에로스라는 설명이구요. 그러나 이처럼 본능적인 문제이면서도 실생활에 있어서는 섹스가 은밀히 감춰져왔던 것 또한 사실이구요."

최승희는 섹스에 대한 말문이 터지자 스스럼없이 술술 잘도 쏟아내었다. 모든 게 농담 같았다. 아무튼 재미있는 얘기일뿐더러 관심을 끌 법도 한 발상이라는 생각이 들었다. 나는 대담한 척 그냥 피식 웃었다. 그런데도 얼굴이 뻣뻣해지며 붉어졌다. 나는 그녀에 대해 거듭 놀라는 기분이 되어 고개를 가로 저었다.

"그러나 섹스에 관한 얘기가 자꾸 희화적으로 흐르다가는 사회 전반적인 도덕심이 무뎌지지나 않을지 은근히 걱정이 된다던데요. 더군다나 인터넷의 보급으로 때와 장소를 뛰어넘는 사이버섹스라는 새로운 추세마저 급속히 확산되고 있는 마당에……."

최승희는 나의 이런 말에 별 대꾸는 하지 않고, 이제는 아예 내 바로 턱밑에까지 와서 나를 빤히 올려다보며 더 이상 갈증을 견디지 못하겠다는 듯이 몸 전체로 헐떡거렸다.

"우리 지금, 식인종의 우리 안에 갇힌 사람이 돼 봐요."

"그럴 순 없어요."

"뭘 꺼려요. 두려워요?"

한순간이었다. 그녀는 내 몸을 와락 붙들고 넘어졌다. 다음 순간 우리는 방바닥에 내던져졌다. 그녀는 나를 꽉 붙든 채 나의 품속으로 빠져들었다. 그녀는 물속에 빠진 사람처럼 허우적거리며 나에게 엉겨 붙었다. 당혹스러운 순간이었다. 그녀는 두 손바닥으로 나의 양쪽 뺨을 붙들고 키스를 퍼부었다.

"더 이상 못 견디겠어요. 나 지금 죽을, 죽을 것만 같아요."

나는 대꾸를 하지 못하고 그녀를 내려다보았다.

"이건, 죄악이나 다름없어요!"

그랬다. 최승희의 표현대로 따르자면, 몸이 뜨겁게 달궈져 죽음 같은 섹스의 갈증을 호소하는 여자를 모른 체한다는 것은 필시 죄가 될 만한 나쁜 짓임에 분명했다. 모텔에 함께 들어 자기하고 섹스를 나누기를 갈구하는 여자를 그대로 내버려둔다는 것 말이다. 내가 그녀의 갈증에 어떠한 도움도 되지 못하고 망설이고 있자, 그녀는 여전히 흥분된 기색을 감추지 못한 채 연신 고개를 끄덕거리다 결국 눈길마저 떨어트리고 있었다.

그녀는 일어나 브래지어는 그대로 둔 채 주섬주섬 웃옷을 걸쳤다. 우리는 말없이 맥주를 마셨다. 나는 다음에 옷을 벗고 섹스를 하게 될 지도 모른다는 불안 때문에 맥주를 빠르게 마셨다. 한 겨울의 따뜻한 방에서 마시는 맥주 맛은 정말 시원하고 좋았다.

그녀가 나의 넥타이를 풀어주었다. 나는 웃옷을 모두 벗고 침대에 걸터앉았다. 그녀는 그런 나를 불만스럽고 단순한 눈빛으로 쳐다보더니 자신의 웃옷을 다시 훌렁 벗어 던져버렸다. 피할 수도 없이 한 여자의 뜨거운 몸을 직면한 꼴이었다. 나는 이제까지 바로 앞에서 완전히 자신의 모든 것을 드러낸 여자를 한 번도 대한 적이 없었다. 심지어 내 아내까지도.

우리는 얼마 동안 침대에 나란히 앉은 채 손끝으로 서로의 피부를 쓰다듬기만 했다. 아주 고요했고 숨을 쉴 때마다 부드럽고 향긋한 그녀의 냄새가 천천히 나를 엄습하고 들었다. 내 몸에 그녀의 냄새가 가득 배었다고 느끼는 순간이었다. 그녀가 나를 끌어안았다. 낯선 몸을 처음 안을 때의 기분은 몹시 섬세하고 자극적이어서 신경이 곤두섰다. 그녀의 몸은 무척 뜨거웠고, 살갗이 바르르 떨고 있었다. 그녀는 나를 꽉 끌어안은 상태에서 지퍼를 내리고 바지를 벗겼다. 그리고 스커트 아래 속옷이 그녀의 두 다리 사이로 빠져나가고 마침내 나의 몸속으로 파고들었다. 그녀는 발정기를 맞은 포유류의 성숙한 암컷처럼 섹스를 갈구하고 있었다. 내가 그녀의 그곳을 만졌을 때 그곳은 그녀의 거기서 분비된 미지근하고 끈적인 액체로 흥건했다. 적당히 뜨겁게 달구어진 그녀의 혀끝이 나의 입술 속으로 기어 들어와 나의 입 속에서 두 개의 혀가 서로를 휘감았다. 혈관이 진동을 일으키고 온몸의 감각이 나의 통제를 벗어나 갈피를 잡을 수 없이 아우성쳤다. 나의 그것이 질기고 단단한 나무둥지처럼, 고궁의 둥글고 커다란 기둥처럼 마구 부풀어 올랐을 때 나는 둔탁한 비명을 지르며 긴 경련을 일으켰다. 그녀가 그녀의 유연한 거기에다 나의 그것을 갖다 대며 찔림을 가하기를 기다리는 순간, 나의 그것은 빨려들기를 완강히 거부해 봐도 어쩔 수 없는 미세한 먼지처럼 강한 흡입력을 가진 진공청소기의 빨판 속으로 빨려 들어갈 것만 같았다. 나는 그 순간을 모면하기 위해 몸을 비틀었다. 그녀의 손을 꼭 잡아 그 행동을 멈추도록 했다. 그러나 그녀는 온몸의 점막이 부풀어 오른 듯 숨을 헐떡이며 섹스를 원했다.

"제발, 미칠 것만 같아요, 제발……."

"그만, 그만해……."

내가 다급하게 비명을 지르자, 끝까지 그것이 삽입되기를 갈망하며 나의 몸속으로 파고들던 그녀가 잠시 멈칫했다. 그리고 말을 못하고 몸을 후두둑 떨었다. 순간 나는 지퍼를 끌어올려 바지를 입었다.

불행한 쾌락과 행복한 고행, 그런 갈림길에서의 갈등. 나는 그런 부류의 행복과 불행의 순간을 자유롭게 선택할 수 없는 번뇌에 시달렸다. 옷을 다 벗고 맨몸이 되어 금지의 선이라는 것을 넘는다는 지독한 자각이 엄습하고 들어 야생적인 욕망에 떨렸고, 그녀의 달콤한 입김과 뜨거운 손끝이 스치기만 해도 그런 자각이 생생해 곤혹스러웠다. 나는 그녀를 놓아주어야 한다고 생각했다. 어차피 옳은 인생의 규범 따위는 있을 리 없고, 때와 장소에 따라 그때그때 자기에게 맞는 생이 있을 뿐이다. 그러나 마음을 숨기고 아무런 의미도 없는 쾌락의 부도덕함에 빠져들 수는 없다. 이런 일은 절대로 상상도 할 수 없는 부류의 공허하고 헛된 일일 게다. 내 아내가 아닌 다른 여자와 섹스를 하게 된다는 것. 그 일이 어떻게 시작될 것이며, 어떻게 마지막 속옷을 벗고, 어떻게 전개되어 그곳에 삽입을 하고 그리고 오르가슴에 이르러 사정을 하고 마지막에 정액과 음액이 묻은 화장지는 어떻게 처리될 것인가. 그리고 어떻게 이 모텔을 빠져나가 일상의 시내로 잠입할 것인가. 떳떳하지 못한 일은 결국 그 모든 것을 태연하게 꿀꺽 삼키고 말겠지. 혼돈과 불안, 죄책감과 두려움, 그리고 흔적과 그토록 선명하고 충격적이던 달콤하고 끈적인 육체의 감각, 그 뒤끝의 허망함까지도. 나는 이런 생각에 몹시 고민, 경악하고 있었다.

일찍이 내가 갓 태어나자마자 죽었다는, 얼굴 한번 본 적이 없는 나의 어머니. 오메, 천벌을 받아 죽을 인간, 측은하지도 않은지 이 어린것을 팽개치고 술집 년들하고 놀아나다니, 하며 곧잘 아버지를 욕하던 외할머니. 자, 술이나 마시고 취하자. 그러면 나의 취한 의식에는 한순간의 쾌락이나 육체적 욕망의 어떤 감정이 유혹이나 꼬임이라기보다는 오히려 어떤 자유나 평화처럼 혹은 학생의 잘못을 꾸짖고 타이르고 어루만져 주는 담임선생님의 따스한 훈계처럼 더없이 포근하게 여겨지겠지.

나는 자리에서 일어나 냉장고의 문을 열었다. 이번에는 병맥주를 가져다 마셨다. 우리는 병맥주마저 모두 비우고 나서 인터폰으로 종업원을 불렀고, 남자인지 여자인지 분간할 수 없는 해괴한 머리 모양을 한 종업원이 즐거운 밤이 되라고 하면서 소주와 오징어와 땅콩을 배달해 주었다. 이윽고 그녀와 나 사이는 술자리가 기이한 모습으로 변했다. 단 한 마디의 말도 건네지 않고, 흡사 술 시합이라도 하듯이 각자 자기의 잔에 자기가 술을 따라 마셨다. 그녀와 나는 계속해서 소주병을 비웠고, 빈 소주병은 늘어만 갔다. 한 병, 두 병, 그리고 세 병……

내가 눈을 뜬 것은 숙취에 따른 심한 갈증과 두통을 견디지 못했기 때문이었다. 잠에서 깨어나 정신을 차렸을 때는 해가 중천에 떠오를 무렵이었다. 한낮의 햇살은 모텔의 어둡고 두꺼운 커튼에 가려져 있었고, 나는 창가 커튼 밑의 맨바닥에 드러누워 있었다. 커튼이 서로 맞물려 벌어진 틈으로 햇빛 한 줄기가 가까스로 기어들고 있었다. 나는 손을 뻗쳐 커튼을 한쪽으로 밀어제쳤다. 눈부신 햇살이 창틀에 붙은 방충망을 뚫고 화살처럼 날아들었다. 한참 후에야 나는 그곳이 광주 근교의 모텔이라는 것을 깨달았다. 몇 시쯤 되었을까.

정오 무렵이었다. 나는 간밤에 그녀와 마신 술의 명정 끝에 아직도 휘청거리는 몸을 낯선 모텔 방에서 벌떡 일으켰다. 그리고 주전자 째 들고 물을 벌컥벌컥 마셨다. 그녀는 웃옷을 풀어헤친 채 침대에 엎드려 자고 있었다.

결국 그녀와 나의 기억의 테이프는 끊기고 말았고, 실낱같은 기억의 저편을 샅샅이 뒤져놓고 보자, 우리는 그곳 단란주점에서 나와 이 모텔에서 술에 취한 채 그해 겨울의 끝의 어둡고 시린 기나긴 밤을 허덕이고 신음하면서 함께, 그러나 각자 적연히 보내고 있었다.

나는 자리에서 일어나 세수를 하고 머리를 빗고 스킨과 로션을 발랐다. 안주머니 속에서 휴대폰을 꺼냈고, 판결문과 확정증명이 들어있는 하얀 봉투를 꺼냈다. 배터리가 다 닳아버린 휴대폰은 이미 꺼져있었다. 나는 그 봉투를 그녀의 머리맡에 놓아두고 서둘러 모텔을 빠져나왔다. 바깥은 그해 겨울의 첫눈이 내려 쌓여 온통 하얗게 변해 있었고, 정오의 햇살에 반사된 눈빛은 눈이 부셨다. 그리고 그 겨울 끝의 매서운 칼바람은 내려 쌓인 눈가루를 이따금 하늘 저쪽으로 날려 보내고 있었다.

蘭辯記

# 蘭辯記

오늘도 덕수의 일과는 산에서 시작되었다. 그는 요즘 숨 쉴 틈도 없이 바쁘다. 며칠 전부터는 더 바빠지기 시작했다. 아버지가 자유로운 몸이었을 당시 집안의 허드렛일이나 도울 뿐 뚜렷이 하는 일 없이 아버지의 등골을 후벼 파서 살던 때와는 달라진 것이다.

덕수는 이마에 맺힌 땀을 손등으로 훔쳐내며 갈고리를 고쳐 잡았다. 그리고 맹감나무와 철쭉, 가시나무, 억새풀 등이 엉클어진 가시덤불을 헤치고 산으로 기어오르기 시작했다. 아버지의 첫 공판이 열리기 전까지는 기어이 변호사 선임할 돈을 마련해야 한다는 생각을 한 때부터 더 열심히 그 난을 찾아 가시덤불을 헤치고 산 속을 헤매기 시작하게 된 것이다. 그래야 아버지의 변호를 맡을 변호사 선임료를 마련할 수 있고, 아버지가 집행유예의 형을 선고받고 석방될 수 있지 않겠냐는 것이다. 그럴싸한 생각이다.

다른 계절의 산행과 달리 한여름에, 그것도 이렇게 가물 때의 산행은 쉬 피로해지기 마련이다. 너무 가물어 산에서 흙먼지가 날 지경인 요즘은 더욱 그랬다. 나무가 별로 없어 그늘이라고는 찾아보기 힘든 민둥산의 풀잎마저 말라비틀어진 풀밭을 지날 때는 그곳에서 반사된 열기가 다리를 타고 기어올랐다. 무척 뜨거웠다. 제기랄 놈의 햇살, 구름이라도 좀 가렸으면.

덕수는 좀 쉬었으면 싶었다. 시원한 그늘 밑에서 한잠 늘실나게 잤으면 싶었다. 그러나 아버지의 변호사 선임료를 마련하기 위해서는 열심히 그 난을 찾아 산 속을 샅샅이 뒤져야 했다.

덕수가 아버지의 변호사 선임료를 마련하기 위해 난 채취에 적합하도록 손수 제작한 갈고리를 들고 난을 찾아 산 속을 헤매기 시작한 것은, 아버지가 한 달 전 일제강점기에 소학교 소사를 지낸 동구 밖 임생의 정강이를 삽으로 내려쳐 부러뜨린 중상을 입힌 뒤 경찰관에게 잡혀가고 나서부터이다.

덕수는 사실 금년 봄까지만 해도 난이라는 걸 전혀 알지 못했다. 그저 사시절 내내 푸른 청초한 풀잎이라 여겼고, 봄이면 어김없이 피는 그 난의 꽃을 '꿩밥'이라 부르며 그것을 따먹으면 초콜릿 향이 물씬 풍기는 그런 풀잎이라는 것에 머물렀다. 그런데 작년 가을 아버지와 함께 논에서 보리갈이를 하다 뒤가 마려워 논 근처의 야산으로 올라가 뒤를 보다 우연히 소나무 밑에서 이상하게 생긴 난을 발견하게 되었다. 덕수는 처음에는 그 난을 그냥 지나치려 했다. 그런데 그 난의 잎 장마다 잎 가운데로 잎 밑에서부터 잎 끝을 향해 직선상으로 노란 줄무늬가 들어 있는 것이 하도 예쁘게 생겼기에 그것을 뽑아다 장독대 옆 울타리 밑에

심어놓았던 것이다.

금년 봄이었다. 서울에서 왔다는 등산복 차림의 두 사내가 물을 얻어 마시기 위해 덕수네 집에 들렀다가 그 난을 보고는 그것을 자기들에게 팔라고 했다. 당시 난에 대해 아는 것이 전혀 없었던 덕수는 무심코 그 난이 필요하면 뽑아가라고 했다. 그런데 그들이 덕수에게 10만 원짜리 자기앞수표 5장을 건네준 것이 아니던가. 덕수는 당시 당황하고 흥분된 상태에서 그 돈을 건네받고 그 난을 그들에게 뽑아 주었다. 그런데 덕수는 나중에 읍내 난 가게 주인의 말을 듣고 나서야 그들에게 속았다는 걸 알게 되었다. 그때 그 난의 촉 수가 5촉이었던 것 같고 촉 당 백만 원은 호가하는 난이었다는 것을. 그 후 덕수는 그 서울 사람들이 자기를 속였다는 게 속이 상하고 얄미웠다. 그러나 우연찮게 발견되어 캐다 놓은 난으로 겉보리 흉년에 50만 원이라는 돈을 손에 쥐게 되었다는 것으로 위안을 하고 말았다. 그때부터 덕수는 난의 잎에 무늬가 들어 있는 것은 곧 돈이 된다는 것을 알게 되었던 것이다.

그리고 그 무렵 덕수네 마을 부근 야산으로 등산복 차림의 산채(山採)꾼들이 모여들기 시작했다. 몇 백, 몇 천만 원짜리 난이 산채 되었다는 소문도 무성했다. 주말이면 그야말로 산채꾼들이 꾸역꾸역 모여들었다. 어쩌다 산에 올라가 보면 그들이 밭의 김을 매듯이 산을 헤집어 놓은 것을 볼 수 있었다. 그리고 언제부터인가 읍내의 책방과 문구점이 있던 자리에 서너 개의 난 가게가 들어서 있었고, 가끔 대처에서 온 듯한 자동차들이 그 난 가게 앞에 즐비하게 늘어서 있는 것도 쉽게 볼 수 있었다.

덕수는 잡혀간 아버지가 생각났다. 그러니까 한 달 전의 일이다. 그때도 어지간히 가물었다. 오뉴월부터 냇물이 밭아버렸다. 양수기가 헌 바가지만 못하게 되었고, 마을 사람들이 온통 샘 하나에 목을 축이고 있었다. 두레질이 안 될 때에는 양철통으로 날랐고, 양철통이 안 들어갈 때는 바가지로 훑었다. 그것마저 바닥이 나자 하늘만 쳐다보고 있을 수밖에 없었다. 벼가 애써 배동을 하여 꽃은 피웠어도 열매를 못 맺을 것 같았다. 필시 뜨물을 못 머금고 서서 타죽을 것 같았다. 덕수 아버지는 목이 뜨거워했다. 이 통에 비 한 줄기라도 왔으면 하고 애를 태웠다.

그날도 무척 무더운 날씨였다. 덕수는 그날 점심을 먹고 한 잠을 막 자려했다. 다따가 소나기가 한줄기 지나가고 있었다. 손가락만한 소나기였다. 담배 한 대 피울 동안 온 것이었다.

"비가 와도 하필 오살 맞게 오네!"

낮잠을 한숨 하려던 덕수는 헛간에서 삽을 찾아들며 구시렁거렸다. 그런데 사립문을 막 나서려는데 금세 구름이 걷히며 비가 그치기 시작했다. 하지만 허둥지둥 들로 나갔다. 때마침 동구 밖 임생은 벌써 물꼬를 보고 돌아오는 중이었다.

"논에 물 괴었습디여?"

"이런 염병헐 놈의 날씨, 어디 논에 물 괼 만큼 비가 오더냐? 안 괴었더라."

임생이 퉁명스럽게 쏘아붙이며 덕수 옆을 급히 지나갔다.

"빨리는 나왔소잉."

덕수는 급히 들로 나가 논을 둘러보았다. 그의 논은 비 스쳐간 자국이 그새 하얗게 변하면서 자질자질한데, 임생네 논에는 물이 상당히 고여 있었다.

"이런 망할 놈의 인사 좀 보소이!"

덕수는 깜짝 이마를 찌푸리고 물꼬를 돌아보았다. 그의 논은 둑을 금방 텄다 막은 자국이 역력했다. 하지만 한번 흘러내린 물은 어쩔 수가 없는 노릇이었다.

그날 읍내 장에 갔다가 돌아와서야 이런 사실을 알게 된 덕수 아버지는 눈알을 굴렸다. 덕수 아버지는 한참 동안 앉아서 생각에 잠긴 듯하더니,

"에끼, 이 빌어먹을 놈의 자식!"

헛간에서 삽을 찾아 쥐었다. 그리고 동구 밖 임생네 집을 향해 달리는 것이었다. 그쪽은 저녁을 먹고 있는 중이었다.

"야 이놈아, 왜 남의 논둑을 텄냐?"

숨을 몰아쉬며 덕수 아버지가 소리쳤다. 임생은 듣는 척도 안했다. 그저 밥만 입에 떠 넣고 있을 뿐 아무런 대꾸를 하지 않았다.

"도둑놈도 양심은 있더라고, 밥은 묵어도 뱃속은 안 편할 것인디?"

덕수 아버지가 임생의 얼굴에 삿대질을 하며 거품을 물었다.

"빈정거리지 말고, 아가리 닥쳐라잉!"

임생이 소리치며 덕수 아버지를 노려보았고, 덕수 아버지는 임생의 얼굴에 삿대질을 계속하며 소리쳤다.

"너 오늘 다리몽생이가 부러지고 싶냐!"

"아가리 닥치라고 했다잉!"

"너 오늘 죽고 싶냐!"

"뭣이 으째야, 이 자식아!"

임생이 먹던 숟갈을 내던지면서 대번에 주먹을 휘둘렀다. 덕수 아버지가 일격을 당하는가 싶더니 서로 엉클어져 힘을 겨루었다.

"에끼, 이 때려죽일 놈의 자식!"

서로 엎치락뒤치락하다가 덕수 아버지가 임생을 밀치고 일어섰다. 임생이 따라 일어서는 순간 덕수 아버지의 삽이 날았다. 임생의 정강이를 사정없이 갈겨버린 것이다.

"오메, 나 죽네!"

임생이 단말마 같은 비명을 지르며 고목이 쓰러지듯이 절버덕 주저앉았다. 정강이에서 선혈이 쏟아졌다.

"너 같이 못된 자식은, 죽어도 싸다!"

덕수 아버지는 다시 한 번 힘껏 임생의 옆구리를 발로 차버렸다. 임생이 두 손으로 정강이와 옆구리를 번갈아 가며 움켜쥐고 마당에 나뒹굴었다.

"오메 나 죽네, 저놈이 사람 죽이네!"

동네 사람들이 굿이라고 모여들었고, 수건과 된장으로 일시 피를 막아 응급처치를 했으나 속수무책이었다. 끝내 택시가 마을로 들어와 임생을 읍내의 종합병원으로 싣고 나갔다.

덕수 아버지는 그 시간부터 아주 식성을 잃어 버렸다. 눈을 꼭 감은 채 정좌를 하고 앉아 있었다. 주눅이 든 사람처럼 아무 말 없이 앉아 움직일 줄을 몰랐다. 하지만 그런 모습이 덕수에게는 조금도 궁색해 보이지는 않았다. 오히려 의기에 찬 모습이었다. 그러면서도 세상일에 초연한 믿음직스러운 인상을 주었고, 햇빛에 그을린 구리 빛 얼굴이 무한한 신뢰감을 갖게 했다. 그러나 그러한 신뢰감도 일시적인 한 방울의 포말처럼 덕수에게서 사라지고 말았다. 동네 사람들이 나서서 화해를 시키려고 애를 썼다. 한 마을에 살면서 어찌 고소를 해야 하느냐고 하면서 제발 고소까지는 하지 말도록 종용했으나 허사였다. 그 이튿날 오전 지서에서 순경이 와서 덕수 아버지에게 쇠고랑을 채워 연행해가고 말았다.

덕수 아버지가 없는 덕수네 집은 너무 적적하고 우울했다. 그리고 전과 다르게 변해가고 있었다. 덕수 어머니의 얼굴은 언제나 어둡고 우울했다. 사소한 일에도 곧잘 언성을 높이고 이따금 덕수를 붙들고 엉엉 울기도 했다. 덕수는 그럴 때마다 아버지가 쉽게 석방되지 않을 것 같은 생각이 들었다.

그 무렵 덕수 어머니는 돈을 벌겠다고 읍내의 식당에서 일을 했다. 그런데 덕수는 언제부터인가 어머니가 아버지의 옥살이에 별 관심을 보이지 않는 것 같았다. 관심을 보이지 않는 것이 아니라, 완연한 자유를 누리고 있는 것 같았다. 너무 화장이 짙어지고, 거의 매일 술 냄새를 풍기며 귀가하는 시간도 늦어졌다. 덕수는 그러는 어머니가 그다지 싫지는 않았으나, 아버지의 옥살이에 별 관심을 보이지 않을 때는 울화통이 치밀었다. 그대로 있을 수가 없어 뒤돌아서서 주먹총질을 해버려야 시원했다. 어머니가 식당 일을 해서 벌어오는 돈이 아버지에게 도움이 될까 하여 그저 그러려니 했다.

그러던 어느 날 덕수가 산에서 늦게 돌아와 보니 마당에 모깃불이 피워져 있었다. 덕수는 어머니가 오늘은 일찍 돌아온 모양이라고 생각하고 토방에 올라서려다가 우뚝 멈춰서버렸다. 댓돌 주변에 아무렇게나 벗어 놓은 남자 구두를 보았기 때문이었다.

'누굴까? 아부질까?'

덕수는 행여 잡혀 간 아버지가 돌아왔을지도 모른다고 생각했다. 덕수는 눈을 크게 떴다가 이내 한숨을 내뿜었다. 아버지의 발에는 그렇게 큰 구두가 맞지 않을 것이기 때문이다. 그리고 마을이 이렇게 조용할 리가 없다. 아버지가 풀려났다면 마을 사람들이 모여 한바탕 시끄러웠을 것이다. 순간, 덕수는 전신에 소름이 끼쳐오는 것을 느꼈다. 어머니가 늦게 귀가하는 날이면 으레 오토바이로 어머니를 집에까지 데려다 주던 박씨일지도 모른다는 생각이 들었기 때문이다.

박씨는 덕수네 마을에 살다가 몇 해 전 읍내로 이사한 뒤 터미널 부근에서 양복점을 하고 있었다. 그는 언제나 몸에 짙은 향수를 뿌리고 머리에는 포마드를 번쩍이도록 바르고 다녔다. 그리고 거의 매일 술에 취해 거드름 피우며 오토바이를 타고 다녔다. 소문에 의하면 박씨를 거쳐 간 과부들이 헤아릴 수도 없다고들 했다. 덕수는 어렸을 때부터 그런 그가 싫었다. 옆으로 스칠 때마다 그에게서 풍기는 향수와 포마드 냄새가 덕수에게 닭살을 돋게 했다. 술에 취해 집에 들어오면 아내와 자식들을 때리고 살림살이를 마구 부서뜨렸다. 박씨 아주머니는 항시 눈에 퍼런 멍이 들어 있었고, 아이들도 기가 죽어 움츠리고 다녔다. 덕수는 그 구두의 주인이 박씨라는 생각이 들자 집을 뛰쳐나가 어디론가 달아나고 싶었다.

덕수는 한동안 그렇게 마당가에 서 있었다. 모깃불이 밤의 정적 속에서 포근히 피어오르고 있었다. 그렇다면 어머니와 박씨는 이 더운 여름에 문을 닫고 방안에서 무엇을 하고 있을까. 덕수가 이런저런 생각을 하고 있을 때였다. 벌컥, 방문이 열렸다. 덕수는 잽싸게 헛간으로 숨었

다. 잇달아 박씨 특유의 굵은 목소리와 어머니의 야발스러운 목소리가
뒤섞여 들려왔다. 덕수는 헛간 문 사이로 박씨와 어머니의 모습을 읽을
수 있었다. 둘 다 꽤 취한 모습이었다.

"좋지이!"

박씨가 어머니의 아랫배를 손가락으로 쿡 찌르며 벙글거렸다.

"지랄하고 있네. 누가 보까 무섭구만."

어머니가 눈을 흘기며, 박씨의 손을 물렸다.

"좋은께 그러제."

"좋기는 머시 그렇게 좋아서 그래?"

어머니가 다시 눈을 흘기며, 박씨를 보내려 재촉했다.

"여그가 그렇게 좋단 마시"

박씨가 이제는 어머니의 배 아랫부분을 손가락으로 짚었다.

"참말로 지랄하고 있네이. 방정 그만 떨고, 어서 가기나 해. 누가 보
까 무섭네이."

어머니가 이젠 정색을 하며, 박씨의 손을 잼싸게 물려 어서 떠나기를
재촉했다.

"그라먼, 읍내서 또 보드라고잉."

박씨가 또다시 어머니의 배 아랫부분을 손가락으로 찌른 다음 손을
들어 보이고 집을 나갔다. 잠시 뒤 박씨의 오토바이 엔진 거는 소리가
요란하더니, 조용한 밤의 정적을 깨뜨리며 이내 사라지고 있었다. 덕수
어머니는 한 동안 그렇게 그 자리에 멍하니 서 있었다.

덕수는 그날 밤 잠을 통 이루지 못했다. 자꾸 이상한 생각이 들고, 기
묘한 광경이 눈앞을 어지럽혔다. 엎드려서 담배만 피웠다.

덕수 어머니는 거의 읍내에서 하루를 보내다시피 했다. 매일 짙은 화장을 하고 읍내로 나갔다. 더러는 식당 일도 하고, 더러는 박씨와 술도 마시고 여관에도 드나들 것이라고, 덕수는 생각했다. 덕수는 그런 어머니가 배알이 뒤집히고 역겨웠지만, 요즘은 야릇한 감미로운 생각으로 변해 그들이 여관에서 발가벗고 섹스를 즐기는 기묘한 행동을 머릿속에 그려보기도 했다. 그러다가도 감옥에서 고생하는 아버지, 돈을 벌어보겠다고 식당에 나가 궂은일을 하며 고생하는 어머니의 모습이 떠오르면 그런 생각을 하고 있는 자신을 힐책하곤 했다.

덕수 어머니가 식당에 나가지 않는 날이면 박씨가 집으로 찾아오곤 했다. 요사이 부쩍 잦게 드나들기 시작했다. 우울하고 어둡던 어머니가 박씨를 보면 이내 환하게 웃곤 했다. 어머니의 그런 모습이 덕수를 전보다 더 외롭고 우울하게 만들었다. 뜬금없는 사건으로 인한 아버지의 구속. 기다렸다는 듯 밀착돼버린 어머니와 박씨의 통정. 그런 인간사에 대해 생각이 미치기만 하면, 모든 것들이 불타버린 황폐한 잿더미만 어지럽게 연상될 뿐이었다. 그런 잿더미에서 무엇을 어떻게 해야 할지, 덕수는 전혀 어찌할 수 없었다.

"엄니, 박씨 그 사람 말인디잉……."

한번은 덕수가 어머니의 눈치를 살피다가 겨우 입을 떼었다.

덕수의 갑작스런 물음에 말문이 막혀서인지 어머니는 얼른 대답을 못하고 얼굴이 빨개지며 덕수의 시선을 피하는 눈치였다. 어머니는 전혀 표정이 담기지 않은 시선으로 한동안 물끄러미 덕수를 바라보더니, 이내 무언지 모르겠다는 듯 고개를 가로젓더니 겨우 입을 뗐다.

"박씨가 으째서 그러냐?"

"왜 자꾸 우리 집을 드나든지 모르것네잉."

어머니는 그런 덕수를 마주 바라보다 말고 이마를 찡그리더니 혼잣
말처럼 중얼거렸다.

"니가 멀 모르고 그러는디, 괜한 사람 미워하지 말그라."

"머시라고? 내가 괜한 사람한테 그런다고?"

"속 모르는 소리 말그라. 박씨 아는 사람이 교도소 높은 자리에 있는
디, 느그 아부지가 그 사람 때문에 고생을 덜 하고 있다고 하드라."

"그래도 그러제, 공은 공이고 사는 산디. 고자 처갓집 드나들대끼 빤
질나게 드나든께 하는 소리구먼!"

"그라고, 어른한테 먼 말버릇이 그렇다냐?"

"내가 맬겁시 그런가?"

"그것이 먼 소리다냐? 그라고, 멋담시 박씨를 그렇게 미워한다냐?
그래도 그러는 거시 아니다."

"머시 그러는 거시 아니여. 내가 무담시 박씨를 미워한당가. 하고 댕
기는 꼬락서니가 싫은께 그러제!"

"참말로, 알다가도 모르겄네이."

"길을 막고 물어보소! 박씨하고 댕기는 지꺼리가, 사람새끼가 해야
할 지꺼린지?"

덕수는 그만 자기도 모르는 사이에 소리를 버럭 지르고 말았다.

"으째서 소락대기는 지르고 그러냐? 사람 은공을 그렇게 갚으면 못
쓴 법이다. 교도소 그 사람이 힘을 쓰먼, 느그 아부지가 빨리 풀려날지
아냐?"

덕수는 박씨 덕으로 아버지가 감옥에서 고생을 덜 하고, 빨리 풀려날

지 모른다는 말에 '씨팔것, 씨팔소리 하고 있네.' 하고 욕을 퍼부으려다 그만 입을 다물고 말았다.

덕수는 이따금 돈을 벌어 보겠다고 고생하는 어머니에게 모독을 주는 생각을 하고 있을지 모른다는 생각을 했지만, 평소 싫어하는 박씨를 볼 때마다 자꾸 어렸을 때 잡았다 놓쳐버린 파랑새가 연상되곤 했다.

그러던 어느 날 덕수가 산에 갔다 늦게 돌아와 보니 방바닥에 옷가지 등이 어지럽게 널려 있었고, 어머니는 보이지 않았다. 덕수 어머니는 다음 날, 그 다음 날에도 돌아오지 않았다.

언제부터인지 정확히는 알 수 없지만, 요 몇 해 사이 덕수네 집안에 액운이 끊이질 않았다. 덕수는 동생이 아프기 시작할 무렵부터 집안에 액운이 시작되었다고 생각하곤 했다. 덕수와 네 살의 터울인 동생은 심장병을 앓다가 재작년 봄에 죽었다. 무척 귀여워들 했던 동생인데 어지간히는 보대끼다 죽었고, 상당한 돈도 날렸다. 동생이 죽은 후 아버지는 오리발 빠진다는 마을 앞 무논 두 마지기를 팔아 빚 청산을 했다. 게다가 뜻밖의 사건으로 인한 아버지의 구속과 기우는 가세의 아픔을 견디다 못한 어머니의 가출. 이 모두가 요 몇 해 사이 연거푸 일어난 액운으로, 아버지와 어머니는 물론 덕수에게 있어서도 무척 견디기 힘든 고통이었던 게 분명했다.


덕수는 교도소로 아버지 면회를 갔다가 돌아오던 길에 법원 근처의 변호사 사무실을 찾았다. 그 변호사 사무실의 사무장이라는 사람과 아버지의 죄와 공판절차 등에 대해 상담을 했던 것이다.

"피고인이 당신 아버지라고 했습니까?"

“네, 지 아부지구만요.”

“아버지 죄명이 중상해줍니다.”

“그런게라우.”

“사건의 자세한 경위와 내용, 죄질과 합의여부는 수사기록을 열람해 봐야 알겠지만, 좀 힘들겠는데요.”

“힘들다는 말씀이, 지 아부지가 풀려나기 어렵다는 말씀이신게라우?”

“네, 그렇습니다.”

“합의는 했는가요?”

“네, 동네 사람들이 나서서 어렵게 합의를 했고, 합의서는 경찰서에다 갖다 냈구만요.”

“합의는 했고, 전에 아버지가 다른 죄를 지은 적은 없는가요?”

사무장은 인쇄된 용지의 빈칸을 메워 가며 열심히 물었다.

“예, 없구만요. 시골서 땅 파먹고 사는 사람이, 어쩌다 본께 하루 일수가 사나워서 그런 죄를 저질렀제, 울 아부지는 평소 나락 밭에 제비같이 착실하게만 살아왔구만이라우. 울 아부지여서가 아니라, 참말로 법 없이도 살아갈 사람인디…….”

“물론 초범이기는 합니다만, 죄가 중죄인지라 아버지께서는 변호인의 조력을 받으셔야 될 것 같습니다. 변호사를 선임하는 것이…….”

“그라면, 변호사를 살라면 돈이 얼마나 있어야 한 게라우?”

“허허, 여보시요. 변호사가 어디 물건이간디, 변호사를 산다고 합니까.”

도수가 높은 안경을 낀 사무장은 한동안 껄껄 웃다가 안경 너머로 덕수를 내려다보며 다시 말을 이었다.

"변호사는 사는 게 아니라, 선임한다고 하는 겝니다."

"죄송하구만이라우, 잘 몰라서 그랬구만이라우."

그 사무장과의 상담 결과는, 아버지의 죄명은 중상해죄이고, 아버지는 변호인의 조력이 필요하다고 했고, 변호사를 선임하려면 그 선임료로 몇 백만 원은 있어야 한다는 것이었다. 몇 백만 원의 변호사 선임료. 덕수는 한동안 짭짭, 빈 입맛만 다셨다. 그리고 무슨 죄라도 지은 양 그 사무장의 눈치만 살피다가 변호사 사무실을 빠져 나왔다. 덕수는 그 많은 돈을 마련할 길이 막연했다.

그 후, 덕수는 마을에서 돈을 마련해 보려 했으나 모두가 죽는 소리였고, 그 많은 돈을 마련하기란 쉬운 일이 아니었다. 그리하여 덕수가 생각해낸 것이 작년 가을에 산에서 뒤를 보다가 캤던 그 난을 찾기로 한 것이다.

동네 사람들은 덕수에게 미쳤다고 했다. 미치지 않고서야 이 가뭄에 논밭의 물 걱정은 하지 않고 날마다 미친 사람처럼 산을 쏘다닐 수가 있겠냐는 것이었다. 그것도 한낱 풀 잎사귀에 지나지 않는 난을 캐기 위해서 말이다.

"요새 덕수가 하고 다니는 꼬락서니 봤는가?"

임생의 사촌형이 말했고,

"봤제, 미쳐도 참말로 미쳐부렀데. 아까도 본께로 바랑 메고, 갈고리 같은 거 하나 치깨들고 산으로 올라가듬마."

그 옆집에 사는 김씨가 받았다.

"감방에 있는 지 애비 생각을 해서라도 그라먼 못 쓰는 법인디."

임생의 사촌형이 다시 말했고,

"하면, 그라면 못 쓰는 법이제. 난에서 밥이 나온당가, 죽이 나온당가?"

김씨가 다시 받아 핀잔을 놓았다.

"지 에미는 또 으짜고. 세상에 몹쓸 년, 박가 그놈도 참말로 망할 새끼여. 어디서 깨를 쏟아 붓고 자빠졌는지는 몰라도, 참말로 베락을 맞아 죽을 연놈들이제."

박씨 친구 이씨가 히죽거리며 말했고,

"박가 그놈, 참말로 과부들을 그만큼 뎃고 놀았으면 인자 물릴 때도 됐는디. 참말로 타고 난 놈이여."

이씨 친구 한씨가 맞장구를 쳤고,

"니미럴, 박가 그놈은 멋을 먹고 그렇게 정력이 좋은지, 참말로 알다가도 모르겄어잉?"

이씨가 다시 받아 히죽거렸다.

"박가 그놈 묵다 남은 거 우리한테 하나 안 줄란가 모르것네잉?"

이씨가 다시 히히거리며 말했고,

"앞으로 잘들 해보세. 박가 그놈한테 잘 보이면 혹시 안가? 떡고물이라도 있을란가."

한씨가 히죽거렸고, 임생의 사촌형, 그 옆집의 김씨, 박씨의 친구 이씨, 한씨 모두가 동시에 히죽거렸다.

덕수가 마을 앞을 지나칠 때마다 동네 사람들이 여기저기서 수군거리며 열을 올렸다. 그들은 덕수와 덕수 어머니를 싸잡아 욕을 해댔다. 박씨에게는 욕을 하고 있는 것도 같고, 은근히 부러워하고들 있는 것도 같이 히죽거렸다. 그러나 덕수는 그런 말에 별로 신경을 쓰지 않았다. 단지 그 난을 찾아 변호사를 선임하여 아버지를 감방에서 빼내야 한다는 생각에 사로잡혀 있을 뿐이었다.

덕수는 다시 갈고리로 소나무 숲 밑을 파헤치기 시작했다. 그러나 그런 난을 찾기란 쉬운 일이 아니었다. 난 잎에 아무런 무늬가 없는 무지(無地)의 난은 지천에 널려 있어도 덕수가 찾고자 하는 잎에 무늬가 들어있는 무늬 종(種)의 난은 도무지 보이질 않았다.

오늘은 유별나게 더 더웠다. 햇살이 겉살은 물론, 속살까지 익히려 들었다. 통째로 삼킬 듯이 달구고 있었다. 덕수는 하늘을 쳐다보았다. 점심나절이 훨씬 기운 햇발이었다. 이러다간 오늘도 그 난을 찾기는 틀리고 말리라. 도대체 그 놈의 난은 언제쯤 찾을 수 있을 것인가. 그리고 비는 또 언제쯤 내려 다 타들어 가는 논과 밭에 물맛이라도 보이게 될 것인가.

덕수는 갈고리를 챙겨들고 허리를 폈다. 머리가 무지근하고 허리가 뻐근히 아팠다. 이마에 손등을 얹고 저 아래 마을 쪽으로 시야를 멀리 비웠다. 흰 구름이 머흘머흘 흘러가는 동편 하늘에 제비 몇 마리가 조용히 떠다니고 있었다. 그 아래 하천 둑에는 물동이를 인 아낙네들이 줄을 잇고 있었다. 작년 여름부터 우물이 말라버려 십리 길이 다 되는 윗마을에서 물을 길러오는 것이다. 이따금 비가 한 줄기씩 지나가기는 했어도 워낙 가물어서 물줄기가 마을까지 돌아오지 않았다. 덕수는 눈이 아팠다. 조그만 동그라미가 흰 자갈 바닥처럼 눈앞을 어지럽혔다.

풀잎이 죽고 낙엽이 져버린 계절과 달리 풀잎과 숲이 무성히 우거진 이런 여름에 난을 찾기란 그리 쉬운 일이 아니었다. 게다가 난이 좋아

난을 찾아 나선 게 아니라, 돈을 찾아 나서 산 속을 헤맨다고 생각하면 더욱 피곤하기 마련이리라. 그리고 산채꾼들이 소나무 밑을 이미 샅샅이 헤집어 놓은 것을 보면 더 더욱 피곤하기 짝 없는 노릇이었다.

덕수는 갑자기 담배가 생각났다. 한 개비 빨고 싶었다. 잠바 주머니를 뒤져보았으나 허사였다. 담배가 없는 것은 당연했다. 아까 저 아래 산 입구의 갈대밭에서 뒤를 볼 때가 마지막 개비였고, 빈 담배 갑은 엉덩이를 닦아내는데 사용해 버렸으니까. 덕수는 담배가 없다는 생각이 들자 입안이 더 깔깔하고 썼다. 그리고 몹시 배가 고팠다. 웬 시장기가 갑자기 이렇게 엄습하고 드는 것일까. 침을 삼켜 보았다. 속이 쓰디썼다. 참, 담배도 피우고 싶었지. 이럴 때 한 개비 피워 물면 시장기와 피곤함이 가실 것 같았지. 아니다. 그까짓 담배 한 개비를 피운다고 해서 시장기가 가실 수는 없다. 어서 그 난이나 찾는 거다. 잎 장마다 노랗고 하얀 호(縞)의 줄무늬가 선명하게 들어 있는 그 난을 말이다.

덕수는 그 난을 찾아야 한다는 그런 골똘한 생각에 잠겨 산의 숲 속을 헤매고 있었다. 덕수는 요즘 꿈인지 아닌지 분간할 수 없는 상태에서 몇 번이고 벼랑에서 떨어지는 꿈을 꾸었고, 벼랑에서 떨어지면 그 밑은 시퍼런 바다였다. 그것은 아무런 연결도 비약도 없었다. 그리고 그것은 덕수가 아버지의 면회를 다녀올 때 타고 왔던 기차이기도 했다. 기차는 경사가 심한 내리막을 달리고 있었다. 이미 어떠한 방법으로도 정지할 수 없는 상태였다. 브레이크가 듣지 않는 자전거가 내리막길로 쏠리는 것 보다 더 무서운 관성과 속력으로 시퍼런 바다를 향해 달리고 있었다. 그러나 그때마다 기차가 미처 바다에 빠지기 전에 덕수의 의식과 잠재의식은 혼돈의 상태였다.

이런 혼돈의 상태는 밤이면 더 무수히 되풀이되었다. 그러면서도 덕수는 이태 째 계속되는 가뭄으로 논과 밭이 다 타들어 가고 있다는 사실, 아버지가 중죄를 짓고 감방에 갇혀 고생하고 있다는 사실, 집을 나간 어머니가 돌아오지 않고 있다는 사실, 돈이 될 수 있는 그 난을 찾아 날마다 산의 숲 속을 샅샅이 뒤지고 있다는 사실 등을 그 의식과 잠재의식의 틈바귀 사이에서 의식하지 못하는 때가 많았다. 그만치 덕수의 심신은 피로해 있었다. 날이 샐 무렵이 되어 창문에 어린 희부연 새벽 빛을 바라보았을 때 그런 의식은 현실로 되돌아오곤 했다. 그런데 지금 이곳 산의 숲 속을 헤매고 있는 중에도 그러한 혼돈의 상태가 또 다시 이어지고 있는 이유는 무엇일까.

덕수는 족히 너덧 시간은 산 속을 헤매었다고 생각했다. 그러나 찾고자 하는 그 난을 아직 찾지 못하고 있는 것이었다. 이제 어느 산, 어느 골짜기, 어느 숲으로 가야 할 것인가. 과연 저 넓고 넓은 산속 어디에서 그 난을 찾을 수 있을 것인가. 또한 그러한 난을 찾아 내 손에 쥔다고 해도 그것을 몇 백만 원에 사겠다고 나설 사람이 있을 것인가. 그런 기대를 가지려는 것 자체를 부정하여 버리고 싶었다. 덕수는 머리를 흔들어 보았다. 또 다시 현실로 점화되어지는 의식, 참으로 피곤한 노릇이었다. 머리가 무지근했다. 머리를 좀 식히고 싶었다. 그러나 씁쓸한 생각을 먹어보며 또 다시 소나무 밑으로 기어들어 소나무 밑의 부엽을 헤집으며 그 난을 찾아 샅샅이 뒤지기 시작했다.

그때였다. 산길 근처의 소나무 밑에서 그 노란 호의 줄무늬로 치장한 자태를 뽐내고 있는 난 한 포기에 시선이 멈추었다. 그쪽을 향하여 냅다 달리기 시작했다. 그리고 그 앞에 쓰러져 난을 살피기 시작했다. 작년에 뒤를 보다가 캤던 그 난과 거의 흡사한 난이 아닌가. 덕수는 눈물을 흘리기 시작했다. 그리고 전신에 서서히 번져오는 열기로 몸을 떨었다.

"그럼 그렇제, 사람이 그냥 죽으라는 법은 없지!"

덕수는 빠른 속도로 달려가 그 난 앞에 엎드렸다. 쥐어뜯다시피 그 난을 캐기 시작했다. 한데 이상한 일이었다. 그 난 잎에 새겨져 있던 노란 호의 줄무늬가 갑자기 사라져 버린 것이다. 덕수는 머리를 흔들어 보았다. 아까까지 분명히 그 자태를 뽐내고 있던 무늬가 어디로 갔단 말인가. 덕수는 어리벙벙하고도 떨떠름한 표정을 지었다. 그리고 일시에 환상으로부터 벌떡 깨어나 말짱한 얼굴로 그 난의 잎 장을 샅샅이 살펴보았다.

덕수는 또다시 그 난의 잎을 위 아래로 훑어보았다. 들여다보면 볼수록 그 잎이 진녹색의 빛을 발산하고 있는 무지의 민춘란임에 분명했다. 덕수는 거푸 고개를 갸웃거렸다. 사람이 흥분하면 민춘란도 어엿한 엽예품으로 보일 때가 있을지도 모른다. 덕수는 한참을 멍하니 서서 허공을 우러러보다가 다시 저쪽 산을 향해 뛰다시피 걸어갔다.

무서운 속도로 걷고 있었다. 갈고리로 우거진 무수한 숲을 헤치면서 그는 계속 악을 쓰며 울부짖고 있었다.

"아부지이! 아부지이!"

덕수의 울부짖음은 순간 하나의 뜨거운, 희망에 찬 설움이 되어 저 모든 것, 저 모든 산의 숲, 난을 향해 파고들고 있었다. 꽈르릉. 갑자기 덕수의 바로 머리 위에서 비를 머금은 천둥이 되알지게 울었다.

絕壁에 서다

絕壁에 서다

# 絶壁에 서다

"이봐요, 이제 좀 정신이 드슈?"

어렴풋이 들려오는 목소리였다. 얼핏 헤아려도 젊은 남자의 것이 분명한 목소리는 마치 신명난 풍물패들 속에서 더디게 울려대는 징 소리처럼 굵직하고 탁했다. 명희는 온몸이 긴장되는 것을 느끼며 방금 목소리가 들려온 곳을 향해 고개를 돌리려다 목과 가슴에 심한 통증을 느꼈다.

명희는 그러나 쉽사리 그 목소리의 주인공을 찾을 수가 없었다. 주인공이 있음직한 위치에는 마치 어둠 속에서 칙칙한 안개가 거미줄처럼 온몸을 휘감는 듯한 음산한 공기가 가득히 일렁이고 이상한 물체가 이리저리 날아다니고 있었다.

혹시 잘못 들은 것이 아닌가, 귀를 의심했다. 그리고 목과 가슴의 통증을 애써 참으며 이리저리 둘러보다가, 어둡고 스산한 동굴 벽과 큰 바위에서 눈길을 멈추었다. 금방이라도 와르르 소리를 내며 무너져 내릴 것만 같은 위태로운 모습의 바위에서 그만 눈길을 돌리려 할 때, 한 사내가 마치 장난이라도 치는 것처럼 또다시 굵고 탁하게 말했다.

"젠장, 이제 좀 정신이 든 모양이네."

굵고 탁한 목소리처럼 여간 거친 게 아니다 싶은 어투에, 명희는 이 번에는 숫제 몸까지 돌려 목소리의 주인공을 향했다. 그리고 마침내 그 큰 바위 위에서 누군가를 찾아낼 수 있었다. 아니 정확하게 말하자면, 누군가를 찾아냈다기보다는 누군가가 스스로 명희에게 위치를 알렸다 고 해야 했다.

낡은 옷차림인 사내는 우선 그 옷부터가 때에 찌들고 헤어져 너절하 기 이를 데 없어서 무언가 범상치 않아 보였는데, 게다가 어깨 위까지 치렁거리는 긴 머리칼과 수염을 휘날리며 초연한 모습으로 명희를 내 려다보고 있었다. 그런 그의 모습에서 삶에 찌들어 사는 자가 지니는 특유의 초췌한 분위기를 쉽게 느낄 수 있었다. 금방 무너져 내릴 것 같 으면서도 무너지지 않으려고 안간힘을 다해 버티고 서있는 듯한 큰 바 위에 걸터앉아 풀뿌리를 씹고 있던 사내가 스산한 모습으로 명희를 한 동안 침묵 속에서 지켜보고 있다가, 불쑥 일어서며 내려오고 있는 것이 었다.

훤칠한 키에 튀어나온 광대뼈와 강렬한 햇볕에 새까맣게 그을리다 못해 흡사 숯검정이라도 칠한 듯 빤질빤질 윤이 나는 얼굴빛이 실소를 자아내게 했다. 그 사내는 명희가 누워있는 침대 머리맡의 의자 쪽으로 다가와 비스듬한 눈길로 훑어보았다.

딱딱하고 울퉁불퉁한 침대는 통나무 기둥 네 개를 세운 뒤 자잘한 나 무를 칡넝쿨로 엮어 그 위에다 거적과 마른 푸나무 등을 깔아놓은 게 전부였고, 의자 또한 적당한 크기로 대충 자른 자잘한 통나무를 칡넝쿨로 얽어맨 초실용적인 기발한 솜씨를 발휘한 집물이었다.

"젠장, 내 얼굴에 똥이라도 묻었나, 멀쩡한 사람을 왜 그렇게 쳐다 보슈?"

험한 입담에 명희가 그만 어리둥절해 하고 있는데, 사내가 머리맡의 의자에 걸터앉았다. 한결같이 흡사 거지를 연상케 하는 그 사내는 손가락으로 자신의 치렁치렁한 머리칼이며 긴 수염을 빗질하며 만지작거렸다. 얼핏 보아 마흔 안팎으로 보이는 그가 다시 한 번 명희를 향해 장난기가 섞인 웃음을 웃어 보이며 말을 건넸다.

"이봐요, 지금 배가 무척 고플 텐데, 뭐 좀 먹을래요?"

가까이서 본 사내는 거칠다 못해 사납다 싶은 어투와는 달리, 첫눈에도 몹시 지친 기색이었다. 모르긴 해도 힘겨운 산행 끝에 이제 막 동굴로 들어온 것이 분명했다.

"뭐라도 좀 먹어야 될 텐데?"

사내는 어딘지 열기에 들뜬 것 같은 두 눈에 정체를 알 수 없는 생기를 반짝이면서 명희를 빤히 바라보았다. 너무 강렬하여 자칫 무슨 광기 같은 것마저 느껴지는 생기에 명희는 자신도 모르게 눈살을 찌푸렸다. 흡사 위태롭게 서있는 바위처럼 금방이라도 와르르 소리를 내며 무너져 내릴 것만 같은 그의 피곤한 행색에도 불구하고 두 눈만은 알 수 없는 생기로 반짝이는 것이 차라리 기이하게 여겨질 지경이었다.

"아무 것도 먹고 싶지 않아요."

명희가 싫다고 말하자, 사내는 숫제 무슨 신기한 사실이라도 발견한 것처럼 명희를 향해 고개를 갸우뚱거리기까지 했다. 그리고 명희의 말에 한동안 고개를 갸웃거리며 무언가를 헤아리던 눈치더니 방긋이 입가에 웃음을 흘렸다.

"싫다면, 억지로 권하지는 않겠소."

사내는 앞에 있는 명희를 무시한 채 혼잣말처럼 무어라고 중얼거리더니, 이윽고 바위 뒤로 사라져버렸다. 너무 이어가 없어 명희는 얼결에 말끝을 얼버무렸다.

"당, 당신은 누구세요?"

그러자 사내가 바위 뒤에서 다시 얼굴을 내밀었다. 그는 숫제 장난기가 가득한 얼굴로 푸웃 하고 웃었다.

"나? 앞으로 차차 알게 될 거요. 단지 당신의 목숨을 구했을 뿐이오."

"난 가겠어요. 보내주세요!"

명희가 신음하면서 일어나려 하자 사내가 한걸음에 달려와 이를 저지하며 말했다.

"일어나지 말아요. 그 몸으론 아직 무리야. 천길 절벽에서 떨어진 몸이니까. 살아남기 기적이지."

명희는 힘없이 드러누워 동굴의 내부를 둘러보며 말했다.

"여기가 어딘가요?"

"보시다시피 동굴 속이지 않소?"

이따금 검고 이상한 물체가 괴상한 소리를 내며 동굴 속을 느릿느릿 날아다녔다. 명희는 흠칫 놀랐다. 자세히 살펴보니 박쥐였다.

"놀랄 것 없소. 저건 밤의 창부요. 당신도 머잖아 저것들 하고 친해지게 될 거요."

사내는 허탈하게 웃으며 말했다.

"난, 가겠어요. 보내주세요."

명희가 날카롭게 눈을 치뜨자 사내는 조금 머쓱한 표정을 짓더니 히죽이 웃었다.

"가기는, 어딜 가요?"

"집으로요. 식구들하고 우리 연호씨가 애타게 기다리고 있을 거예요. 보내주세요."

사내는 갑자기 근엄한 표정으로 눈을 지그시 감고 있더니 자뿌룩하니 고개를 쳐들었다.

"그렇게 쉽게 돌아갈 수 있을 것 같아요?"

"왜요, 왜 못 가요?"

명희가 다그쳐 묻자, 고개를 갸웃거리며 곤혹스런 표정을 지어보이며 그녀를 한참동안 바라보다가 사내가 말했다.

"이 동굴을 나가면 사방이 절벽이오. 저 바깥세상에서 이곳으로 떨어져 내릴 수는 있어도, 바깥으로는 함부로 나갈 수 없는 곳이오. 자, 이거나 마셔요. 이 죽음의 골짜기에서 내가 발명한 유일한 보약이오."

사내가 한약 색깔처럼 거무스름한 물이 담긴 사발을 명희에게 내밀었다.

"싫어요. 집으로 보내주세요!"

명희가 쏘아붙이자, 사내가 엉거주춤 그녀를 바라보았다.

"망설이지 말고 마셔요. 목숨이 붙어 있는 한 하루라도 더 살아야 할 게 아니오."

"싫어요!"

"푸하하, 내가 무서운 모양인데, 안심해요. 자, 여기다 놔둘 테니 마시고 싶으면 들어요."

사내는 머뭇거리며 약사발을 명희 머리맡에 놓았다. 그리 싫지 않은 한약 비슷한 냄새가 콧속으로 배어들었다. 다따가 천둥소리가 질식하듯 동굴 속을 울렸다. 몹시 요란한 천둥소리 다음에 심한 빗소리가 동굴 속으로 기어들었다.

"많은 비가 내릴 모양이군."

사내는 머리맡의 약사발이 안전하게 놓였는지를 확인한 뒤 일어나 동굴 밖으로 나가버렸다.

명희는 자리에서 일어나려 했으나 온몸이 쑤시고 목과 가슴의 심한 통증으로 인해 도저히 일어날 수 없었다. 그리고 견딜 수 없을 만큼 무서움과 두려움이 엄습하고 들었다.

"여보세요!"

그러나 사내는 대답이 없을뿐더러 보이지 않았다. 얼마 후 명희가 다시 정신을 차렸을 무렵 그 사내가 머리맡에 앉아 명희를 내려다보고 있었다.

명희가 두려움에 질린 듯 말했다.

"무서워요!"

"내가 뭐랬소. 자, 이 약을 마셔요. 당신만 좋다면 난 언제까지든 당신 곁에 있겠소. 무슨 운명인지 몰라도, 이 죽음의 골짜기엔 당신과 나 둘 뿐이오. 일테면 횡재를 한 셈이지. 저 바깥세상에서 쫓겨나 홀로 사는 내게 복덩이가 하나 굴러들어온 셈이오. 나는 저 바깥세상이 버린 사람, 어디 바깥세상 소식이나 들어봅시다."

여전히 생기로 반짝이는 사내의 두 눈에, 희미하게나마 한 가닥 핍박의 빛이 서리는 것을 훔쳐볼 수 있었다. 명희는 그의 거칠고 투박한 어투 대신에 희미하지만 그 핍박의 빛을 믿기로 했다.

명희는 아무런 말도 하지 않았다. 그저 초조할 뿐이었다. 그러자 사내가 명희를 진정시키듯 말을 이었다.

"다시 한 번 얘기하지만, 마음 푹 놓고 이 약이나 드시오. 조급하게 서둔다고 당장 이 골짜기를 빠져나갈 수는 없어요. 마음 편히 먹고 몸이나 돌봐야지."

사내가 다시 약사발을 내밀었다. 명희는 체념한 듯 약사발을 받아들고 그것을 물끄러미 바라보았다. 그 사발 속의 내용물은 색깔은 물론 냄새까지 한약 같았다. 명희는 그걸 마시기로 했다.

"쓸 게요. 그러나 몸에는 좋소. 지난 몇 년 동안 나는 그 약으로 몸의 부기도 빼고, 감기 한 번 걸리지 않았소."

"그럼 몇 년이 넘도록 이곳에 살았단 말인가요?"

"몇 년인지 몇 개월인지, 이제는 세월 가는 줄도 모르겠소. 낮이면 골짜기를 더듬어 초근목피로 연명하고, 밤이면 이 동굴로 기어드는 게 전부요."

"선생님도 나처럼 교통사고를 당한 건가요?"

"지금 당장 알 것 없소. 차차 알게 될 테니까. 그래 어떻소? 난 별로 관심이 없지만 바깥세상은 잘 돌아갑니까?"

사내가 의아스런 눈으로 조심스레 물었다.

"무슨 얘긴가요?"

명희는 잠시 망설이다가 되물었다. 그 말에 사내는 대답하지 않았다. 한참 있다가 알 듯 말 듯 어정쩡한 목소리로 다시 물었다.

"서울에 사는가요?"

"네."

명희는 힘없이 대답했다.

"언제쯤 서울을 떠났소?"

사내가 고개를 갸웃거리면서 물었다.

"토요일에요."

"토요일이라니, 알 수가 있나."

"오늘이 무슨 요일인가요?"

"그걸 내가 어떻게 알아요. 오늘이 며칠인지 무슨 요일인지를? 나는 그걸 모두 잊고 살고 있소. 동굴 밖에 해가 뜨면 하루가 오고, 해가 지면 또 하루가 가는가 보다 하고 살아요. 내가 아는 건 그게 전부요."

"그럼, 차가 이곳으로 굴러 떨어진 모양인데, 운전한 사람은 어떻게 되었는가요?"

"죽었소. 내가 당신을 구출한 후 차는 바로 폭발해 불타버렸소. 아마 죄다 타버렸을 게요."

"뭐라구요?"

여태까지 침착하기 이를 데 없던 명희의 표정이 돌처럼 굳어지더니 눈물을 주르륵 흘렸다.

"그러니까, 바깥사람들은 당신도 함께 타서 죽은 것으로 알고 있을 거라는 얘기요."

"그럼, 오늘이 며칠 짼가요?"

"일주일쨉니다."

"그럼, 오늘이 일요일이군요."

"그런 셈이오."

"선생님 부탁이에요. 집으로 돌아가게 해주세요."

"글쎄, 이 동굴 밖으로 나가는 건 문제없소. 그러나 산짐승 하나 얼씬하지 못하는 수천 길 절벽이 골짜기를 덮고 있소."

명희는 절망적인 마음뿐이었다.

"엄마!"

명희는 고개를 떨어트리고 엄마를 찾으며 울었다.

"진정해요. 운다고 해결될 일이 아니오."

"선생님, 오늘이 제 결혼식 날이에요."

"정말 딱하군요. 그는 이미 죽었소. 죽은 사람하고 결혼할 수는 없는 일 아니오?"

"엄마!"

"엄마를 부른다고 해결될 일도 아니고. 자, 진정하고 교통사고를 당하게 된 경위나 들어봅시다."

"……."

"내, 이따 약 한 그릇 더 마련해 주리다. 그럼 정신도 들고 몸도 한결 가벼워질 게요. 그 동안 그 얘기나 들어봅시다."


연호와 명희는 국도 변 휴게소 근처의 모텔에서 두 번의 섹스를 나눈 뒤 똑같이 잠이 들어버렸다. 자리에서 일어나 세수를 하고 머리를 빗고 화장을 하고 그 모텔에서 나왔을 때, 맑고 밝은 하늘 끝에서 시원한 바람이 불어왔다. 머리끝에서 발끝까지 피가 운반되는 신선한 생기가 몰려왔다. 햇빛은 온 생명의 기운을 분출하며 공중에 떠 있었고, 쪽빛 바다로 가는 길목에 있는 휴게소는 제철을 맞아 들뜨고 즐겁고 번잡했다. 눈을 뜰 수 없도록 맑고 깨끗한 날씨가 만들어낸 초록의 세계, 국도 변의 가로수들이 햇빛에 눈부셨다.

대지는 무성한 생명력으로 맹렬하게 꿈틀거리고 있었고 작고 예쁜 빛깔의 들꽃이 사방에서 다투어 꽃을 피우고, 초록이 짙어가고 있었다. 우주의 변함없는 오묘한 운행질서 속에서 다시 맞은 생동의 계절, 여름이 무척이나 반가웠다. 연호와 명희는 바다를 향해 국도를 줄곧 달리다가 풀꽃이 흐드러지게 피어있는 고개 너머로 널따란 차밭이 내려다보이는 거대한 동산에 차를 세웠다. 영화와 드라마 촬영지였다는, 월드컵 경기장보다 더 큰 동산이 굽이굽이 감돌아 이랑을 이룬 것이 모두 차밭이었다. 뭉클뭉클 다가서는 다향의 현묘한 냄새, 끝없이 펼쳐진 연초록빛의 무더기가 긴 이랑을 이룬 아름다운 절경의 모둠, 별천지의 세계였다. 한 골, 한 골 안으로 차나무들이 지천으로 널려 있고, 차나무 잎사귀들은 싱싱한 청록색이었다. 이름 모를 들꽃은 지천이었고, 그 곁을 돌아서자 약간 아래쪽으로 녹차 잎들이 멀리서도 알아볼 수 있을 만큼 바람에 속살을 드러내고 또 다른 아늑한 풍경을 펼치며 오묘한 장소를 만들어내고 있었다. 우리들 마음속의 대자연, 아름다운 다향의 녹차밭. 연호와 명희는 거기서 여태 보았던 것 중 가장 장엄하고 초록의 빛이 선명하고 싱싱한 아름다운 절경을 보았다.

세상의 모든 만남은 서로의 세계와 세계가 만나는 것이고, 그 만남은 서로의 향기와 냄새를 맡는 것이고, 서로의 영혼에게 그 향기와 냄새를 심어주는 것이라지 않던가. 그게 바로 온유한 사랑이고 상생이고 원융일 게다. 어디로부터 연원한 것인지 모를 차의 그윽한 향과 맛이 우리

를 취하게 하듯이 상대방의 삶과 그가 누리고 있는 그윽한 세계가 우리
를 모두 취하게 할 때가 있다. 천지간에 가득한 만물은 수없이 많으면
서도 서로 연관되어 있으며, 오묘하게 모두 제 나름대로 이치가 있다.
그 이치를 궁구하지 않으면 앎에 이르지 못한다. 따라서 풀 한 포기, 나
무 한 그루일지언정 각각 그 이치를 탐구하여 그 근원에 들어가면 그
지식이 두루 미치지 않음이 없고 마음을 꿰뚫지 못하는 것이 없으니,
나의 마음이 자연스럽게 사물과 분리되지 않고 만물의 겉모습에 구애
받지 않게 된다는 옛 선비의 글이, 장엄한 초록의 별천지 녹차 밭에서
떠오른 것은 무엇을 의미하는 것일까.
　연호와 명희는, 연호가 읊는 우리들 마음속의 대자연, 아름다운 녹차
밭에 대한 예찬론을 들으며, 그곳 지방도를 벗어나 다시 국도로 들어서
줄곧 달려갔다.
　국도의 휘어진 모퉁이를 돌자 내리막길이 직선으로 쭉 뻗어 있었고
차들은 한결같이 고속으로 질주하고 있었다. 연호는 무슨 자동차경주
라도 하는지 액셀러레이터를 마구 밟아 속력을 올렸다. 자동차가 커브
를 돌 때면 몸뚱이는 반대편으로 사정없이 쏠리기도 했다. 가끔 추월지
역이 아닌 곳에서도 추월을 했고 시원스레 뻗은 도로를 달려가는 차는
숫제 총알처럼 날아갔다. 연호는 쾌속의 즐거움을 만끽하고 있었고, 불
안한 명희가 말렸으나 막무가내였다. 안전벨트를 매고서도 발바닥이
간질간질하고 서늘한 기운이 발끝에서 정수리까지 치솟았다. 순간순간
마음이 불안했지만 명희는 태연한 척했다. 차창으로 날아든 바람 때문
에 기분이 좋았다. 차가 과속으로 달리면서·열어놓은 차창으로 미적지
근하면서도 세차게 불어든 바람을 느긋하게 들이 마시는 기분이 한결

좋았다. 시원스레 내달리던 이차선 직선도로의 끝에는 이따금 휘어진 모퉁이가 나타나곤 했다. 그때였다. 반대차선 도로에 집채만 한 컨테이너를 실은 트럭 한 대가 전조등을 깜빡이며 중앙선을 넘어 달려오고 있었다. 연호는 급브레이크를 밟으며 트럭과 충돌을 피하기 위해 핸들을 오른쪽으로 꺾었다. 자동차는 덫에 걸린 산짐승처럼 거칠게 몸을 흔들었다. 그리고 곧바로 가드레일을 들이받으며 미끄러졌다. 피부가 터지는 듯한 끔찍한 충격 뒤에 차가 핑그르르 돌며 갓길의 가로수를 들이받고 튀어나가 풍선처럼 공중으로 떠올랐다. 순간 명희는 어금니를 꾹 깨물고 있었고, 연호의 옆얼굴은 딱딱하게 굳어서 얼핏 화가 난 사람처럼 보였다.

그런데 명희는 이상할 정도로 정신이 말짱했다. 차가 팽그르르 돌며 떠오를 때 연호와 명희는 마주 보았다. 연호는 이미 핸들을 놓아버린 상태였고, 그건 비디오테이프가 천천히 감기듯 느리고 비현실적인 순간이었다. 그것을 몇 초의 순간이었다고 재는 것은 무의미한 짓이다. 시간의 바깥에서 일어난 일이었으니까. 생은 마치 영사막 위에 흘러간 빛처럼 창백하고 무가치하게 느껴졌다. 연호와 명희는 마주 보았고, 한순간 서로의 운명을 받아들이기로 수긍했고, 서로에 대해 완벽하게 공감했고 일치했다. 그리고 충분하다는 생각이 들었다. 그들은 눈을 아주 천천히 깜박인 뒤 둘이 동시에 얼굴을 앞으로 돌렸다. 그리고 다시 한 번 공중으로 떠오름, 이것이 그들이 선택한 죽음의 모습이었던가. 앞으로 있을 결혼과 사랑이 그렇듯 삶도 죽음도 참을 수 없도록 남루하고 무상하기만 했다. 명희는 두 눈을 커다랗게 뜬 채 노랗고 하얀빛의 안개 속으로 빨려들어 갔다. 마지막 순간, 연호의 잔뜩 일그러진 얼굴이 펑하는 소리와 함께 연줄이 끊긴 연처럼 하늘로 커다랗게 튀어 올랐다.

명희는 교통사고로 이 골짜기로 굴러 떨어진 후 일주일이 지났던 것이다. 단지 하루가 저무는 것이 아니라, 전생처럼 너무나 오래 전의 일만 같았다. 명희는 교통사고를 당한 후 떠올리기도 싫은 참혹한 순간의 지나간 일은 생각하지 않으려고 했다. 어떻게 돌아보면 앞으로 더 나아갈 수 없는 지경이라 할 것이어서, 한갓 지나간 한 시절의 순간이 이토록 단절되어 있다는 것이 믿을 수 없었다.

한동안 숨죽이고 조용히 연호와 명희의 여행 경로와 교통사고의 경위 등을 듣고 있던 사내가 다시 물었다.

"그래, 그래서 그 다음 어떻게 되었소?"

마지못해 명희는 고통스럽게 입을 떼었다.

"지난 토요일 오후 서울을 출발했어요. 가족들의 반대를 무릅쓰고 제 약혼자와 피서를 떠났어요. 산은 맑고 시원했고, 바위틈에 흐르는 물은 얼음같이 찼어요. 우린 서울을 떠나길 잘 했다고 생각하며 휴게소 근처 모텔에서 하룻밤을 자고 다음날 오전 바닷가로 출발한 거예요."

사내는 숫제 무슨 신기한 사실이라도 발견한 것처럼 명희를 향해 고개를 갸우뚱거리기까지 했다.

"거참, 재미있군. 일주일 후면 결혼할 남녀가 모텔에 들었다. 그럼 섹스는 몇 번이나 나눴는가요? 그게 궁금해서 묻는 게요."

"이거 보세요. 지금 무슨 얘기를 하고 있는 거예요?"

명희가 벌컥 화를 내자 사내는 한동안 고개를 갸웃거리며 무언가를 헤아리던 눈치더니 빙긋이 입가에 웃음을 흘렸다.

"순진한 척 하지 말아요. 한창 젊은 작자들이, 그것도 결혼할 남녀가 모텔에서 잤는데, 그 은밀하고 원초적인 밤을 그냥 보냈단 말이오?"

이윽고 명희가 간절한 목소리를 냈다.

"제발 부탁하건대, 그만 하세요."

"그만 해둬라. 그럼, 그럽시다."

사내는 앞에 있는 명희를 무시한 채 혼잣말처럼 중얼거리더니, 이윽고 다시 말을 이었다.

"하지만 난 지금 상상하고 있어요. 그 약혼자란 작자와 당신의 신랄했던 그날 밤의 광경을……."

"이봐요. 그만두지 못해요!"

명희가 화를 벌컥 냈는데도 사내는 듣는 척도 안하고 엇비스듬한 눈길을 허공에 던지며 계속 말을 이었다.

"당신들은, 침대에 나란히 누운 채 처음 한동안은 조심스러워했는데, 차츰 흥분되자 더 이상은 참지 못하겠다고 훌훌 옷을 벗어 벌거숭이가 되었을 게고, 그리고 알몸이 되어 뒤엉켰을 게고, 더 이상 서로 뒤엉키다 못해 한 덩어리가 되어 나뒹굴었을 게 아니오?"

순간, 명희는 기겁을 하듯이 화들짝 놀라면서 쏘아붙였다.

"이봐요, 지금 무슨 얘길 하고 있는 거예요!"

사내는 두 사람의 섹스 장면을 처음부터 끝까지 어느 한 과정도 놓치지 않고 낱낱이 지켜봤던 사람 같았다. 그리고 차츰 시간이 흐를수록 그에게는 그것이 마치 자신의 마음속에서 일어났다가 사라지는 상념이라도 되는 것처럼 갖가지 농밀한 생각에 사로잡혀 있었다.

"당신들은, 처음엔 그 작자가 숨을 쉴 때마다 부드러운 암시나 최면처럼 그의 냄새가 당신의 목구멍으로 넘어왔을 게고, 당신의 몸에 그의 냄새가 가득 찼다고 느끼는 순간, 마침내 그가 당신을 끌어안았을 게고, 낯선 몸을 처음 안을 때의 기분은 몹시 섬세하고 자극적이어서 신경이 곤두섰을 게고, 그리고 양파껍질을 벗기듯 겉옷부터 차례차례 벗겨 당신의 마지막 속옷을 벗겼을 게고…….”

“제발 부탁인데, 그만 하면 안 돼요?”

명희는 마주 대하기에는 너무 흉물스럽고 불결한 듯한 사내의 눈길을 피하며 애절히 말렸으나 허사였다. 몹시 당황하고 견디기 힘든 모욕감과 수치심으로 범벅이 된 명희 얼굴은 민망할 정도로 일그러져 있었다. 그러나 사내는 그렇게 우두커니 앉아있는 명희의 표정에 갑자기 눈빛을 반짝이고 강한 호기심을 나타내며 다시 이죽거렸다.

“어디까지 했더라? 그래, 마지막 속옷을 벗기는 순간까지였지.”

그 말에 명희는 아무런 대꾸도 하지 않았다. 사내는 한참을 우두커니 서 있다가 다시 지껄였다.

“그리고 재빨리 간격을 메워 가까이 다가섰을 게고, 그러자 맨몸이 되었는데도 전혀 어색한 느낌이 들지 않았을 게고, 그리고 두 사람의 몸이 이쪽과 저쪽으로 감기고 부딪치며 가볍게 흥분하고 그리고 짧게 입술을 부딪치고, 저절로 열리는 입술의 틈으로 입술들이 틈입하고, 그리고 체온과 맛이 다른 혀가 입 속으로 와락 넘어 들어오고, 그리고 팔이 얽히고, 기우뚱 중심을 잃으며 서로의 팔 속으로 좀더 다가서고, 그리고…….”

사내는 욕정에 온몸이 달아올라 꿈틀거리는 한 마리 수캐처럼 팽배한 눈빛으로 연호와 명희와의 그날 밤의 관계를 꿰뚫어 보듯 말을 계속이어갔다.

"아악!"

명희는 두 손으로 얼굴을 감싸며 소리쳤다. 그리고 참담한 모욕감과 함께 온몸이 떨리는 수치심에 휘감기며 진저리를 치듯 도리질을 계속했다. 그러나 사내의 정탐이 가득 서린 눈길은 명희의 모욕감이나 수치심에는 아랑곳없이 묵묵히 그녀를 지켜볼 따름이었다. 그 눈길은 냉정하다 못해 비정한 너머지, 흡사 인간과는 전혀 다른 별개의 인격체처럼 여겨질 지경이었다.

사내는 그런 명희를 보며 무언가 알 만하다는 듯이 몇 번이고 고개를 끄덕였다. 그리고 마치 그 이유를 찾아서 마음속이라도 들여다보겠다는 듯이 빤히 그녀의 눈을 쳐다보았다.

"그 작자는 당신의 육체에 대해 냉정했어. 그리고 신중했고, 부드러웠고 어떤 의미에서는 좀 신랄했고. 그리고 당신은 어떻게 첫 관계에서 내가 그토록 자연스럽게 흥분할 수 있었을까 하고 의아해 했을 게고. 그가 삽입을 한 후 얼마간의 순간을 천천히 보낼 때, 그때 이미 당신의 몸은 그와 친숙해 진 것 같았을 거야."

"듣기 싫어요!"

참을 수 없는 모욕감과 수치심 때문에 명희는 벌떡 상체를 일으켰다. 그러자 사내가 너털웃음을 웃더니, 다시 말을 이었다.

"그 작자는 그렇게 낯익힐 시간을 배려했을 게고, 그 정지의 시간 동안 당신의 그것이 온기를 회복하며 한 잎 한 잎 열려 그를 맛보고 빈틈없이 조이며 끌어안고 뜨거운 숨을 쉬며 깊이 빨아들여 마침내 삼켜버리려 할 지경에 이르렀을 거야."

"닥치지 못해요!"

명희가 세차게 다시 한 번 쏘아붙였다. 그러나 허사였다. 사내는 그 광경을 실제의 상황처럼 만끽하듯 눈을 지그시 감은 채 계속하여 이죽거렸다.

"그리고 그것이 무엇이었을까? 당신은 유체로부터 이탈된 영혼처럼 당신의 내부뿐 아니라 외부에서도 결합되었을 게야. 당신은 그 모든 것을 너무나 생생하게 느끼며 동시에 너무나 생생하게 의식했을 게고, 혈관이 진동을 일으킨 마지막 순간에 경련이 반복되는 동안 밤하늘에 번갯불이 일어나듯 당신의 존재의 어두운 뿌리에 불꽃이 하얗게 튀어 오르는 것이 눈에 보이는 듯했을 게야. 그렇잖아요?"

사내는 그녀의 견디어 내기 어려운 모욕감과 수치심에는 아랑곳없이 그녀를 앞에 두고 무언가 혼자서 즐기는 빛이 역력했다.

명희는 이제 대꾸조차 하기 싫었다.

"왜 대꾸가 없는 게요? 너무 자세히 꿰뚫어본 것 같아서요? 혼돈과 불안과 생명감과 두려움과 흔적과 그토록 선명하고 충격적이던 생경한 육체의 감각까지도 모두 그 모든 것을 태연하게 꿀꺽 삼켜버리는 게, 남녀 간의 육체관계 아니겠소?"

명희는 위험한 상태에 노출되어 있는 연약하고도 섬세한 속살만의 존재의 본능처럼 두 손으로 가슴을 감싸고 겁에 질린 표정으로 그 사내를 바라볼 뿐 말을 하지 못했다. 명희가 동그래진 눈으로 그를 쳐다보았다. 맞는 말이었다. 사내는 껄껄 웃기 시작했다. 좀처럼 그칠 것 같지 않은 공격적인 웃음이었다. 그러자 명희는 마음이 참담해지면서 수치심과 맹렬한 적의감이 치솟았다.

사내는 어떤 전체, 명희가 중요하다고 여기고 있는 전체를 비웃고 명희의 인생 전부를 비웃는 것 같았다. 그러나 웃고 있는 그의 눈은 그런 예리한 지적을 했다는 것이 의아할 정도로 풀려 있었다.

"이곳에서 제일 나를 괴롭혔던 게 바로 성에 관한 욕구였소."

명희의 표정은 천천히 굳어졌다. 그리고 흰자위가 드러나도록 눈을 부릅뜬 채 사내를 노려보았다.

"듣기 싫어요!"

"듣기 싫어도 들어요. 남녀는 원래 한 몸이었던 것이 신에 의해 둘로 나뉘어져서 서로 몸을 합침으로써 본래의 상태로 되돌아가려 하는 게요. 그런 원초적 충동이 바로 에로스라는 게고, 나도 처음엔 금욕생활을 맹세했지만, 원초적 본능은 어찌할 수 없었소. 하루에도 몇 번씩 매음굴에 찾아가려는 충동을 느꼈소."

"그게 나하고 무슨 상관이에요?"

"무슨 상관?"

사내는 명희의 대답을 기다리지 않고 바로 말을 이었다.

"무슨 상관이 있어서가 아니라, 그렇다는 게요. 인간의 삶에 있어 기본적인 문제 가운데 하나가 바로 성적 본능이 아닌가 싶소. 이처럼 본능적인 문제이면서도 실생활에 있어서는 은밀히 감춰져 왔던 게요. 성생활이 비교적 개방된 서구에서도 침실 속에서만 숨겨져 있다고 하지 않던가요. 그러나 성생활 얘기가 자꾸 희화적으로 흐르다가는 사회 전반적인 도덕심이 무뎌지지나 않을지 은근히 걱정한다는 섹스보고서가 있다고 들었소. 더군다나 요즘 세상에 자기 짝 말고 애인이 없으면 6급 장애인 취급을 받을 만큼 급속히 성이 문란해졌다고들 하고요. 미안하오."

그 말은 귀가 아니라 피부로 스며든 것처럼 온몸에 소름이 돋는 것 같았다. 사내는 갑자기 거칠고 큰 손을 들어 올리더니 명희의 손등을 천천히 쓰다듬었다. 당황한 명희는 통증이라도 느낀 듯 얼굴을 찡그리며 황망하게 뿌리쳤다. 사내는 얼결에 명희의 손등에서 손을 떼었고, 이내 명희 쪽으로 상반신이 기울어졌다. 명희는 고개를 뒤로 빼며 재빠르게 침대에서 몸을 뺐다. 그 바람에 사내는 의자에서 떨어져 바닥으로 넘어졌다. 명희는 그 조잡하고 어처구니없는 동작들을 멍하니 관찰하고 있었다. 더 이상 보고 있을 수가 없었다. 안간힘을 다해 일어섰다. 명희가 자리에서 일어서자 그 사내가 명희를 붙잡았다.

"더러운 자식, 내 몸에 손대지 마!"

명희의 목소리가 바르르 떨렸다. 도망가고 싶은 마음뿐이었다. 명희는 눈물을 흘리며 소리를 버럭 질렀다. 그리고 말없이 사내를 뚫어지게 쳐다보았다. 명희는 참담한 모욕감과 함께 온몸이 떨리는 살기에 휘감기며, 그렇게 사내를 증오해 마지않았다. 그러나 사내의 눈길은 그녀의 모욕감이나 살기에는 아랑곳없이 묵묵히 바라볼 뿐이었다. 그의 태도는 여전히 냉정하다 못해 비정했다.

뒤이어 명희는 한없이 울음을 터뜨렸다. 분하고 서럽게 시작된 명희 울음은 한동안 그칠 줄 몰랐다. 얼마나 지났을까, 잠자코 그녀의 울음 소리를 듣고 있던 사내는 내가 도대체 이 여자에게 무슨 짓을 저지른 것일까 하는 표정으로 입을 열었다.

"그럼, 그 섹슨가 뭔가 하는 얘기는 나중에 더 하기로 하고, 교통사고에 대해서 더 얘기해 봐요."

명희는 순간적으로 어처구니없다는 표정을 지었고, 사내는 그녀를 안

심시키려는 듯 짐짓 그녀의 표정을 무시했다. 명희는 전혀 표정이 담기지 않은 눈길로 한동안 물끄러미 사내를 바라보았고, 이내 하는 수 없다는 듯이 몇 번이고 고개를 가로 젓더니 고통스럽게 다시 입을 떼었다.

"우리는 그 모텔을 출발한 다음, 바다로 가는 도중에 녹차 밭을 구경하고 나서, 다시 국도를 따라 달리다가……."

"바다로 가는 도중에, 녹차 밭에 들렀다는 얘기요?"

사내는 아까와는 달리 눈을 휘둥그레 뜨고 환한 얼굴로 숫제 무슨 신기한 사실이라도 발견한 것처럼 명희를 향해 두 눈을 깜박거렸다.

"그래요."

명희가 대답하자, 사내는 초롱초롱한 눈으로 그녀의 눈을 응시하고 있었다. 그의 눈은 마치 그 차밭에서 자신에 대한 삶의 허상과 실상이라도 읽어내겠다는 차가운 의지를 품고 있는 듯 했다.

"거대하고 장엄한 차밭이지 않던가요? 그래, 그 차밭에서 무얼 읽었소?"

"……읽다니요?"

사내의 질문에 명희가 뭐라고 미처 대꾸할 말을 찾지 못한 채 우물거렸다. 그는 심각한 표정으로 그 차밭에 대하여 뭔가 알고 있다는 듯이 고개를 끄덕였다. 명희는 그가 지닌 다면체 중에서 한 면을 보는 셈이었다. 그리고 새삼스럽게 그가 불가사의하게 여겨졌다. 그러나 그는 명희의 그런 불가사의한 느낌에는 아랑곳없이 비스듬한 웃음을 입가에 내밀며 진지한 어조로 말을 이었다.

"그 녹차나무의 군락이 언덕을 이룬, 별천지의 풍광이 펼쳐진 곳에서 무얼 느꼈냐는 뜻이외다."

명희는 그 아름다운 절경의 모둠, 별천지의 세계, 녹차 밭을 머릿속에 그리면서 천천히 말했다.

"그 장엄하고 초록의 빛이 싱싱한 아름다운 절경에서 바람을 느끼고, 바람의 힘과 그 기원을 잉태한 녹차 잎이, 화엄의 세계가 바로 여기라고 말하고 있는 것 같았어요."

"제대로 읽었군요. 나처럼 속된 인연의 끌림으로부터 쫓겨나 기약 없는 자유자재한 삶을 사는 사람, 늘 자기 삶에 찌들어 한결같이 허덕이고 신음하지만 마음만은 잔잔한 호수처럼 함부로 움직이지 않는 사람, 당신네들처럼 봄날이 오고 여름날이 오면 풀잎 푸르듯 늘 푸르른 고상한 사람, 그 모두가 그 차나무, 그 한 잎 차 잎사귀처럼 향기로울 터이겠죠."

명희는 어지럼증 같은 것을 느꼈다. 그녀가 하려고 한 말의 결론까지를 그가 이미 다 알아채고 있었기 때문이었다.

"저도, 같은 생각이에요."

"존재하는 것들 가운데 꿈꾸지 않는 것은 없소. 풀잎도 바다도 새도 그 푸른 차나무도 꿈을 꿀 것이고. 꿈꾸기는 세상의 시원, 청청 높푸른 하늘과의 감응일 터이고. 하늘은 신의 세계이고, 신의 세계는 지고한 완성의 세계이고요. 그 하늘의 세계와 만나려면 먼저 땅에 뿌리를 깊이 내리지 않으면 안 되겠죠. 그래서 차는 자연과 인간 합일의 매개체요 화엄인지라, 흔들리면 그때마다 그윽한 향과 맛의 차를 마신다지 않던가요?"

명희는 깜짝 놀랐다. 그 사내의 차에 대한 지식이 너무 해박했고, 차는 일반 대중들의 삶은 물론 깊은 산속 동굴에 숨어사는 사람의 삶과는 좀 동떨어진 현학적인 것일 터라는 생각 때문이었다.

명희는 당혹해하면서 대답했다.

"그래요. 그때 저도 그런 걸 느꼈어요."

"내가 만든 차나 한잔 합시다."

사내가 갑자기 일어나 동굴 안쪽으로 가더니 약사발보다는 더 작은 사발에 무언가를 담아들고 조심스레 돌아왔다. 사내는 심호흡을 하면서 명희에게 사발을 내놓았다.

"자 마셔요. 내가 이름 붙이기를 탈속차라 했소."

"이걸, 왜 탈속차라고 명명했어요?"

"범속한 세상을 떠나 신화와 진리를 향해 나아가는 데 있어서 아무런 걸림이 없는 삶, 나만의 고통스런, 그러나 새로운 세상을 꿈꾸며 산속에 숨어사는 마음에서일게요. 비록 쭉정이일지언정 지금보다는 더 나은 삶을 살아보려고 분투하는 의지, 그 자체가 탈속 아니겠소?"

명희는 차 사발에 코를 대고 향기를 맡았다. 손가락 끝으로 차 한 잎을 집어다가 입 속에 넣고 곰곰이 음미하면서 눈을 깜박거렸다. 입 속에서 숭늉 맛 같은 배릿한 향이 그대로 남아돌았다.

"눋지도 않고 타지도 않은 그러면서 배릿한 향이 감돌게요."

"맛과 향이 대단하네요."

"차의 향과 맛은, 그것을 맛볼 때마다 마음을 덮고 있는 칙칙한 어둠으로부터 깨어나게 해요. 어둠은 탐욕 속에 잠겨 있거나, 불만족으로 인해 슬픔이나 분노에 잠겨 있는 마음 그 자체이죠. 깨어난다는 것은 그 어둠으로부터 탈출하는 것일 게요. 난 이 탈속차를 만들어 마시면서부터 내 삶의 허상과 실상의 내막을 나름대로 파악할 수 있었소."

명희는 차를 마시면서 물었다.

"그럼, 이 찻잎은 어디서 딴 거예요?"

"이 산속에 자생하는 차나무에서 딴 찻잎이오. 봄에 따다가 덖었으니까, 말 그대로 자연산이오."

명희는 차란 무엇이고, 차를 왜 마신가, 하고 사내에게 물었다. 차는, 사람의 달뜨고 닳아 오른 몸과 마음을 차갑게 가라앉혀 주고, 나를 잃어버린 채 허방만 짚는 나를 나로 회복하게 만들어주고, 흔들린 정체성을 바로 잡아주며, 마음이 고요한 적멸상태에 이르게 해준다고 말했다. 그리고 차를 마시는 이유는, 차에도 몸과 마음이 있는데 향기, 맛, 색깔이 차의 몸이라면 마음은 차 속에 들어 있는 정신, 우주적인 율동 혹은 순리라고 말했다. 그럴듯한 얘기였다.

"내가, 갑자기 차 얘기는 왜 늘어놓은 게지?"

사내는 허공을 쳐다보고 있었다.

명희가 말을 이었다.

"어느 시성은, 우리를 둘러싼 대자연은 생명의 샘이라지 않던가요? 찻잎 또한 대자연의 최소 입자일 터이고요."

"쓸데없는 얘기 그만하고, 교통사고 얘기나 들어봅시다. 그래, 그 다음에 어떻게 되었소?"

명희는 생각하기조차 끔찍스런 교통사고 얘기를 다시 시작하지 않을 수 없었다.

"그런데 맞은편에서 오던, 집채만 한 컨테이너를 실은 트럭이 중앙선을 침범하는 바람에 그걸 피하기 위해 급브레이크를 밟으며 핸들을 우측으로 꺾었는데, 그 이후로는 잘 생각나지 않아요."

명희가 아직도 그 악몽과도 같은 충격에서 벗어나지 못한 듯 더 말을 잇지 못하고 입 안에서 얼버무리자 사내가 다시 말했다.

"그럼, 백 프로 저쪽 트럭의 잘못이군요."

"그렇기는 하지만, 이 마당에 잘잘못 같은 걸 따져서 무엇 하겠어요."

"운전한 사람은 이미 죽어 있었는데, 당신은 전신에 타박상만 입었을 뿐 멀쩡했소."

"선생님, 정말 이 골짜기에서 빠져나갈 수 없을까요? 선생님은 이곳에 온 지 오래 되었으니까, 이 골짜기를 두루 살펴봤겠지요?"

"살펴봤지요. 아주 세밀히. 혹시 바깥에서 누가 이곳으로 기어들 가능성이 있지나 않을까 해서요."

사내는 조금 전 차밭과 녹차에 대하여 얘기를 나눌 때와는 전혀 다른 모습이었다. 꺽꺽한 목소리도 그랬고 경직된 표정 또한 그랬다.

"바깥에서요?"

"그렇소. 난 바깥세상, 낮이 싫으니까. 저 박쥐들처럼……."

"그럼, 선생님은 누구세요?"

명희의 질문에 사내는 짐짓 그녀에게서 한 걸음 물러나는 표정이 되었고, 깊이 숨을 들이마셨다.

"나요? 차차 알게 될 게요. 어쩜 당신은 당분간, 아니 어쩌면 평생을 이 골짜기에서 나와 함께 살아야 될 테니까. 푸하하!"

사내의 말에 명희는 가슴속 어디선가 피어오르는 무서움과 두려움의 먹구름을 느끼며 고개를 설레설레 흔들었다.

"뭐라구요!"

“일테면 그렇다는 게지요.”

사내의 말에 명희는 두 눈을 크게 뜬 채 사내를 향해 좀 더 상반신을 기울여 쏘아보며 아드득 이를 갈았다.

“그걸 지금, 말이라고 하는 거예요!”

“왜 그렇게 쏘아보는 게요? 당신이 원하지 않으면 털끝 하나 건드리지 않을 테니, 염려하지 말아요.”

사내는 그런 그녀를 빤히 건너다보며 보다 깊숙이 숨을 들이마셨고, 한바탕 너털웃음을 웃더니 명희를 바라보며,

“약 한 사발을 더 드시겠소? 탈속차를 한 잔 더 하시겠소?” 하고 물었다.

명희는 필요 없다고 쏘아붙였다.

“새삼 그렇게 경계할 필요 없어요. 두고 봅시다. 당신은 내가 만들어주는 나무껍질이나 풀뿌리가 아니면 목숨을 이어갈 도리가 없을 게고, 나 외엔 사람의 그림자라곤 구경조차 할 수 없을 테니까.”

“가족들이 올 거예요. 구조대가 지금쯤 이 골짜기를 샅샅이 뒤지고 있을 지도 몰라요.”

명희는 두 눈을 부릅뜬 채 사내를 응시했다. 그런 그녀의 눈길에 맞서 한동안 마주 바라보던 사내가 어느 순간 눈살을 찌푸리며 곤혹스러운 표정을 지었다. 그리고 한 번 눈을 치켜떴다가 다시 내렸다.

“자동차는 폭발한 뒤 뼈대만 남긴 채 죄다 불타버렸고, 사람은 한 줌의 재로 변해버렸소. 당신도 타서 죽은 것으로 알고 있을 게요. 설사 살아있을 거라 믿고 이 골짜기를 뒤진다 해도 이 죽음의 골짜기는 찾아낼 수 없소. 헬리콥터도 접근하기 힘든 곳이 이곳이오.”

"엄마!"

명희는 엄마를 찾으며 울었다.

"내가 얘기 하나 해줄까요? 재미가 있을지 없을지는 몰라도 심심풀이로 한번 들어 보슈."

"……."

"어떤 사내가 하나 있었소. 좀 미련해서 탈이지 성미가 나쁜 놈은 아닌데, 팔자가 사나워 그런지 하는 일마다 펑크였소. 장사를 해도 실패, 취직을 해도 말썽, 사랑을 해도 실연, 그래서 엉뚱한 생각을 했소. 한때는 죽어버릴까 하고 생각했지만, 어디 한번 노다지를 캐서 벼락부자가 돼보자고 말이오. 원래 이 친구는 광산에 관심을 가지고 있었기 때문에 그때부터 산을 타기 시작했소. 죽을 고비도 많이 넘겼지요. 때로는 바위틈에서 자다가 뱀한테 물리기도 하고, 나무 밑에서 자다가 벼락을 맞을 뻔도 했지요. 그 중석이며 석탄이며 금광으로 유명한 태백산맥을, 그저 죽을 고생을 하며 샅샅이 뒤졌지요. 그러다 발견했소. 아주 알차고 훌륭한 금광을 말이오. 나도 이젠 남보다 떳떳한 부자가 되었구나 싶어 집으로 돌아왔다 그 말이오. 잠깐 기다려요. 내 먹을 걸 좀 가져오리다."

사내는 얘기를 하다 말고 배가 고프다고 하면서 동굴 안쪽으로 들어갔다. 명희는 그 사내의 뒷모습을 물끄러미 바라만 보고 있었다. 그는 뜨물 같은 물 두 사발을 들고 돌아왔다.

"자, 이걸 마셔요. 난 이걸 마실 테니."

"뭐예요?"

명희가 물었다. 사내는 몇 모금을 홀짝거리더니,

"내가 이름 짓기를 수프라 했소. 먹어봐요. 일류 식당에서 파는 수프
와 같지 않소? 맛도 그만이오."

"쌀로 만든 거예요?"

"쌀? 어림없는 소리. 쌀이 어디 있소. 바위틈에서 뻗어 나온 나무뿌
리, 풀뿌리들을 갈아 만든 게요."

사내는 그것을 단숨에 들이켜고 나서,

"이제 좀 정신이 드는군. 어때, 생각 없어요?"

"생각 없어요."

사내는 명희의 대답이 끝나기가 무섭게 명희 몫의 사발을 들어 단숨
에 쭈욱 들이켜고 나서,

"역시 취미가 고상하시군. 배가 고프거든 말해요. 한 사발 가량은 남
았으니까."

사내는 불현듯 눈을 치켜뜬 채 먼 곳을 바라보는 눈길로 다시 말을
이었다.

"내가 어디까지 얘기했더라? 옳지, 벼락부자가 되었다는 대목이었
지. 푸하하! 들어 보슈. 그래 벼락부자가 되긴 했는데, 이 녀석이 멍청
해서 갖춰야 할 서류를 몰라 중간에 사람을 세웠는데, 그 작자가 광산
의 소유권을 고스란히 가져가 버렸더라 그 말이오. 아차 하고 정신을
차렸을 때는 이미 늦었어요. 죽을 고생을 해서 발견한 노다지를 생전
보지도 듣지도 못한 사람이 파내고 있더라 그 말이오. 흥! 그래도 그렇
지. 그 친구가 조금만 현명했더라면 법대로 처리할 수 있었는데, 그저
눈깔이 뒤집혀 욱한 마음에 그 사람을 도끼로 쳐 죽여 버렸소. 정신을
차렸을 때는 벌써 눈앞에 시체가 쓰러져 있더라 그 말이오. 다음 순간

에는 그저 오싹 소름이 끼쳐 부랴부랴 도망친 곳이 그 전에 산을 타고 다닐 때 보아두었던 그 죽음의 골짜기더라 그 말이오.”

사내는 한번 말문이 터지자 막힘없이 술술 잘도 쏟아냈다. 그런데 사내의 표정에는 어쩔 수 없는 듯한 한 가닥 무겁고 어두운 그늘이 지나갔고, 이어 깊은 한숨을 내쉬었다.

“그럼, 그 살인범이…….”

명희는 소름이 끼쳤다. 그리고 전신이 화석처럼 굳어져 버린 느낌이었다.

“그렇소. 바로 나요. 그때 나이 서른세 살의 한창때였고, 처음에는 생활도구며 쌀도 먹을 만큼 가져왔는데, 지금은 그도 저도 죄다 떨어져 버렸소.”

명희는 그에 대하여 거듭 놀라는 기분이 되어 고개를 가로 저었다. 그녀는 사내의 말을 이해할 것도 같고 전혀 이해하지 못할 것도 같은 애매한 기분이었다. 한 사람의 어긋난 불법행위가 자신은 물론 다른 사람에게도 그 인생 자체를 뒤바꾸는 기적으로 작용할 수도 있는 법이다. 그러자 그녀는 문득 그에게 건네고 싶은 무엇인가가 저 아랫배 언저리에서부터 시작하여 마침내 목울대까지 꽉 채워버리는 느낌이었다.

“그럼, 선생님은 나처럼 조난을 당한 게 아니군요?”

“그렇소.”

사내는 천연덕스러운 표정으로 명희를 바라보았다. 그렇다면 어떻게 할 테냐고 묻는 듯한 눈길이었다.

“그럼, 빠져나가는 길을 잘 알고 있겠군요?”

명희가 묻자 사내는 기다렸다는 듯이 고개를 끄덕이며 조금치의 주저도 없이 말했다.

"그렇소. 나만이 아는 길이 있소."

"선생님, 그 길을 저에게 알려 주세요."

"안 돼!"

사내는 단호히 거절하며 긴장된 얼굴로 명희를 바라보았다.

"왜요?"

"그럴 순 없어. 내가 이 모양 이 꼴로 살고는 있어도, 더 좀 살아야겠어!"

"내가 경찰에 신고할까 봐서요? 그러지 않을 게요."

"안 돼! 경찰은 당신이 돌아온 걸 보면 냄새를 맡고 이 골짜기로 밀려들어 나를 찾을 게요. 그리고 날 사형대 위에 올려놓을 게구. 푸하하!"

"고발하지 않을 게요. 죽어도 비밀은 지킬 게요."

"안 돼! 당신은 이 허전하고 쓸쓸한 내 생활에, 말하자면 짐승처럼 사는 내 신세를 가긍히 여겨 하늘이 주신 선물이야. 그날 당신을 차에서 꺼낼 때는 물론, 헛소리에서 깨어나기 전부터 나는 줄곧 그걸 생각했어. 그렇기 때문에 나는 당신을 살리려고 갖은 노력을 다 했구."

"그럼, 내가 나가서 길을 찾겠어요."

명희는 침대에서 일어나 밖으로 나갔다.

"푸하하! 찾을 수 있을까? 그렇다면 다행이겠지. 푸하하!"

사내는 갑자기 침대에 벌렁 드러누우면서 미친 듯이 웃어댔다. 동굴 밖은 천둥이 치고 무섭도록 비가 쏟아지고 있었다. 명희는 비만 흠뻑 맞고 다시 동굴로 돌아왔다

"비 맞지 말고 들어오시오. 길을 찾을 수 있을 것 같소? 이리 와 누워

요. 아직 몸이 성치 않을 테니. 공연한 정력을 쏟다가 몸만 망치지 말
고.”

“엄마!”

명희는 가망이 없다는 듯 서럽게 울었다. 그리고 힘없이 걸어와 침대
에 걸터앉았다.

“가엾지만, 나도 살아야겠소. 쉬도록 해요. 난 밖에 나갔다와야겠
소.”

사내가 동굴 밖으로 나가려 했다.

“밖에는 왜요?”

“내일 먹을 것을 구해와야지요.”

사내가 동굴 밖으로 나간 뒤 명희는 잠이 들었다.

그날 이후 명희는 오랫동안 낯선 장소에 있었다. 아주 어둡고 좁다랗
고 아무도 들어서지 않는 적막한 곳. 장마 때처럼 습한 공기와 찬바람
이 부는 음산한 동굴. 어느 땐 하루 종일 두통으로 시달렸다. 그때마다
사내는 풀뿌리와 나무뿌리를 으깨서 만든 쓰디쓴 물을 만들어 명희에
게 건넸다. 그래서인지는 몰라도 시간이 흐를수록 두통은 조금씩 완화
되어 뜨겁고 무거운 철모를 꽉 조여 쓰고 있는 것 같은 불쾌감으로 변
해갔다. 그러나 명희는 그 사내와 두통으로 인한 불쾌감이 몹시 두렵고
무서웠기 때문에 이곳을 탈출할 때까지라도 무감각하고 무반응한 동굴
생활을 하기 위해 일상적으로 노력했다.

기이하게도 명희는 이따금 간단없이 밀어닥치는 고통을 당연한 것처
럼 여기고 있었다. 아니, 어쩌면 그녀는 기꺼이 그런 고통을 기다리고
있었는지 모른다는 생각이 들었다. 언제부터인지 모르게 그녀에게는

그런 고통에 대한 어떤 감각들이야말로, 스스로에 대한 방기 상태에서 문득문득 자신을 돌아보게 하는 일종의 각성제처럼 작용하고 있었다. 감각의 무덤 속으로 기꺼이 스스로를 방기한 그녀에게 그나마 이따금씩 선명한 색채로 다가오는 것이 있다면, 그것은 다름 아닌 인내하기 힘든 고통에 대한 감각이었다. 일테면, 오감을 동원한 감각기관이며, 그 감각기관의 배후에 자리 잡은 채 감각기관에 접촉된 사물들에 의미를 부여하거나 선악이며 좋고 싫은 분별을 만들어내는 의식이 인간이 지닌 인식작용의 모든 과정일 터였다. 그러한 모든 과정을 통하여, 동굴 속에 갇혀 있는 그녀에게 이렇다 할 만한 자극을 가해오는 것은 달리 없었다. 그런데 오직 그 고통에 대한 감각만이 유일하게 선명한 색채로 돋아나며 곧잘 그녀를 일깨우려 드는 것이었다.

명희는 잠을 자기 시작했다. 두통을 자극하지 않기 위해 그 사내는 물론 외부의 자극으로부터 자기 자신을 잠 속에 유폐시킨 셈이었다. 자는 동안 명희의 몸은 변해갔다. 가녀리고 투명하고 납작하던 몸이 생크림을 채운 듯 부풀어 올랐다. 어깨도 가슴도 팔도 엉덩이와 복부와 허벅지도 모르는 여자처럼 변해가고 있었다. 슬프고 거북하고 참을 수 없도록 부드럽고 낯선 욕망으로 가득 찬 몸. 이따금 잠에서 깨어나는 순간이면 변해버린 자신에게 물었다.

너는 누구냐고, 나는 어디 가고 네가 있느냐고. 그러면 그 잠과 잠 사이에서 아무도 모르는 시간에 자주 눈물이 흘러내렸다. 눈물은 걷잡을 수 없이 흐르고, 명희의 얼굴은 비가 쏟아지는 황량한 거리의 우산처럼 흠뻑 젖었다. 우산살이 더러 부러진 우산같이, 균형을 잃고 구부러진 쪽으로 눈물이 한없이 흘러내리는 것이었다.

연호와 약혼한 뒤 명희는 무척 행복했었다. 어쩌면 연호와의 결혼으로 인해 행복해야 한다고, 행복하지 않을 이유가 없다고 믿었다. 무엇보다도 그녀는 연호의 냄새를 사랑했다. 그의 냄새가 나는 공간에서는 세상을 향해 긴장을 풀 수 있었고 세상이 어디로 흘러가든 자기 인생에 몰두할 수 있었다. 그녀의 꿈은 그런 것이었다. 그녀의 꿈은 그것 뿐이었고, 그것은 흡사 하나의 이념과 같이 지킬 가치가 있는 것이었다.

언젠가 사별한 아내를 쫓아 자살한 남편이나 남편의 죽음을 뒤쫓아 죽은 아내의 이야기를 잡지에서 읽은 적이 있다. 그런 이야기들은 그녀에게 전혀 낯설지가 않았다. 만약 연호가 교통사고로 죽지 않았다면, 훗날 그녀도 그렇게 죽을 것이었다. 뜻밖의 교통사고로 사랑하는 사람을 잃고 산속에 갇혀있는 신세이기는 하지만 기어이 이곳을 탈출한 뒤 언젠가는 그렇게 죽는 것으로 그녀의 생은 충분하다고 믿을 것이었다.


이윽고 동굴 입구로 희붐한 박명이 스며들고 있었다. 명희는 살그머니 침대에서 일어나 동굴 밖으로 나왔다. 군청 빛 하늘에는 아직도 오렌지 빛 별 떨기들이 보석 같이 화려하면서도 신비한 빛 무리를 뿌리고 있었고, 동녘 한쪽에선 불이라도 붙은 듯 이제 막 먼동이 터오고 있었다. 그녀의 발걸음은 자신도 모르는 사이에 박명 속에 희미하게 떠올라 있는 길을 더듬어 걷고 있었다. 그녀는 강줄기를 따라 거슬러 올랐다. 잠시의 쉴 틈도 없이 절벽에 다다르자 큰 강이 나타났다. 강물은 가파른 계곡 사이를 급하게 흘러왔다가 급하게 사라지며 아직도 어둠 속에 잠긴 채 우레같이 무시무시한 소리를 내고 있었다. 문득 그 우렛소리 안에 세상의 모든 울부짖음이 다 들어 있는 것처럼 여겨졌다. 명희는 그 울부짖음 속에 그대로 자신을 던져 넣었다. 그러자 그 울부짖음 속에 소용돌이치고 있던 온갖 고통이며 비명이며 절규며 아우성들이 기다렸다는 듯이 그녀에게 달려드는 것 같았다.

명희는 그 강의 그 모든 울부짖음을 받아들였다. 한 울부짖음은 교통사고로 타죽은 사람의 비명이었고, 한 울부짖음은 사랑하는 사람을 먼저 저승으로 떠나보내고 절벽에 갇힌 여자의 절규였으며, 한 울부짖음은 교통사고로 자식들을 잃은 부모의 서러운 애도였다. 그렇듯 끝없이 이어지는 세상의 모든, 연호와 명희와 가족들의 울부짖음은 그녀를 갈기갈기 찢고, 할퀴고, 짓뭉갠 다음에야 비로소 하류 쪽으로 흘러가고 있었다.

얼마나 지났을까. 명희는 어디에선가 자신을 지켜보고 있는 누군가의 눈길을 느꼈다. 그녀가 무섭도록 끝없이 흘러가는 강의 울부짖음 속에 깃들인 모든 고통이며 비명이며 절규며 애도와 뒤섞여 한 몸이 되어 있을 때, 기이하게도 누군가의 눈길이 자신과 어우러져 자연스럽게 한 몸을 이루는 것이었다. 그녀가 갈기갈기 찢기면 누군가의 눈길 또한 갈가리 찢기고, 그녀가 피투성이가 되면 누군가의 눈길 또한 피투성이가 되어, 그렇게 기꺼이 자신과 어우러져 한 몸을 이루고 있었다. 그리고 당연한 듯이 누군가의 눈길은 그녀에게 냉정하거나 비정하게 여겨지지 않았다.

그녀는 그렇듯 누군가의 눈길이 지켜보는 가운데, 여전히 강물의 울부짖음 속에 뒤섞여들어 한 몸이 되어 있었다. 그리고 어느 순간 강물의 울부짖음 속에서 연호와 가족들의 울음소리를 찾아낼 수가 있었다. 그리고 그녀는 기꺼이 연호와 가족들의 울음소리와 한 몸이 되었다. 연호와 가족들의 울음소리를 찾아내고 그렇게 한 몸을 이루는 순간, 그녀의 눈에서는 기다렸다는 듯이 뜨거운 눈물이 솟구치고 있었다. 그녀는 두 뺨에 철철 눈물을 흘리며, 무심코 강줄기를 따라 걷기 시작했다.

동쪽 하늘에서는 칼날 같은 산봉우리를 뚫고 이제 막 햇살이 퍼져 나오고 있었다. 그녀가 아직도 눈물로 얼룩진 눈을 들어 아침 해를 우러르자, 햇살은 무수한 황금의 손길을 뻗어 그녀를 한껏 부드럽게 만져주었다.

강줄기를 따라 수직으로 까마득하게 솟구친 낭떠러지 위에 우물 구멍처럼 빠끔하게 뚫려 있는 하늘이 군청색으로 짙게 물들면서 이윽고 사방이 환하게 트이기 시작했다. 그리고 온 세상을 어둠 속으로 잠기게 했던 어둠이 마침내 스멀스멀 잦아들었다. 그러자 우물 구멍 같은 하늘에 기다렸다는 듯이 태양이 떠오르는 것이었다. 이윽고 명희가 위치한 골짜기의 실체가 드러나기 시작했다. 사방이 가파른 절벽이었다. 그것도 절벽 아래로는 까마득한 낭떠러지 밑에 굽이치는 강물이었고 위로는 금방이라도 우르르 소리를 내며 굴러 떨어질 듯 위태한 암벽투성이의 벼랑이었다.

명희는 깎아지른 절벽을 뚫고 생긴 듯한 가파른 오르막의 바위틈을 돌아 강줄기를 따라 오르며 길을 찾기로 했다. 얼마쯤 갔을 때, 마침내 고원 같은 넓은 곳을 가로질러서 구릉이 겹쳐지는 곳에 다다랐다. 명희는 그만 입을 딱 벌린 채 비명을 지르고 말았다.

"으악!"

양쪽의 구릉이 부드럽게 겹친다고 여겼던 지점에는, 놀랍게도 밑바닥이 보이지 않는 까마득한 낭떠러지가 무슨 함정처럼 숨어 있었다. 약간의 고원을 이루다가 느닷없이 수직을 이루며 천 길 아래로 떨어져 내린 낭떠러지는 흡사 벼락을 맞아 금이라도 간 것처럼 그 날카로움이 그대로 전해져올 정도였다. 무슨 까닭에서인지 명희는 천 길 낭떠러지에서 어떤 적대감과 함께 살기마저 느끼고 있었다.

명희는 출발했던 곳으로 돌아와 처음 고원이라고 보았던 자리에 다시 서자, 그곳은 여전히 두 개의 구릉이 만나 부드러운 선을 이루며 겹쳐지는 모습이었다. 명희는 바로 전에 밑바닥이 보이지 않는 까마득한 낭떠러지를 두 눈으로 확인했으면서도, 일종의 환상을 본 듯한 기분이었다. 심지어 명희가 지금 바라보고 있는 부드러운 선이 환상인지, 아니면 천 길 낭떠러지가 환상인지 얼핏 분간이 안 될 지경이었다. 더 이상 생명이 버틸 수 없는 한계 지역이라는 생각이 들었다.

명희는 고개를 외로 꼬며 무심코 스스로에게 물었다. 사방의 어디를 둘러보아도 풀 한 포기, 나무 한 그루 살 수 없는 것 같은 천 길 낭떠러지에서, 어떻게 이곳을 빠져나가 서울로 돌아갈 수 있단 말인가. 명희는 고개를 설레설레 흔들어 자신의 질문을 묵살하고 말았다. 명희로서는 이 골짜기가 그만큼 버림받은 땅이라는 식으로밖에는, 달리 생각할 수가 없었다.

완만한 경사를 이룬 고원으로부터 비롯된 길은 가까운 산굽이를 돌아 그 꼬리를 감추고 있었다. 명희는 자신도 모르는 사이에 길을 따라 산굽이를 돌아가기 시작했다. 산굽이를 하나 돌아서면 거기에는 또 다른 산굽이가 나타나고, 그렇게 비슷한 산굽이를 반복하여 돌아가면서 길은 어디론가 끝없이 이어지고 있었다. 산굽이를 돌아설 때마다 나타나는 풍경은 거의 비슷했다. 완만한 경사를 이루며 펼쳐진 고원이 갑작스레 끊어지는 곳에는, 저쪽 산기슭에서 비롯되어 완만한 경사로 이쪽을 향하여 내려오던 고원 역시 끊어지면서 천 길 낭떠러지의 협곡이 살찌고 덩치 큰 하마처럼 입을 벌리고 있었다. 바로 그 협곡의 까마득한 밑바닥에는 무섭게 소용돌이치며 시퍼런 강물이 흘러가고 있었다.

어느 순간 명희는 갑자기 길을 잃고 말았다. 잠시 방심한 사이에 거짓말처럼 길이 사라져버린 것이었다. 사방을 둘러보아도 낭떠러지뿐이었다. 명희는 점점 부풀어 오르는 어떤 공포심마저 느끼면서 숨이 턱에 차도록 산기슭을 기어올랐다. 그리고 마침내 새로운 길에 도착했을 때, 다시 한 번 놀라 입을 크게 벌리고 말았다. 또 다른 밑바닥이 보이지 않는 까마득한 낭떠러지가 하마처럼 입을 크게 벌리고 있었다.

어느새 명희는 하늘 한가운데 와 있었다. 벌써 몇 번째의 산굽이를 돌았으며 몇 번이나 가파른 낭떠러지를 건넜는가 하는 따위는 까마득히 잊고 있었다. 옷과 온몸은 이미 땀으로 온통 젖어 있었고, 이마에서 흘러내린 땀방울로 눈앞이 흐렸다. 그러던 순간 더 이상 현기증을 견디지 못한 채 마침내 제 풀에 허방을 디디며 산비탈로 나뒹굴고 말았다.

가파른 경사의 산비탈을 몇 바퀴째 떼굴떼굴 굴러 내려가 작은 바위에 부딪힌 다음에야 비로소 멈추어 섰다. 그렇게 땅바닥에 누워 있는데 시야에 가득 하늘이 들어찼다. 푸르다 못해 군청색으로 아득하게 깊어져 버린 하늘을 올려다보며, 비로소 자신이 더 이상 몸을 가눌 수 없는 어떤 한계점에 도달해 있음을 깨달았다.

그러면서도 가족들이 서울에서 나를 기다리고 있을 것이라는 생각에는 변함이 없었다. 아니, 어쩌면 연호도 어딘가에 살아있을 것으로 그렇게 믿고 있는지도 몰랐다. 숨이 거의 목구멍에 차오르도록 몇 시간을 쉬지 않고 내닫다가 마침내 산비탈에서 나뒹굴 때까지, 명희는 줄곧 속으로 외쳐대고 있었다.

'연호와 가족들이 나를 기다리고 있다!'

이렇듯 일부러 착각 속에 빠져들면서까지, 어쩌면 자신이 견딜 수 없는 어떤 한계점 너머로 스스로를 몰아세우고 싶었던 것인지도 몰랐다. 그리하여 어떤 한계점 너머가 바로 진정한 의미의 강줄기의 끝이며, 또한 그녀의 희원일지도 모른다고 생각했다.

문득 어디선가 사내가 특유의 비스듬한 웃음을 머금은 채, 땅바닥에 나뒹굴고 있는 그녀를 향해 비아냥거리고 있는 듯 했다.

'그래, 나가는 길을 찾겠다고? 흐응, 그런 식으로는 어림도 없지. 푸하하!'

명희는 그런 사내를 향해 고개를 가만히 끄덕여 보였다.

'그래요, 당신 말이 맞아요. 결코 길을 쉽게 찾을 수 있을 것 같지 않아요. 하지만 끝까지 포기하지는 않을 거예요.'

문득 시계를 보았을 때는 이미 6시가 넘어 있었다. 그러고 보니 동굴을 나올 때 손에 들고 나왔던 몇 개의 칡뿌리는 어디에선가 흘려버린 것이었다. 명희는 자리에서 가까스로 몸을 일으켰다. 다행스럽게도 다친 데는 없는 듯했다. 그렇게 몸을 일으켜 몇 걸음을 걷자마자 불현듯 걷잡을 수 없는 허기가 느껴지면서 흡사 위장이 불에라도 덴 듯한 통증과 함께 목구멍으로 위액이 올라왔다. 그녀는 얼마 후 강줄기로 떨어져 내리는 조그만 수로의 물로 배를 가득 채웠다.

명희는 멀리 산굽이 너머로 아득히 사라져 가는 강줄기를 망연한 눈길로 바라보다가 마침내 몸을 돌렸다. 어쩌면 그녀는 이미 강줄기의 끝을 보았으며, 그렇듯이 그녀가 갇혀있는 절벽의 밑바닥과도 이미 만난 셈이었다. 그러나 탈로를 찾지 못하고 돌아오는 발걸음은 무겁고 더딜 수밖에 없었다.

동굴을 향해 얼마쯤 걸었을까. 그 동안 뉘엿뉘엿 서쪽으로 기울어가 던 해가 어느 산굽이를 돌자마자 대뜸 사라지고 마는 것이었다. 이윽고 사방에 땅거미가 지면서 곧장 밤이 찾아왔다. 명희는 숫제 더듬고 기다 시피 하며 캄캄한 어둠 속에서 길을 찾아 헤맸다. 그렇게 두어 시간을 걸었을까, 마침내 8시가 넘어 이제 그만 동굴을 찾아가는 것을 포기하 려 할 무렵에, 멀리서 불빛이 깜박거리며 명희를 찾는 사내의 고함소리 가 들려왔다. 불빛이 점점 가까워져서 이윽고 서로의 얼굴을 마주보게 되었을 때, 명희는 사내를 알아볼 수 있었다. 그의 커다란 눈은 거의 울 듯했다. 명희는 그에게 말했다.

"에멜무지로 강줄기를 따라 한없이 가려고 했어요."

그러자 사내는 여전히 울듯 한 표정으로 고개를 설레설레 저었다.

"괜히 힘들이지 말고, 돌아갑시다."

사내는 말을 중단한 채 엇비스듬하게 웃으며 마치 부서지기 쉬운 물 건이라도 대하는 듯한 눈길로 새삼스럽게 그녀를 건너다보았다.

"여기가 바로 땅 끝이자, 시작이라오."

그때 명희는 그의 악의 없는 말투에도 불구하고 어쩐지 조롱이라도 받는 듯한 느낌이었다. 어쩌면 그녀의 자격지심이 그의 말을 그런 식으 로 받아들였는지도 몰랐다. 그러나 마치 부서지기 쉬운 물건이라도 다 루듯이 조심스럽게 그녀를 바라보는 그의 눈빛이나 엇비스듬한 웃음에 서, 그녀는 그가 그녀 스스로도 확연하지 않은 힘들고 험악한 탈로뿐만 아니라 심지어 그 결과까지도 미루어 짐작해 버린 듯한 느낌을 받았던 것이다.

　이튿날 아침에 눈을 뜨자마자, 명희는 사내가 내미는 수프라는 것으로 식사를 마친 뒤 칡뿌리 몇 개를 점심 대용으로 손에 들고 사내 몰래 동굴을 나섰다. 그리고 동굴의 뒤쪽의 강줄기를 따라 거슬러 올라가기 시작했다. 가능하다면 끝까지 가볼 작정이었다. 동굴을 벗어나서도 강줄기는 줄곧 계속되었다. 그러나 강기슭 어디에도 길은 보이지 않았다. 어쩌면 이곳 어디에도 나가는 길은 없는 듯싶었다. 오직 한 가닥으로 뻗어있는 강줄기와 가파른 절벽 이외에는 어디에도 더 이상 사람이 남긴 흔적은 없었다.

　어디선가 바람이 건듯 불어왔다. 이따금 비를 가득 머금고 퀭한 하늘을 지나 이 골짜기로 불어오는 바람. 흡사 그것은 겨우내 뎅뎅 언 들녘에 홀로 남아 이제 슬픈 몸으로 돌아가야 하는 들꽃의 처량한 울음소리처럼 가쁘고 거친 느낌이었다. 누렇게 흘러내리는 태양의 작열, 천지간에 반짝이는 햇살의 비상, 비를 머금은 축축한 바람의 동요. 잠깐 동안의 침묵 탓으로 사방은 죽은 듯이 적막했고, 숨 막히는 초조와 불안만 치솟았다. 명희는 서걱이는 겨울 들판의 끝에 시들어버린 들꽃의 피울음이 검붉은 노을자락을 물들이며 사라져가는 듯한 그 길고 무거운 침묵이 흐트러지기 전에 그 자리를 떠났다. 이제는 절연된 풍경 밖에서 조락의 운명을 탄식하는 마지막 유예에 매달린 목숨들이 얼어붙은 들녘을 끝없이 방황하다 돌아온 오랜 몸부림의 끝자락 같은 기분이었다. 저 멀리 가파른 절벽 끝의 야트막한 구릉의 가장자리에 서 있는 소나무와 잡목의 숲은 짙푸른 빛깔을 띠고 있었다. 그들도 처음부터 바깥세상과는 아무런 인연이 없었던 것처럼 보였다.

명희는 몸을 움츠린 채 빠른 걸음으로 그곳을 빠져나왔다. 바로 그때였다. 어디선가 문득 사내의 목소리가 들려오는 것이었다.

"그래, 길은 찾았소?"

"……."

그런데 사내는 보이질 않았다. 밝은 대낮에 그것도 두 귀가 환히 열린 상태에서, 명희는 마치 꿈이라도 꾸듯이 사내의 목소리를 들었다. 사방을 휘둘러보아도 사내는 없었다.

"푸하하! 그래, 길은 찾았냐구요?"

사내는 바로 옆 숲 속에서 몸을 일으키며 모습을 드러냈다.

"당신 말이 맞아요. 그렇듯이 이제 한계를 느꼈어요. 당신 도움이 필요해요."

"흐응, 당신같이 고상한 사람들은 흔히 입만 벌렸다 하면 반지르르한 말을 그럴싸하게 내뱉지. 내 일찍이 겪어본 바로는 그럴싸한 당신 같은 사람보다, 오히려 서울로 가려는 길 같은 쪽이 훨씬 더 악질일 게요."

사내의 말을 들으며 명희는 그랬던가 싶어 하릴없이 고개만 끄덕였다. 명희는 그의 거칠다 못해 당돌하다 싶은 어투며 살갗이 벗겨진 새까만 얼굴에다 가장자리에 딱지가 앉아 있는 입술은 물론, 두 눈에서 반짝이는 광기와도 같은 생기 또한 비로소 이해가 되는 기분이었다. 몇 년 동안 동굴에 숨어살며 산속을 헤매 연명한다면, 비단 그 사내뿐만이 아니라 누구라도 저렇게 두 눈만 반짝인 채, 어떤 광기와도 같은 생기를 내뿜으면서 허덕일지도 모를 일이었다.

“저어, 한 가지 부탁을 드려도 될까요?”

“말해 봐요.”

“우리 동굴로 돌아가서 얘기해요.”

“그러시구려.”

그들은 빠른 발걸음으로 이내 동굴로 돌아왔고, 명희는 동굴에 도착하자마자 사내에게 말했다.

“꼭 찾아내고 말겠어요!”

명희의 말에 사내가 허리까지 뒤로 젖히며 너털웃음을 호기롭게 웃어대더니, 문득 표정을 바꾸어 흡사 칼이라도 들이대듯이 물었다.

“그래, 당신 능력으로 찾아낼 수 있을 것 같아요?”

“그래요. 꼭 찾아내고 말겠어요.”

“턱없는 소리 말아요!”

자칫 안하무인으로까지 여겨지는 사내의 말을 듣는 동안, 명희는 일말의 수치감 때문에 얼굴이 화끈 달아오르는 것을 느꼈다. 그러나 그는 명희의 수치감 따위에는 아랑곳없이 계속해서 새삼스러운 눈길을 보냈다.

명희가 뭐라고 대꾸할 말을 찾지 못한 채 우물거리자 사내는 짓궂은 표정으로 놀리기라도 하듯 실실 웃어 보였다. 그리고 명희에게 반문을 하면서도 사내는 뭔가 미진한 듯한 표정이더니 이윽고 다시 말을 이었다.

“그럴 수는 없어요!”

순간, 사내의 표정에 무겁고 어두운 그늘이 지나가는 것 같았다. 이어 짧은 한숨을 쉬었다.

“이봐요, 그럴 수는 없다니요?”

명희가 불현듯 눈을 치켜뜬 채 먼 곳을 바라보는 시선으로 다시 말을 이었다. 그러자 사내의 두 눈에선 또다시 정체를 알 수 없는, 흡사 광기와도 같은 생기가 반짝이고 있었다. 기이하게도 명희는 그의 눈빛을 마주 바라보면서, 마치 다시는 헤어 나오지 못할 무슨 수렁에 이제 막 두 발이라도 들이밀고 있는 기분이었다.

이때쯤 명희는 사내에 대해 더할 수 없이 혼란스러워져 있었다. 아니, 혼란스러운 것을 넘어서서 차라리 그가 불가사의하게마저 여겨질 정도였다. 만난 지 불과 며칠에 지나지 않은 사이, 그에 대한 명희의 감정은 흡사 헝클어진 실타래처럼 난잡하게 꼬이고 엉켜 엉망이 되어버린 것이었다. 가령 명희는 자신이 그를 두려워하는 것인지 언짢아하는 것인지, 부러워하는 것인지, 동정하는 것인지, 아니면 하다못해 좋아하는 것인지, 싫어하는 것인지조차 제대로 분간할 수가 없었다.

'세상에 이런 식의 삶도 있다니!'

그 사내의 삶은, 어떻게 보면 더러운 한줌의 휴지조각처럼 금방이라도 시궁창에 버려질 것 같으면서도, 한편으로는 어떤 성직자보다도 엄격하리만큼 진지한 면이 없지 않았다. 또한 삶의 가혹한 조건이나 시련도 눈썹 하나 까딱하지 않고 가볍게 넘길 만큼 흔쾌한가 하면, 삶의 한 가닥 진실마저도 철저히 외면해 버리는 왜곡이 없지 않았다. 어떻게도 갈피를 잡을 수 없는 다면체인가 하면, 의외로 어리석어 보일 만큼 단순한 일면도 있었다. 일테면 이 사내의 삶이란, 스스로 밑바닥 운운하고 있기는 하지만 그녀 또한 전혀 그 깊이를 가늠할 수 없는 어떤 웅덩이라도 대한 듯한 것이었다.

"왜 돌아갈 생각은 안 하는 거예요?"

그녀의 입에서 자신도 미처 생각지 못한 엉뚱한 말이 나왔고, 사내가 말뜻을 헤아리지 못한 눈빛으로 그녀를 바라보았다. 그의 눈빛을 피하며 그녀가 말을 덧붙였다.

"속세로 말이오?"

사내가 불현듯 언짢은 얼굴이 되어 진저리를 쳤다.

"그럴 수는 없어요!"

언제부터인가 그녀는 마침내 그 사내에 대해 가슴속에 난잡하게 엉켜 있던 감정의 실타래가 풀리고 그것이 보다 구체적으로 모습을 드러내는 것을 느끼기 시작했다. 흡사 먹구름처럼 뭉실뭉실 피어오르기 시작한 어떤 감정은 엉뚱하게도 두려움이었다. 어쩌면 저 깊이를 헤아릴 수 없는 저 험한 골짜기의 웅덩이 같은 그 사내의 삶이 그녀에게는 불가사의하다 못해 그만 두려움이 되고 만 것인지도 몰랐다.

"흐응, 여기서 그렇게 쉽게 빠져나갈 수 있을 것 같아요?"

사내가 이번에는 명희에게 일별을 던졌다. 그의 눈길에서는 또다시 마치 광기와도 같은 생기가 살아나 반짝거리고 있었다. 그리고 사내의 격렬한 질타는 급기야 어떤 가위눌림처럼 명희의 온몸을 덮치는 것 같았다. 손발을 힘껏 허우적거리며 발버둥을 칠수록 온몸을 더욱 옥죄어 급기야 숨통마저 끊으려드는 가위눌림. 명희는 번쩍 눈을 뜨고 말았다. 그와 함께 상념 속의 그 사내가 사라지고 대신 밤하늘의 수많은 별들이 잘 익은 오렌지 빛깔로 반짝이며 군청색 하늘 가득히 출렁이고 있었다. 그렇듯 밤하늘 가득히 출렁이고 있는 별들을 바라보면서, 명희는 이 깎아지른 듯한 절벽, 험난한 골짜기, 어두운 동굴 속에 추락한 며칠 동안 지속된 어떤 불안한 시간이 여기에서 끝날 것 같은 생각이 들었다. 아니, 끝날 것은 비단 불안한 시간만이 아닐지도 몰랐다. 어쩌면 죽음과도 같은 캄캄한 시간 속에서 필사적으로 찾아낸 한 가닥 빛의 통로 또한 와르르, 소리를 내며 무너져버린 것인지도 몰랐다.

명희는 아직까지도 망막 어딘가에 남아 어른거리고 있는 듯한 사내를 향해 힘없이 고개를 끄덕여 보였다.

"그래, 당신 말이 맞을지도 몰라요. 이곳에 추락한 그날부터 나의 탈출을 위한 시도는 일종의 자기기만이거나 도피가 되었는지도 몰라요. 그래, 나에게 그런 인생 공부가 더 이상 갈증도 고통도 아닌 것이 되면서부터 정작은 나도 불안했어요. 내가 지금 제대로 된 길을 찾고 있는 것일까, 혹시 어딘가에 나도 모르는 함정이 숨어있는 것은 아닐까 하고 말이에요. 그런데 그 함정을 당신이 가르쳐준 것인지도 몰라요."

명희에게는 아직도 그 사내의 혐오로 가득한 눈길이며 질타가 가위눌림처럼 온몸을 옥죄고 있는 듯한 기분이었다. 명희는 사내의 눈길이며 질타를 애써 외면하려 들지 않았다.

"무엇보다도 저 끝없는 낭떠러지와 같은 당신의 인생에 비해 나의 탈로를 찾기 위한 시도는 자칫 거짓이나 정신의 사치가 가능한 것인지도 몰라요. 당신의 절벽 같은 인생이 어차피 생존이며 목숨 자체인데 비해 나는 전혀 거기에 미치지 못하거든요. 그런 주제에 당신 말마따나 낮에는 천 길 낭떠러지의 절벽을 보고 밤에는 하늘에 가득한 별들을 보면서 춥고 어둡고 배고픈 동굴에서 공포와 불안에 떨었어요."

"그래, 길을 찾을 수 있을 것 같아요?"

"예, 대충은. 시간이 필요할 것 같아요."

명희가 엉겁결에 대답하자, 사내가 오만상을 지었다.

"젠장, 시간이 필요해? 그렇게 쉽게 찾을 것 같아요?"

불현듯 사내가 자리에서 일어나 상체를 기울여 그녀에게 얼굴을 바짝 들이밀었다. 그리고 그녀는 마침내 그의 시한폭탄이 이제 막 터지려 하는 것을 보았다. 어느새 초점이 사라져버린 그의 눈동자에 흡사 불길이라도 치솟듯 흉흉한 살기 같은 것이 서려 있었다.

사내는 잠시 말을 중단한 채 깊숙이 숨을 들이쉬었다. 온몸이 심하게 떨리고 있었다. 그리고는 별안간 옷을 벗어 던지기 시작했다. 그는 웃옷을 벗어서 그녀에게 팽개치더니 이윽고 바지를 벗어 던지고, 속옷을 벗어 던지고, 마침내 팬티까지 벗어 던졌다. 사내는 순식간에 알몸이 된 채 자리에서 벌떡 일어나 그녀 앞에 우뚝 섰다.

"이것 봐, 잘 봐둬요. 이게 내 몸뚱어리야."

사내는 숫제 악을 써댔다.

"……."

명희는 참을 수 없는 모욕감과 수치스러움 때문에 본능적으로 아랫도리를 감싸며 몸을 움츠렸다. 부아가 치밀었지만 사내의 그 말에 실상 명희는 아무런 대답도 할 수 없었다.

"젠장, 당신이 뭐 요조숙녀라도 되는 줄 알아?"

사내가 언성을 벌컥 높였다. 그리고 미처 말을 끝내기도 전에 그녀로부터 등을 돌려버렸다. 그리고 발가벗은 채 비틀거리며 무작정 동굴 밖으로 뛰쳐나갔다. 사내는 악을 쓰고 발악을 하며 어둠 속으로 모습을 숨겨버렸다. 그런 그를 바라보는 명희에게는, 누군가를 증오하려 한다는 그의 말이 천둥소리보다 더 크게 귓바퀴에 웅웅거리며 메아리치는 느낌이었다.

명희는 여기저기 널린 사내의 옷들을 주워들며, 망연한 눈길로 그가 사라진 동굴 밖의 어둠 속을 뒤쫓았다. 그리고 드디어 저녁 무렵부터 그에게서 느꼈던 어떤 시한폭탄의 정체를 깨달을 수가 있었다. 그의 시한폭탄은 바로 다름 아닌 서른세 살이었다. 어디 한번 노다지를 캐서 벼락부자가 되어 떵떵거리고 살아보자는 희망, 죽을 고생을 다해 발견한 알차고 훌륭한 금 광산, 그리하여 콧노래를 부르며 홍조를 띤 얼굴로 성취감에 사로잡혔던, 달콤하고 찬란한 미래를 꿈꾸며 몸과 마음을 바쳐 진정으로 사랑한 여자로부터 실연을 당했던, 그는 서른세 살 이전으로 돌아가기 위해 그토록 안간힘을 쓰고 있었던 것이다. 그 후, 생전 보지도 듣지도 못한 사람에게 광산의 소유권을 빼앗기고 살인을 저질렀고, 천만 길 낭떠러지의 절벽, 험난한 골짜기, 춥고 어둡고 배고픈 동굴로 기어들어 힘든 삶을 허덕이는 사내의 분노는 또 하나의 울부짖음으로 남아있었다.

사내의 흥분한 듯, 건성인 듯 늘어놓는 넋두리 속에 섞인 한 가닥 여리면서도 천진한 느낌 때문에, 명희는 하마터면 그가 지금 그녀에게 무슨 장난이라도 걸어오고 있는 것으로 착각할 뻔했다. 그러나 곧이어 그녀는 둔기로 뒤통수라도 호되게 얻어맞은 것처럼 비틀거려야 했다.

그 사내에 대해, 그녀는 여전히 스스로 묻고 스스로 대답했다. 그가 그토록 두껍고 견고하게 자신의 벽을 쌓아 올린 데는 충분한 이유가 있었다. 언제부터인가 그 사내는 막연하게나마 서른세 살 이전의 희망에 부풀었던 삶 속으로 들어가 그러한 상태를 느끼고 있었다. 그리고 그것이 자칫하면 그 사내의 삶을 얼마나 위험한 지경에 빠뜨릴 수 있을지도 몰랐다. 흡사 아제 막 껍질을 벗은 갑각류처럼 건듯 지나치는 해류 한 올이며 부드러운 해초 한 가닥에도 쉽게 상처를 입고 마는 연약하고 섬세한 속살만으로, 그 사내의 방심 상태는 존재하고 있었던 것이다. 아아, 모든 것이 깡그리 불타버리거나 척박하게 메말라버린 듯싶었던 그 사내의 내면에, 어떻게 저렇듯 연약하고도 섬세한 속살이 존재해 있었던 것일까.

명희가 잠에서 깬 것은 그 다음날 아침이 훨씬 지나서였다.

"사람들의 소리가 들려요. 구조대가 온 모양이에요"

"환청일 게요. 아무도 여길 찾아들 수는 없어요."

"구조대예요. 사람 살려요!"

명희가 울면서 소리쳤다.

"닥쳐!"

사내는 벌컥 화를 내며 명희를 쏘아보았다. 명희, 그리고 모든 것에 대해 경계하는 표정이 역력했다.

"선생님, 나를 여기서 죽게 할 작정이세요?"

명희는 가슴이 옥죄는 기분으로 물었다. 그러나 사내는 자신과 무관한 일이라는 듯이 심드렁하게 대답했다.

"당신의 승낙 없인 털끝 하나 건드리지 않겠다고 했잖소. 하지만 경우에 따라서는……."

"무슨 얘기예요?"

명희가 재빠르게 물었다.

"원망 말아요. 난들 당신 심정을 모르겠소? 하지만 당신이 이곳을 탈출하고 싶어 하는 마음이 간절하듯이 나도 살고 싶은 마음뿐이오."

사내가 무뚝뚝한 투로 말했다.

"악마! 죄를 지었으면 벌을 받아야 하는 게 아닌가요?"

명희가 다시 울기 시작했다.

"우슈. 우는 건 자유요."

"당신도 인간의 탈을 썼다면, 이럴 수는 없을 거예요."

"물에 빠진 사람 구해 주었더니 내 보따리 내놓으라는군. 당신이 소리 지른다고 여길 찾을 수 있을 것 같아요? 어림없는 소리. 정 소원이라면 소릴 질러요. 소리를 질러! 푸하하!"

사내가 뒤통수를 긁적이면서 쫓기는 사람처럼 다급하게 말하더니 미친 듯이 웃어댔다. 갑자기 그의 눈빛이 달라지더니 꼬챙이처럼 날카로운 눈길이 명희에게 곧장 날아들었다.

"사람 살려요!"

명희는 까마귀 활 쳐다보듯이 사내를 노려보았다. 그리고 있는 힘을 다해 목청껏 소리쳤다.

"닥치지 못해!"

그 사내가 침대에 걸터앉아 미친 듯이 웃고 있었다. 그리고 그 사내가 명희의 코앞까지 바짝 다가서서 말하고 있는데도 벙긋벙긋 열렸다가 닫히는 입만 보일 뿐 아무 말도 들리지가 않았다. 입이 열리고 닫힐 때마다 그의 눈이 번쩍번쩍 빛났다. 순간 명희는 그를 힘껏 밀쳤다. 사내가 침대 아래로 쿵 소리를 내며 굴러 떨어졌다. 순간적으로 명희는 벌떡 몸을 일으켜 세웠다. 침대 근처에 있던 돌을 집어 들어 힘껏 그의 머리를 후려쳤다. 그리고 같은 자리에서 다시 한 번 더 가격이 이어졌다. "억!"하고 사내가 맥없이 쓰러져 피를 흘리고 몸을 푸르르 떨며 신음하고 있었다.

그런데 참 이상한 일이었다. 의외로 명희 기분은 차분했다. 이미 엎

질러진 물이고 사내가 쓰러져 피를 흘리며 신음하고 있는데에 대한 후
회나 잘못 같은 것이라곤 손톱만큼도 없었다. 오히려 마음 한구석엔 후
련한 느낌이었다. 동굴 밖에서 불어오는 바람에 일렁이는 빗소리에 명
희는 숨이 막힐 지경이었다. 허옇게 질린 명희는 비명을 지르듯 흐느끼
며 밖으로 뛰쳐나갔다.

그것은 명희가 헤매던 미로의 출구였을까. 출구가 아니라 미로의 입
구였을지도 모른다. 출구든 입구든 미로에서 그녀가 빠져 나온 것만은
확실한 듯싶었다. 그러나 그녀가 미로에서 빠져 나오는 순간 전신을 끈
질기게 휘감았던 의문의 밧줄은 힘없이 잘려나가고 있었다. 그 투박하
고 질기던 줄이 한순간에 끊어짐으로써 안간힘을 다해 버티던 그녀의
절벽에 선, 절벽에서의 생활은 힘없이 스러지고 있었다.

그리고 얼마 후 명희는 비에 흠뻑 젖어 동굴로 돌아왔다. 쓰러져 피
를 흘리고 있는 사내를 보고 흠칫 놀랐다. 그는 계속 신음하면서 무어
라고 말을 했으나, 명희는 알아들을 수 없었다. 명희는 그 사내를 일으
켜 침대에 눕혔다. 그리고 옷을 찢어 머리를 묶었다.

명희는 와들와들 떨면서 웃는지 우는지 알 수 없는 얼굴로 자꾸만 중
얼거렸다.

"선생님, 선생님."

그 사내는 헛소리처럼 대답했다.

"아니 당신은?"

"아무리 소리쳐도 구조대는 보이지 않았어요. 정신을 차려 보니 선생
님이 쓰러져 있었어요. 죄송해요."

"가시오."

“네?”

명희는 소스라치게 놀랐다.

“이 죽음의 골짜기를 빠져나가란 말이오. 내가 길을 일러주겠소.”

“선생님, 정말이세요?”

“그렇소. 여길 나가서 오른쪽 바위를 끼고 돌면 두 개의 동굴이 나오는데, 오른쪽 동굴로 들어가시오. 그 동굴의 중간쯤에 사다리처럼 생긴 바위가 있을 게요. 그 바위를 타고 오르면…….”

“선생님은요?”

“난, 너무 늦었소. 내가 알아요.”

“그럼, 내가 때린 돌 때문에?”

“아니오. 초근목피로 연명한 몸, 기만 살았지 이미 성치 않은 몸이오.”

말을 하다 말고 그가 또 몸을 푸르르 떨었다. 그는 더 이상 말을 잇지 못했다. 스르르 눈을 감기 시작했다. 그의 눈에는 눈물이 고여 있었다.

“안 돼요, 죽어서는 안 돼요! 약을 가르쳐 주세요. 내가 만들어 볼게요.”

명희는 사내의 어깨를 잡아 흔들며 울었다.

“약을 가르쳐 주세요. 여길 빠져나가는 길은 다음에라도 좋아요.”

사내가 눈짓으로 명희를 부르더니 힘없이 낮게 말했다.

“빨리 떠나요. 어두워지기 전에.”

이상하게도 명희는 엄습하고 드는 한기를 주체할 수가 없었다. 동굴 밖에서는, 무섭도록 울어대는 천둥소리와 줄기찬 빗소리만 요란했다.

黃眞伊 別曲

# 黃眞伊 別曲

“으미 내가 못 살어. 저 놈의 여편네 때문에.”

이따금 들어온 아내의 짜증인 터라, 나는 아무런 대꾸도 하지 않았다.

“미쳐 갖고 저 여편네가 황진이라고 하든만, 그래 저런 그림을 벽에다 붙여놓으믄 그 황진인가 뭔가 하는 년이 나타난 답디여?”

부스스하고 찌뿌드드한 얼굴로 주방에서 아침 준비를 하던 아내가 볼멘소리로 말했다.

“왜 그래? 괜한 그림을 가지고.”

아침 일찍 사진을 찍기 위해 떠날 채비를 하고 식탁에 앉아 있는 나에게 아내는 계속 구시렁거렸고, 나는 짜증이 잔뜩 나있는 아내의 눈치를 살피며 말까지 더듬거렸다.

“그림이 없어져도, 탓하지 말아요!”

“어허, 뭔 소린지 모르겠네. 잠잠하더니, 왜 또 그래?”

한참동안 나는 어리벙벙한 기분으로 서 있다가 기어드는 소리로 말했다.

"알아서 하시구려."

"으미, 복장 터져."

"어허, 그놈의 복장은 왜 시도 때도 없이 자꾸 터진다는 것인지."

내가 기어드는 목소리로 대꾸를 하자, 아내는 기어이 목청껏 소리를 높였다.

"내가 왜 복장이 터지는지 몰라서 그라요?"

"……."

"남들은 외식이다, 온천이다, 단풍놀이다 난리들인디, 우리 집 양반은 일요일마다 그놈의 황진이 타령이니, 하는 말이제!"

아내의 말이 옳았다. 그녀의 말처럼 그게 가족에게 제일 미안한 부분이었다. 적당히 하면서 식구들도 챙겨주었어야 했다. 그런데 일요일만 되면 으레 카메라박스를 메고 이곳저곳으로 떠나는 취미생활에 지나치게 빠져들었던 것은 인정할 수밖에 없는 잘못이었다.

"술 좀 작작 마시고, 늦지 말아요!"

"알았어, 일찍 들어오도록 할게."

나는 거실 한구석에 놔두었던 카메라박스를 챙겨 출입문을 나서면서 기어드는 소리로 겨우 그런 대꾸를 하고 말았다. 그리고 잠시 후 "쾅!" 하고 닫히는 현관문 소리를 들었다.

내 마음은 편하지 않았다. 이른 아침부터 모닝콜을 알리는 시계의 알람이 울리자 아내는 무슨 말을 자꾸 구시렁거리며 주방으로 들어갔다. 나는 거실 한쪽에서 신문을 뒤적이며 주방에서 투덜대는 아내의 목소리에 귀를 기울였지만 무슨 소리인지 잘 알아들을 수 없었다. 하지만 그게 결코 나를 향해 좋은 말을 하는 것이 아니었기 때문에 똥마려운 강아지가 주위를 살피듯 아내의 눈치를 살폈다. 빈대도 낯짝이 있다는 말처럼, 나의 취미생활로 인해 아내가 심한 스트레스를 받고 있다는 것을 너무나 잘 알고 있어서 항상 미안했다.

아침 일찍 잠에서 깨어난 후부터 계속해서 짜증을 냈던 아내에게 더 이상 대꾸할 여력이 나에게는 없었다. 다만 황진이라는 여인의 그림과 나의 취미생활에 대하여 몹시 못마땅해 하는 아내의 카테고리로부터 벗어나 카메라 렌즈의 초점을 맞추고 싶은 마음 하나뿐이었다.


인구 폭발. 요즘 어디를 가나 사람들로 들끓는다. 야구장에 가도 그렇고, 산이나 바다에 가도 그렇고, 차를 타기 위해 대합실에 가면 더더욱 그렇다. 대합실이나 역전의 그 넓은 길은 소용돌이치는 인파로 뒤덮인다. 어쩌면 그것은 영원히 그칠 줄 모르는 줄기찬 인간의 흐름이라고나 할까. 아니면 풀 한 포기 남아나지 못할 폐허의 잿더미 위로 도도히 흐르는 인간의 거센 물결이라고나 할까.

언제부터인가 나는 그 인파들 속에서 황진이를 열심히 찾고 있었다. 조선조 500년을 통하여 문학과 예술이 극치에 달했던 중종 연간에 개성의 명화로 태어나 짧은 40평생을 살다간 풍류랑 황진이 말이다. 요새 세상에 황진이가 다 웬 말이냐고 의아해할는지 모르나, 여기가 한국 땅인 이상 찾을 수 있다고 나는 생각했다. 설사 오늘 당장이 아니라도 언젠가 어디선가는 내 마음 속에 자리 잡고 있는 황진이를 꼭 만날 수 있으려니 하고 굳게 믿고 있었다.

나는 황진이를 본 적이 있었다. 그 모습도 그렇고 얼굴까지 한 번 대해본 적이 있었다. 그래서인지 내 마음속 깊이 자리 잡고 있는 황진이에 대한 기억은 인파들 속에서 쉽사리 가려낼 수 있을 것 같다는 생각이 들곤 했다. 그 강렬한 기억은 뚜렷하게 성격이 살아있는 가식 없는 용태와 지조를 지닌 여인이었다고나 할까. 아무튼 그런 여인을 꼭 한 번 더 저 인파 속에서나 열차 안에서 만날 것만 같았다.

그러니까 몇 년 전의 추석 때 기차 안에서 일어난 일이었다. 대합실은 인파로 들끓고 있었다. 다른 때 같으면 꽤 한산했을 대합실이 들끓었던 것은 아마 그날이 추석 뒷날이었기 때문일 것이다.

그날 나는 고향에서 모처럼 만난 옛 친구들과 어지간히 마셨다. 그것도 여러 가지의 술을. 역 구내 화장실을 두어 번 다녀왔을 무렵 개찰이 시작되었고, 나는 승객들을 따라 개찰구로 밀려나갔다. "지금 홈에는 광주행 완행열차가 도착하고 있습니다."라는 안내방송에 따라 홈으로 들어선 기차에 올랐다. 기차 안도 들끓기는 마찬가지였다. 겨우 비집고 올라탄 기차 안은 발 디딜 틈도 없는 콩나물시루여서 숨이 막힐 지경이었다.

어느 역에서일까. 기차가 꽤 오랫동안 정거하고 있었음을 나는 뒤늦게 깨달았다. 주위를 휘둘러보니 기차는 벼가 누렇게 익은 들판 한가운데 멈추어 있었고, 눈에 시린 가을 햇살이 자리를 차지한 사람들의 무릎과 손등에, 그리고 나의 몸 한 부분 위에 하얀 날개처럼 달라붙어 있었다.

이 지점은 분명 역이 아니었다. 기차는 엉뚱한 장소에 와서 제멋대로 정차해버린 것이었다. 무슨 일이 생기지 않았더라도 완행열차란 공연히 연착이 잦은 법이니까. 기차를 타게 될 경우, 나는 급행열차보다는 완행열차 타는 것을 더 좋아했다. 완행열차가 좋다는 것은 아마 기차를 오래 타고 싶다는 얘기나 같을지도 모를 일이었다. 야간열차를 타고 밤 새도록 달리는 긴 여행이 꿈이지만, 아직 그런 기회는 나에게 주어지지 않았다. 허허한 벌판과 긴 강이 흐르는 철교를 지나 날이 새면 나도 모르게 딴 도시로 흘러가는 꿈같은 것 말이다. 열차는 지루하리만큼 오래 머물러 있었다.

"완행은 이렇다니까."

내 옆의 한 사내가 투덜거렸다. 나는 그 사내를 힐끔 쳐다봤다. 그때 까지 내 옆에 사람이 있다고는 전혀 의식하지 못했던 나는 그의 말이 별안간 들려온 소리처럼 느껴졌다. 그는 나의 시선을 느꼈음인지 표정 을 부드럽게 고치며 차창 밖으로 얼굴을 돌려버렸다.

명절 뒷날 길을 떠나지 않으면 안 될 사람들. 그리 멀지 않은 곳으로 가려는 사람도 있겠지만, 그들의 대부분은 나처럼 쪽빛으로 출렁이는 파도의 남해안을 가슴에 달고 있는 끝 지점으로부터 저 멀리 광주까지 가려는 사람들이었다. 그들은 한결같이 무표정한 얼굴로 바깥을 내다 본 채 비슷비슷 닮은 듯 피곤한 행색을 하고 있었다. 나는 서 있는 그들 의 체온에 몸을 지탱한 채 풋풋한 바람이 불고 있는 창밖의 계절을 내 다봤다.

그때, 기차가 "덜컹!"하고 움직이기 시작했다. 생각난 듯이 떠나고, 또 서기만 하면 한없이 길을 잃어버리는 완행열차. 그래서 나는 그런 완행열차가 좋았고, 유독 그날 같은 날엔 그런 열차가 더없이 좋았을는 지 모른다. 과음으로 자주 소피를 보아야 하는 경우 급행열차처럼 줄곧 내닫기만 하면 지정장소가 아닌 적당한 곳에서 실례를 할 수 없기 때문이 아니겠는가. 과음, 과식 등으로 인해 지정장소로 사람들이 몰려들고 장소는 한정되어 있어 줄을 서서 차례를 기다려야 하기 때문이다. 하여튼 그런 날엔 완행열차가 제격이었다.

나는 차창 밖으로 눈을 던진 채 시원하게 내달아오는 논과 밭, 일정하게 금을 긋고 쫓아오는 전봇대들을 세어보며, 연달아 달아나고 있는 차창의 단조로운 풍경을 덤덤히 지켜보았다. 차창에서 불어온 비를 머금은 미끄러운 바람이 창가 사람들의 머리칼을 마구 날렸다. 창가에 걸린 그들의 겉옷도 바람에 날리고 있었다. 그런데 그때 아랫배에서 싸르르 하는 느낌이 드는가 싶더니 그 기운이 일시에 아래쪽으로 내닫기 시작했다. 처음엔 그런대로 견딜 수 있었는데 시간이 흐를수록 몹시 참기 힘들었다. 제기랄, 기차가 멈춰 있을 때는 아무렇지 않다가 하필 기차가 내닫기 시작하자 그것이 마려운지 모를 일이었다. 이제 조금만 더 가면 나의 종착역, 그때까지 참아보려 했으나 나는 벼랑 끝으로 내밀리듯 절박했다. 나는 사람들의 발을 밟는 줄도 모르고 화장실을 향해 뛰었다. 그리고 노크할 겨를도 없이 화장실 문을 발칵 열어 제치며 고개를 들이밀었다.

"누, 누구요. 누구!"

한참 시원스레 그것을 보던 한복차림의 여인이 후닥닥거렸다. 나는 예기치 않았던 민망함 때문에 문을 "쾅!" 닫고 말았다. 그런데 뜻하지 않았던 일로 당황하고 긴장했던 탓인지 그런 대로 약간은 참을 수 있었다. 하지만 그것도 잠시였을 뿐이었다. 나는 더 이상 참을 수 없는 인내력의 한계를 느꼈다. 눈앞이 아득했다. 콧등에 식은땀이 솟았다. 맥이 풀렸다. 반사적으로 나는 아랫도리의 괄약근에 힘을 줌과 동시에 항문을 힘껏 죄었다. 하지만 그 힘이라는 것에도 한계가 있었다. 이럴 땐 어떻게 하면 좋단 말인가. 참자, 이를 악물고 두 다리와 항문의 괄약근에 힘을 배분하며 참는 수밖에 별도리가 없었다. 한복차람의 여인은 그런 상황을 아는지 모르는지 화장실을 나올 기미가 전혀 보이지 않았다.

어느새 깜깜한 벽으로 변해버린 차창엔 기어이 비가 내리고 있었다. 검은 창에 비친 내 검은 그림자가 찬비를 맞으며 몹시 힘들다는 표정으로 발을 동동거리고 있었다.

얼마동안이었을까. 하여튼 그렇게 꽤 오랜 동안 안간힘을 쓰며 버티고 있을 무렵, 기차는 어느새 남광주역으로 돌진하고 있었다. 날은 차츰 어두워 갔고 세찬 빗줄기가 퍼붓고 있었다. 남광주역의 밝은 수은등 아래에서 나의 가슴은 까닭모를 불만으로 설레었고, 기차는 한숨을 길게 내쉬며 정거하고 있었다. 나는 아까 그 여인의 미묘한 시선을 등 뒤로 느끼며 재빨리 출찰구를 빠져나왔다. 그리고 실수를 하지 않기 위해 역 구내의 화장실을 향해 뛰었다. 화장실에 들어서자마자 팽팽히 죄어 있던 괄약근과 항문에 주었던 힘의 배분이 자연스레 풀려버렸고, 나는 그곳에서 시원스런 카타르시스를 즐겼다.

팬티에 약간의 실레는 했지만 큰 실수는 모면했다는 안도감으로 용무를 끝내고, 빠른 걸음으로 역 구내를 빠져나왔다. 세차게 쏟아지는 빗줄기가 시야를 뿌옇게 가리고 있었다. 나는 참혹하게 내리는 빗속을 걸어 나오면서 머리를 자꾸 흔들었다. 비를 맞고 서있는 우체통, 낯익은 고향 같은 역전의 어질러진 점포, 검게 탄 노점 언저리의 좌판대, 끄덕 않고 쪼그려 앉은 채로 목을 빼고 느긋이 앉아 있는 야채장수 생선

장수 울 엄니들, 희망과 사랑의 물결이 전설처럼 출렁이는 나무 울짱에 넝쿨져 피어 있는 빨간 장미, 수묵처럼 검은 도시, 그런 풍경들이 모두 낯설어 보일 뿐이었다.

요즘도 가끔 아침에 애들과 화장실을 놓고 싸움을 할 때면 늘 그때 그 기차 속에서의 한복차림 여인이 생각났다. 수수한 매무새, 가식 없는 아름다움으로 천하의 한량들로부터 최대의 흠모와 존경을 품게 만들었던 황진이 같은 그 기차 속에서의 그 여인. 찰나에 화장실에서 보았던 그 모습이 황진이 같았던 그 여인 말이다.

왜 내가 그 여인을 본 순간 황진이를 떠올렸는지 모를 일이었다. 하지만 내 마음속에 자리한 황진이는 그 후로 줄곧 그 여인의 모습이었다. 그리웠다. 아니 어쩌면 그 이전부터 그 모습을 그리워했는지 모를 일이었다.

그래서 나는 그림을 그리는 친구를 졸라 황진이라는 이름의 그림 한 폭을 얻어 거실 한쪽에 걸어놓았다. 하지만 그 백치미가 풍기는 그림 속의 여인은 내 마음 속의 황진이와는 너무도 거리가 먼 것 같을뿐더러 아내가 몹시 못마땅해 하는 터라 요즘은 잘 거들떠보지도 않았다. 그런데 분명 아내의 소행인 것 같기는 하지만, 암튼 누가 치웠는지 지금은 그림의 행방이 묘연해지고 말았다.

기차에서 그런 사건을 겪었던 이후로, 나는 카메라의 렌즈를 닦는 버릇이 생겼다. 혹시 그날처럼 황진이를 갑자기 만날지 모른다는 생각 때문에. 날로 늘어만 가는 인구, 갈수록 복잡하고 어수선하게 돌아가는 세상. 그녀의 그때 그 모습을 카메라에 담기란 무모한 환상에 불과한 것일까. 끊임없이 흘러가는 강물의 거대한 어느 흐름 속에서 우연히 태어나 예측할 수 없는 수상한 물결에 휩쓸려 흐르다가 아무런 흔적도 없이 사라져버릴지 모르는 한 방울의 가련한 포말처럼 말이다.

# 黃眞伊는 떠나갔어도
## - 魔의 19홀

# 黃眞伊는 떠나갔어도
## - 魔의 19홀

숏홀에서 가볍게 티샷한 공이 포물선을 그리며 날아가 그린의 핀을 맞고 그대로 홀컵으로 빨려 들어갔다. "땡그랑!" 홀컵을 울리는 경쾌한 구음이 백오 십여 야드 거리의 티 박스까지 들려온 듯 했다. 숨을 죽이고 티샷을 지켜보고 있던 동반자들과 캐디가 환호성을 지르며 박수를 쳐댔다. 순간 나는 정신이 다 아찔했다. 머리끝에서 발끝까지 섬광 같은 전류가 찌르르 흘렀다. 홀인원. 골프를 시작한 지 처음 맛본 행운이었다. 이 순간의 느낌은, 심장으로 연결된 모든 혈관이 부풀어 오르면서 경련을 일으킨 탓에 피돌기가 순간 멈춘 기분이었다.

어쨌든 나는 청록색의 그물로 사방을 막아놓아 마치 닭장을 연상케 하는 골프연습장에서 연습한 지 석 달 만에 레슨프로와 함께 라운딩을 하여 머리를 올렸고, 골프를 시작한 지 이 년여 만에 마침내 홀인원이라는 걸 했다.

내 권유에 못 이겨 아내도 골프를 시작했지만 아직도 골프를 잘 이해하지 못하고 있는 것 같았다. 하지 않으려는 걸 연습장에 억지로 끌고 가 레슨프로를 붙여주면서 연습을 시켰다. 그런데 오늘은 몸이 안 좋다, 피곤하다, 무슨 모임이다 이러저런 핑계로 연습을 잘 하지 않았다. 그럴 때마다 나는 나이 들어 할 수 있는 운동은 골프뿐이고, 부부가 함께 즐길 수 있는 운동이라고 설득했으나 허사였다. 솔직히 말해 아내는 골프에 별로 취미가 없었고 몹시 회의적이었다. 어렵사리 머리는 올렸는데 곧바로 그만두었고, 골프채를 놓은 지도 꽤 오래되었다. 그러다 보니 아내의 골프에 대한 이해는 아주 보편적이고 지극히 일상적일뿐더러 바라보는 시선마저 곱지 않았다. 이를테면, 한 번 라운딩을 하게 되면 그린피가 얼마고 캐디피하고 카트비가 얼만데 하고 계산을 했다. 그러다보니 일요일이면 거의 거르지 않고 필드에 나가는 나를 고운 시선으로 바라볼 리 없다. 그럴 때면 으레 나는, 아내에게 골프와 상여 얘기를 했다. 티샷을 한 공이 슬라이스로 오비(아웃 오브 바운드)가 나서 오비지역에서 공을 찾고 있는데, 저 아래 쪽 산기슭으로 하얀 상여가 나가고 있더란다. 그때 옆에 있던 동반자가, "꽃상여가 아니고 흰 상여인 걸 보니 젊은 나이에 세상을 뜬 것 같은데 정말 안 되었네 그려"라고 하자, 공을 찾고 있던 그 사람이 눈물을 글썽이면서 자기 마누라 상여라고 했다는 얘기다. 골프는 네 사람이 한 조가 되어 즐기는 운동이다. 경우에 따라서는 셋이나 다섯이 칠 수도 있지만 넷이서 치는 게 원칙일뿐더러 그렇게 쳐야만 제격이다. 상여와 마누라의 얘기는 그만큼 골프의 약속을 어겨서는 안 된다는 데서 비롯된 얘기일 게다.

오너인 내가 다음 미들홀에서 티샷을 준비하고 있는데 덕호가 기어이 말을 걸었다.

"성님, 축하합니다요. 홀인원패는 물론 해드릴 거고, 기념식수는 어쩌실라요?"

"기념식수는 무슨 기념식수, 그냥 없었던 걸로 하세."

캐디가 입술에다 손가락을 갖다 대며 조용히 하라는 제스처를 취했지만 덕호는 이내 말을 이었다.

"안 됩니다요. 일생일대에 한 번 있을까 말까 한 홀인원을 했는디, 없었던 걸로 하자니 그게 말이나 됩니까요?"

"이 사람아, 만에 하나 이 사실이 알려지면 직장에서 쫓겨나게 생겼는디, 기념식수를 하자고?"

"아따, 기념식수 했다고 어디다 광고 써 붙이고 다닐라요?"

"이 사람아, 기념식수를 하게 되면 그 아래 돌에다 날짜와 이름을 새기게 되는데, 그게 광고 써 붙인 게 아니고 뭔가?"

"하기사 그렇기는 합니다만, 뭐보고 밑바닥 안 닦은 거 같이 어쩐지 껄적지근합니다요."

"기념패는 달게 받겠네. 그리고 다음 라운딩하고 옷 한 벌 씩에 대해선 약속을 어기지 않을 게고."

"그래도 그렇지……."

덕호는 물론 동반자 모두 못내 아쉬워하는 표정이었다.

"공무원 신분이라서 그러네. 골프 때문에 총리 모가지가 날아갔지 않은가?"

"정 그러시다면, 알았습니다요."

뒤쪽 팀이 밀고와 기다린다는 캐디의 독촉을 받고, 곧이어 드라이버로 티샷을 했다. 왼쪽 어깨를 오른 무릎 위까지 충분히 회전을 시키고, 탑에서 클럽 샤프트가 지면과 수평을 이룬 정도에서 다운스윙을 했다. 임팩트 순간에 멀리 뻗어나가면서 솟아 오른 공이 바람을 가르고 날아가 페어웨이에 적중했다. 이백오륙 십여 야드 비거리의 굿샷이었다.

"굿샷! 성님 뭔 일이다요? 오늘 샷이 참말로 좋습니다요."

다음 샷을 기다고 있던 덕호가 감탄을 연발했다.

"여자를 다루듯 힘 빼고 살살 치니까, 샷 감각이 아주 좋네."

나는 티샷을 마치고 내려오면서 계면쩍게 웃어보였다.

"뭣이라고라, 성님. 여자 궁둥이를 만지듯 살살 쳤다고라? 그랬든만 황진이가 걸려들었다 이 말씀이지라?"

덕호가 말하자, 티 박스 근처에서 드라이버로 빈 스윙 연습을 하고 있던 선배가 거들었다.

"힘 빼기 삼년이라고 하지 않던가?"

티샷을 하기위해 셋업 자세를 취하고 있던 덕호가 갑자기 자세를 풀고 한 발 물러나면서 말했다.

"알았습니다요. 천하의 명기 황진이 궁둥이를 만지듯 힘 빼고 살살 샷을 했다, 이 말씀이지라? 나도 한 번 그렇게 쳐 볼라요."

그런데 덕호의 셋업 자세는 왠지 불안했다. 팔목에서 어깨까지 힘이 잔뜩 들어가 있고 테이크백에서 어깨 턴이 이뤄지지 않았고 방향마저 그린의 오른쪽으로 심하게 기울어 있었다. 아니나 다를까 폴로스루와 릴리스가 전혀 이루어지지 않았고 피니시 자세도 엉성했다. 거리는 상당했으나 악성 슬라이스가 나서 오비지역으로 공을 날려 보냈다.

"힘 빼고 살살 쳤는디, 지랄이네."

티샷을 끝낸 덕호가 모자를 벗고 머리를 긁적거리며 안절부절못했다. 그런데 갑자기 그가 '다시 하나 치겠다'고 했다. 멀리건을 달라는 뜻이었다.

흔히 일컬어 '몰간'이라고 하는 멀리건은 1930년대 미국에서 유래되었다고 한다. 당시 두 명의 신문기자가 라운드를 하려고 골프장에 갔다가 동반자가 없어 그 골프장 라커룸에서 일하는 사람과 함께 필드에 나가게 되었다. 그런데 그 라커맨은 미스 샷을 낼 때마다 '당신들은 연습을 많이 했지만 나는 그렇지 못하니 다시 한 번 치겠다'며 또 샷을 했다. 그 라커맨의 이름이 바로 멀리건이었다. 그에게는 '미스터 멀리건'이라는 별명이 붙었고, 골프에서 벌타 없이 다시 한 번 공을 치는 행위를 '멀리건'이라고 한다.

"왜 멀리건을 달라고 하는가?"

덕호를 물끄러미 바라보고 있던 선배가 웃으며 점잖게 물었다.

"멀리건은 통상 몸이 덜 풀린 첫 홀에서 동반자가 주는 것이지, 플레이어가 스스로 요구하는 것은 아니지 않는가."

선배가 정중히 타일렀는데도 덕호는 끝내 고집을 부렸다.

"그냥 하나 더 칠랍니다요."

덕호는 안절부절못하면서 계속 머리를 긁적거리며 어물쩍 웃었다.

골프에서 무엇보다 중요한 것은 룰을 지키는 것이다. 내 행동 하나하나가 동반자에게 나쁜 영향을 주지 않는지 조심스럽게 살피고, 스스로 룰을 잘 지키는 것이 골프 경기이다.

우리들은 분위기가 좀 어색해질 것 같아 그냥 한 개 더 치게 해주자며, 덕호에게 멀리건을 주어 샷을 다시 하도록 했다. 덕호의 공이 이제는 워터 해저드로 날아갔다. 그러고 보니 자만, 무모, 산만, 방심, 욕심 등에는 여지없이 벌을 주고 신중, 노력, 집중, 평정, 지혜 등에는 행운의 상을 내리는 것이 바로 골프라는 생각이 들었다. 그렇다고 덕호가 벌받을 샷을 했다는 얘기가 아니라 욕심을 너무 부려 힘이 들어갔다는 얘기다. 이날 덕호의 샷은 비교적 장타에 속했지만 공이 좌우 러프나 벙커로 많이 떨어졌다.

덕호는 입을 딱 벌리고 두리번거리다가 맥 빠진 음성으로 말했다.

"분명히 황진이 궁둥이를 만졌는디 그러네. 으미, 미치것네."

"푸하하하!"

티잉 그라운드 주변의 동반자들이 일제히 웃고 있었다. 캐디도 따라 웃었다.

예측할 수 없는 의외성과 그것에 의지하는 기대감이 바로 골프의 속성이라면 덕호야말로 골프의 그 아기자기한 속성과 재미를 만끽하고 있는 셈이었다. 골프채를 휘두르는 솜씨야 도끼질이나 도리깨질을 연상시키든지 말든지 그는 초장부터 미스 샷을 거푸 연발했다. 그가 골프라는 전혀 엉뚱한 재미에 끔찍하게 빠져들게 된 동기가 그때부터 시작되었는지도 모른다. 대저 취미란 즐거움을 그 즐거움 속에서 감흥이 일어 저절로 당긴다면 누구도 예측할 수 없이 빠져드는 게 아니던가.

햇살이 퍼지면서 하늘에 켜켜이 쌓여있던 구름이 자리를 다급하게 뜨기 시작했다. 허공으로부터 휘장처럼 내려져 있던 구름의 장막이 걷히자 몽글몽글한 구름의 자잘한 덩어리가 허연 솜이불처럼 산허리를 덮고 있었다. 이따금 옆 홀 티 박스에서 바람을 가르는 경쾌한 티샷 소리와 굿샷의 외침이 들려왔다.

아내로부터 사무실로 전화가 걸려온 건 퇴근 무렵이 거의 다 되어서였다.

"그놈의 골프 때문에 망신살이 뻗쳐부렀소!"

그날따라 부하 직원의 실수로 민원이 발생하여 이를 해결하느라 상당한 스트레스를 받아 신경이 곤두서있었다. 그런데 수화기를 들기가 무섭게 몹시 화가 난 아내의 앙칼진 목소리가 고막을 찔렀다.

"그놈의 골프 때문에 나까지 개망신이란께!"

"골프가 어쨌다고?"

한참동안 나는 어리벙벙한 기분으로 앉았다가 풀죽은 목소리로 물었다.

"오늘이 금요일인디, 벌써부터 웬 바가지여?"

"으미, 복장 터져서 못 살것네."

아내의 짜증에 못 이겨 그만 버럭 소리를 지르고 말았다.

"도대체 무슨 일인데, 그래?"

"피자가게 집 후배가 직장에서 쫓겨나게 생겼다요. 근디, 그 집 여편네가 당신 때문에 그 지경이 되었다고 난리란께!"

"맙소사."

나는 아내로부터 덕호 마누라의 얘기를 들은 뒤부터 왠지 전신에 송충이가 기어 다니는 것 같은 스멀스멀한 기분을 감출 수가 없었다.

엊그제 고개를 쿡 처박고 아무래도 회사를 그만둬야 할지 모르겠다고 중얼거리던 덕호의 말이 불쑥 떠올랐다. 하지만 골프 때문에 회사에서 쫓겨난다는 건 알다가도 모를 일이었다. 레저종목의 으뜸이 골프, 테니스, 등산, 낚시라 할 수 있고 무릇 골프인구가 지금 얼마이고 대중화된 지가 언제인데 골프를 탓하여 모가지를 자를 수 있단 말인가.

"그 집 여편네가 당신한테 따지겠다고 벼르고 있응께, 제발 오늘은 그 놈의 닭장에 가지 말고 얼른 들어와서 해결하쑈이."

그 말에 나는 아무런 대꾸를 하지 않았다. 한참을 우두커니 앉아 있다가 아내의 말을 되씹으며 힘없이 수화기를 놓았을 뿐이다.

어물어물하고 있다가 뒤집어쓰게 생겼으니 골프연습장엘랑 가지 말고 속히 집으로 들어오라는 아내의 당부였다. 뒤집어쓰긴 내가 뭘 뒤집어쓴단 말인가. 은근히 부아가 치밀었지만 내게도 뒤가 구린 게 전혀 없는 것만은 아니어서 당당하게 외면해버리기가 어려웠다. 조금 창피스런 얘기지만, 나는 덕호의 마누라에게 몇 번인가 경고를 받았다. 그녀는 골프에 대해서 지독한 증오심을 지니고 있었다. 빚보증을 서줬다가 결국 대신 갚아 줄 수밖에 없었던 채무자보다 더 증오하는 기색이 역력했다. 그녀는 골프를 치러 가자고 남편을 유혹하지 말라는 거였지만 그건 어린애도 아닌 덕호 자신이 알아서할 문제였다. 나는 기분이 나빠서 다른 사람과 라운딩을 하더라도 결코 그와는 골프를 치지 않기로 결심했다. 그러나 내가 평소 얼굴도 모르고 지내던 그와 갑자기 골프친구가 된 까닭은 골프연습장에서 만난 그가 고등학교 후배이자 동창회 선후배 골프모임의 총무를 맡고 있었기 때문이었다. 나보다 수 년 전에 골프를 시작한 덕호는 연습장에서 살다시피 했고, 이따금 주중에도 필드에 나가기 때문인지 상당한 수준의 골프를 치고 있었다.

"성님, 회사 과장 놈이 나를 들들 볶아대는 바람에 오늘 대판 싸움을 하고 말았습니다요."

덕호는 아직도 분이 풀리지 않는다고 이를 갈았다.

"이 사람아, 참지 그랬던가."

"성님, 내 주제가 어떻습니까요? 내 주제에 골프 친다고 하도 지랄을 해서 그만……."

"그러기 전에, 진즉 필드에 한 번 모시지 그랬는가?"

"니기미, 한 번 가자고 했더니만 거절을 하더라구요."

"이보게, 누가 첫마디에 덥석 그러자고 하겠는가. 살짝 한 번 빼본 것이 것제."

"그러게요. 암튼 하도 볶아대는 바람에 그만 폭발을 하고 말았습니다요."

"융통성이 없기는."

"그러게 말입니다요."

과장과 대판 싸움질을 하고 사직서를 내던지고 말았다는 거였다. 아내가 피자가게를 하여 짭짤한 수입을 올리고 있으니, 믿는 구석이 없지는 않았을 것이다. 하기는 그렇다. 그가 골프 탓으로 회사에서 쫓겨나게 되었다고 아내는 말했지만, 그건 분명히 골프 탓만은 아니고 골프를 함께 다녔던 내 탓도 분명히 아니다. 덕호가 꼭 그렇다는 건 아니지만 쓸모가 없고, 차라리 없는 편이 훨씬 나은 군더더기와 같은 파편들이 우리들의 일상 속에 얼마나 많이 박혀 있는가. 골프에 빠져 거짓을 말하고 주중에 골프를 치고 맡은 일에는 건성이며 상사에게 빠득빠득 대드는 그에게 직장에서 가만있을 리 없었을 게다.

조그만 개인회사의 대리인 그는 마누라가 운영하는 피자가게 덕으로 경제적인 여유가 있기 때문에 오래 전에 시작한 골프를 즐기고 있었다. 처음부터 덕호와 함께 골프를 치지 않았더라면 공연한 구설수에 끼어

들지도 않았을 터이고 쪼들린 빚쟁이처럼 그녀의 피자가게 앞을 지나
다니기 싫어할 까닭도 없었을 거였다. 골프를 몇 번 함께 쳤던 게 무슨
죄이고, 나보다 한 수 위일뿐더러 골프모임의 총무인 그가 한번이라도
나를 더 불렀으면 불렀지 내가 그를 더 부르지는 않았을 거라고 투덜거
렸지만 자꾸 그쪽에 신경이 곤두섰고 심기가 불편했다.

어느 날 퇴근길에 피자가게 앞을 지나는데 덕호의 아내가 총알처럼
튀어나와 나를 세웠다. 아직 주말이 멀었는데 그 사이를 참지 못하고
덕호가 또 이해할 수 없는 일통을 지지른 모양이었다.

"애들 아빠가 없어졌다고 회사에서 시방 난리요. 우리 집 전화통이
불이 났단께라."

"무슨 볼일이 있었겠지, 별 탈이야 있겠습니까?"

"핸드폰은 왜 꺼놨는지 모르것네. 으미, 못 살어."

그녀는 횡설수설 두서없는 말을 지껄이다가 치켜뜬 눈을 흘기며 으
드득 이를 갈았다. 회사에서 출장을 간다고 출발했던 덕호가 꼬박 하루
동안 종적을 감춰버렸다는 거였다. 나중에야 알게 되었지만, 회사를 속
이고 연습장에서 만난 사람들과 골프를 치고 저녁 무렵에야 어물쩍 나
타났다. 덕호가 근무시간 중에 골프를 치고 직장 상사인 과장과 싸움을
벌인 건 누가 판정을 하더라도 덕호의 잘못이 분명했다. 근무 중에 골
프를 했다는 사실도 그렇거니와 회사를 속이고 상사에게 대들었다는
것도 비난받아 마땅했다.

"출장을 가는디 눈앞에서 하얀 공이 어른거려 도저히 못 참것습디다
요."

덕호는 그때의 사정을 이렇게 변명했다.

"첨에는 인도어장에서 한두 박스만 두들기고 갈려고 했는디, 그 사람들이 하도 꼬시는 바람에 그만……."

그의 아내는 도끼눈을 치뜨고 남편을 바라보면서 남편의 골프에 대한 감정을 아주 짤막하게 요약했다.

"미쳐가꼬!"

그녀는 화가 난 김에 그렇게 말했겠지만 골프의 깊은 수렁에 빠져 헤어나지 못하는 덕호의 모습을 그토록 잘 표현해주는 말도 없었다.

얼마나 기다리던 일요일인가. 사무실 책상에 앉아있다 일어나 창밖 저 멀리 떠 있는 흰 구름 너머로 펼쳐진 산자락만 봐도 골프장의 그린이 눈앞에서 어른거렸다. 골프를 치자는 사람으로부터 혹시 전화가 걸려오지 않을까 하고 기다리는 동안에 일주일은 그렇게 후딱 지나가곤 했다. 수시로 교통사정과 일기예보에 귀를 기울이고 일요일이 가까워질수록 좀이 쑤셔 견딜 수가 없었다. 아내는 내가 골프를 하는 것에 대해 별로 달갑지 않게 생각했다. 그래서 골프채를 놓고 말았는지 모르지만 참으로 이상한 노릇이었다. 부부가 함께 즐기면 좋으련만. 골프는 나이나 성에 관계없이 가장 어린 나이에 시작해 가장 늦게까지 즐길 수 있는 스포츠라지 않던가.

그런데 그날 아침에도 나는 마음이 편치 않았다. 고등학교 선후배로 구성된 골프모임에서 함께 라운딩을 하기로 돼있었다. 세차게 쏟아지는 수돗물소리와 그릇 씻는 소리가 요란했고, 아내는 무슨 말을 줄곧 구시렁거렸다. 나는 주방에서 투덜대는 그녀의 말을 잘 알아들을 수 없었다. 나는 신경이 안 쓰이는 건 아니었으나 어물쩍 일어나 캐디백과 옷가방을 챙겼다. 그런데 아내가 기어이 바가지를 긁어댔다.

"조상 중에 골프 못 치고 억울하게 죽은 귀신 있소?"

"미안해, 당신도 열심히 하라니까 중간에 그만두고 나서는 그래."

"뭐가요?"

"이럴 때 함께 나가면 오죽이나 좋아. 바람도 쐬고."

"그 수입에, 나까지 필드에 나가면 그 돈이 어디서 나고요?"

나는 아내의 눈치를 살피며 말까지 더듬거렸다.

"그, 그래도 그렇지……."

"그리고 골프가 나한테 안 맞는 운동이라고 했잖아요."

"이제라도 다시 시작하면 좋으련만……."

"당신 혼자로 족해요. 그런데 오늘도 피자가게 집 후배들이랑 같이 가요?"

"응."

"그 후배하고는 좀 삼가면 안 돼요?"

"모임의 총무인데, 어쩔 수 없지. 그리고 그 친구 본성이 나쁜 사람은 아니여."

"그 집 여편네가 하도 엉뚱한 소리를 하고 다녀서 그래요. 그 사람들 말고는 골프 칠 사람은 없어요?"

"알았어."

"잊어 부렀어요? 그 집 여편네가 그 억지소리를 하고 다니는 거."

아내는 나의 골프에 대해 과잉반응을 보일 적마다 어김없이 덕호와 그의 아내를 들먹거렸다. 피자가게 옆 목욕탕의 사우나 실에 동네여자들이 죄다 모여서 이러저런 얘기를 했던 모양인데 덕호 마누라가 골프를 들먹거리며 입방아를 찧었다. 덕호가 회사를 그만둔 게 골프 때문인데 동창회 골프 모임과 내가 일조를 했다는 거였다. 모르긴 해도 아마 사우나 실에 모여든 여자들이 땀을 뻘뻘 흘리면서 무슨 재미있는 얘깃거리가 없는가 하고 있을 적에 그 여자가 무슨 말을 했을지 추측하기란 어렵지 않았다. 아내는 그게 아니라고 똥 묻은 쇠발 털듯 따지며 해명을 했고 동네여자들이 고개를 끄덕였겠지만 빈총도 안 맞는 편이 훨씬 더 나았으리라.

"알았다니까."

나는 기어드는 소리로 대답하면서 아내의 눈치를 살폈다.

"그나저나 오늘이 무슨 날인지나 알아요?"

"무슨 날이긴, 일요일이고 선후배들 모임에서 라운딩 하는 날이지."

내가 머뭇거리며 대답을 하자, 아내는 눈을 흘기며 나를 바라보았다.

"뭐라구요? 하여간 미쳤어, 미쳐!"

"미쳤다니! 당신 지금 그걸 말이라고 하고 있어? 필드에 나가는 사람한테."

나는 그만 소리를 지르고 말았고, 아내는 "잘 생각해 보시오."라면서 주방 쪽으로 걸어가 버렸다.

"사위가 무슨 소용 있어. 장인 제삿날도 모르고 있는데."

아내의 이죽거리는 소리가 들려왔다.

아차, 오늘이 장인어른 기일이구나. 내가 깜박하고 말았네. 그런데 이걸 어쩌나? 이미 부킹이 되어 있는 마당에 펑크를 내고 안 갈 수도 없고. 처남이 아직 나이어린 탓에 매년 거르지 않고 참석해왔는데 하필 오늘이 장인어른 기일이라니. 진퇴양난이었다. 그래 끝나고 나서 내려가기로 하자.

"알았어. 열두 시 반 티업이니까 안 밀리면 늦어도 다섯 시 무렵에는 끝나겠지. 끝나는 대로 서둘러서 올 테니까 준비하고 기다리라구."

그 말에 아내는 대답이 없었다. 얼굴이 부석부석한 아내가 밥그릇을 내 앞에 놓으며 수저통을 거칠게 밀어놓았다. 그러고는 두말없이 주방으로 돌아서버리는 그녀를 나는 곁눈질로 훔쳐보았다. 아내의 기분이 그렇고, 입맛도 당기질 않지만 아침밥을 든든히 먹어두는 게 좋다. 일단 티업이 시작되고 나면 상당한 시간이 흘러야 요기할 수 있는 그늘집이 있다는 건 누구나 다 아는 일이다. 공연히 주눅이 들어서 나는 아침밥을 얼른 먹어치우고 달아나듯이 거실을 나섰다.

"다른 집에서는 일요일이면 가족끼리 나들이도 하면서 함께 즐긴다든만."

"알았어. 다음부턴 그렇게 하도록 할게."

"어느 세월에요."

거실 귀퉁이에 처박아뒀던 캐디백을 허겁지겁 둘러메고 달아나듯 출입문을 나서는데 어김없이 아내의 푸념과 당부가 함께 날아왔다.

"증말 미쳐도 단단히 미쳤어. 시간이나 어기지 말아요."

현관문이 거세게 닫히는 소리가 들렸다. 아침에 일어나서부터 지금까지 나의 골프에 대한 아내의 곱지 못한 말투가 자꾸 신경에 거슬렸다. 엘리베이터에서 내리기가 바쁘게 자동차를 타고 중간 약속장소로 쏜살같이 달려 나갔다.

골프의 기원에 대해서 크게 두 가지 설이 있는데 하나는 기원전 네덜란드 지방에서 어린이들이 실내에서 즐겨하던 코르프라는 경기에서 비롯되었다는 설이고, 또 다른 기원은 스코틀랜드 지방 양치기들의 민속

놀이에서 비롯되었다는 설이다. 그런데 코르프라는 스포츠가 골프의 전신이라고 주장하는 근거는 네덜란드의 화가들이 그린 풍경화를 보면, 얼음 위에 서 있거나 스케이팅을 하는 사람들이 오늘날의 골프채와 비슷하게 생긴 커다란 채로 둥근 공을 치는 모습이 그려져 있기 때문이다. 하지만 코르프 경기는 주로 벽이 있는 실내나 빙판 위에서 행하였기 때문에 오히려 오늘날의 크리켓이나 아이스하키 경기의 원조가 아닌가 생각된다. 따라서 골프의 기원은 역시 스코틀랜드 지방에서 행하여진 양치기들의 민속놀이에서 비롯되었다는 설이 유력해진다. 여하튼 골프의 기원이 확실히 어느 나라인지는 모르지만 한 가지 분명한 것은 골프가 스코틀랜드 지방에서 꾸준히 발전하여 왔다는 사실이다.

스코틀랜드 지방 양치기들의 민속놀이였던 골프경기의 유래와 발달 과정을 알아보면, 스코틀랜드 지방의 넓은 초원에서 양치는 양치기들이 무료한 시간을 보내기 위해 초원에 굴러다니는 돌멩이를 양몰이에 사용하는 지팡이로 힘껏 후려친 것이 우연히 일정한 거리의 공중으로 날아가 초원에 뚫려있던 토끼 굴속으로 굴러들어가게 되었다. 이를 지켜본 양치기가 호기심이 생겨 다시 한 번 그렇게 해보았으나 뜻대로 잘 되지 않고 겨우 몇 번 만에야 구멍 속에 집어넣을 수 있었다. 그 후, 양치기는 친구들에게 이 놀이를 하자고 제의하여 많은 양치기들로부터 좋은 호응을 얻게 되었고, 차츰 양치기들의 고유놀이로 발전한 것이 체계화되어 오늘날의 골프경기가 되었다고 한다. 양들이 풀을 뜯던 초원은 잘 정비된 페어웨이가 되었고, 풀밭의 돌멩이는 골프공이 되었으며, 여기저기 뚫려 있던 토끼 굴은 깃발이 꽂혀 있는 철통의 홀로 바뀌었고, 양을 몰던 양치기의 지팡이는 골프채가 되었으며, 양치기들이 토끼를 잡기 위한 함정을 만들거나 찬바람이 불 때 양들을 피신시키기 위해 파놓은 것이 벙커가 되었다. 스코틀랜드 지방 도시의 서쪽 끝 바닷가에 링크스가 있다. 링크스는 바닷가에 자연스럽게 생긴 골프장을 말한다. 바닷가는 흙에 염분이 많아 농사짓기가 어렵기 때문에 축구나 골프를 하는 놀이터였다고 한다. 이 양치기들의 놀이는 처음에는 서민들의 놀이로 성행하였는데 주민들이 골프에 빠져 전쟁에 필요한 활쏘기 연습을 안 한다는 이유로 골프 금지령이 내려진 후로는 서민들이 할 수 없었으므로, 자연 특권층인 왕족들만이 할 수 있게 되어 오히려 궁중 안으로 들어가 왕족들의 경기로 바뀌게 되었다. 여러 차례의 금지령과 해제의 과정을 거듭하다 국민의 권리가 차차 인정되면서 평민들도 골프를 즐길 수 있게 되었다고 한다.

한국에 골프 경기가 처음 소개된 것은 1900년 구한말에 원산 세관구 내인 유목산 중턱에 영국인 고문들이 골프코스를 만들고 이상한 공놀이를 했다는 기록이 시작이다. 그 후 20년이 지난 1921년경 조선 철도국이 직영하던 조선호텔이 손님 유치수단으로 골프장 설치를 계획하고 서울 효창공원에 미국인의 설계로 경성골프구락부를 개장하면서 골프가 뿌리를 내렸다는 기록이 있다. 그러나 그 이전에 우리 농촌의 초동들이 산에 땔나무를 하러갔다가 무료함을 달래기 위해 야산의 묘역 등지에서 작대기로 솔방울을 치면서 노는 꽁치기 놀이가 있었다고 하니, 이게 바로 우리 고유의 골프놀이가 아니었는가 싶고, 그 무렵 '눈깔은 빠져도 꽁은 치자'고 하는 속담이 있었던 걸로 보아 꽁치기 놀이가 상당히 격렬한 운동이었던 것 같다.

암튼 골프의 묘미는 이만저만이 아니다. 먼저 좁은 공간에서 복잡하게 생활하던 일상의 도시를 벗어나 시원하게 펼쳐진 대자연 속에서 신선한 공기를 마음껏 들이키며 주단처럼 깨끗하게 잘 다듬어진 잔디가 깔린 넓은 초원과 산야를 서로 마음이 맞는 사람들과 어울려 정겨운 애기를 나누며 산책하는 즐거움이 있다. 그리고 장타를 날리는 드라이버 샷의 통쾌함이 있고 새로운 코스에 임하여 자기가 친 공이 날아가는 방향과 낙하지점을 확인하기 위해 공을 바라보았을 때 느끼는 짜릿한 긴장감은 이루 말로 표현할 수 없을 게다. 거기에다 골프는 넓디넓은 장소에서 행하는 경기이기 때문에 변화가 많고 전혀 예측할 수 없는 상황이 수없이 일어난다. 그래서 골프는 수없이 많은 장애물을 극복해가면서 목적을 이루어가는 인생항로와도 같아 더욱 진미를 느끼게 되는 것 같다.

클럽하우스의 빨간 지붕이 드러난 골프장 입구에 들어서자 한낮인데도 상큼하고 시원한 공기가 일주일 동안 사무실에서 찌들대로 찌든 전신의 세포를 일시에 일깨워 주는 것 같았다. 일주일 동안 오매불망으로 그리던 필드에 나간다는 사실만으로도 내 기분은 날아갈듯 가벼웠다. 네 명이 탄 승용차가 클럽하우스 앞에 도착하자 여러 명의 캐디가 인사를 하며 캐디백을 기다리고 있었다.


덕호가 운전하는 승용차 뒷좌석에 앉아 도시의 일상으로 다시 돌아오는 동안에도 홀컵에서 울려나던 그 "땡그랑!" 소리가 귓가에 생생했다. 내 옆 좌석에 앉아있던 부동산중개업을 하는 선배가 먼저 입을 뗐다.

"아무리 생각해봐도 귀신이 곡할 노릇이란 말이야."

덕호가 룸미러로 나를 힐끔 쳐다보고 나서 선배에게 물었다.

“선배님, 뭣이요?”

“몰라서 묻는가? 오늘 정 과장 홀인원 말일세.”

은근히 십여 년의 구력을 자랑하던 터에 이글은 해봤어도 아직까지 홀인원을 못해봤다는 덕호가 심드렁한 말투로 말했다.

“하기사 귀신이 백 번 곡을 할지라도 오늘 눈앞에서 홀인원의 정경은 벌어졌는디, 그것이 비행기 타고가다 독사 물린 격이지라.”

“뭐가 어쩌고 어째? 이 사람이.”

선배가 덕호에게 말했다.

“아따, 두말하면 잔소리지라. 꿩 잡는 게 매라잖습디여.”

덕호가 능청을 은근히 떨었다.

“어허, 이 사람이 내 실력을…….”

내가 룸미러에서 마주친 달호의 표정을 살피며 대꾸하자, 선배가 내 어깨를 툭 건드리며 말했다.

“그나저나 축하하네. 길이길이 남도록 패에다 우리들 마음을 담아드림세.”

덕호가 룸미러로 다시 한 번 힐끔거렸다.

“성님은 옷 한 벌씩하고 다음 라운딩은 책임지쇼이.”

“걱정 말게. 곧 성사시키도록 하겠네.”

“근디, 제가 보기에는 오늘 선배님이 바람 덕을 통통히 본 거 같어라.”

“그게 무슨 소린가?”

“그때 그 홀에서 성님이 티샷을 할 때 뒷바람이 안 불었소? 앞바람이 불거나 옆에서 불었다면 택도 없는 일이제.”

"그러게 말이시. 오늘 내가 한 잔 삼세."

"좋습니다."

덕호 옆에 앉아 골프의 삼락(三樂)을 즐기고 있는 줄 알았던 모임의 맨 막내가 힘차게 대답했다. 평소 말이 없고 회계사 사무소를 운영하고 있는 후배였다.

골프의 일락은 18홀이 끝나고 나서 피곤한 몸을 따뜻한 온탕에 담그는 거고, 이락은 클럽하우스에서 시원한 맥주 한 잔으로 목을 축이는 거고, 삼락은 돌아오는 승용차 안에서 잠시 조는 거라고들 했다.

나는 엉겁결에 골프의 19홀을 약속하고 말았다. 19홀은 18홀의 라운딩을 마친 동반자들이 함께 술 한 잔씩 하면서 그날의 피로와 회포를 푸는 자리다. 엉겁결이라고는 하지만 뿌리칠 수 없는 처지이기도 했다.

시계를 보았다. 예상했던 대로 다섯 시 무렵에 끝난 셈이었다. 장인 어른 기일에 참석하기에는 충분한 시간이 남아있었다. 가볍게 한 잔씩 하고 일어선다면 시골까지의 두어 시간 거리는 충분할 것 같았다.

"자, 축하합니다."

동반자들로부터 다시 한 번 축하를 받고, 좌장인 선배의 건배 제의가 있었다.

"일생일대에 한 번 있을까 말까한 홀인원의 주인공, 정 과장을 위하여! 그리고 다음 라운딩을 위하여!"

선배의 선창에 따라 양주와 맥주가 일정 비율로 가득 담긴 맥주잔을 부딪치며 일제히 외쳤다.

"위하여!"

폭탄주가 시작되었다. 몇 바퀴가 돌고 또 돌았다. 시간의 개념이 사라진 지 오래고, 몇 시에 1차가 끝이 났는지 잘 기억나지 않았다. 2차에서 3차까지 이어졌던 것 같았다. 아무튼 각자 그렇게 흩어지고 나서 돌아오는 길에 동네 어귀 피자가게 앞에서 덕호가 더듬거렸다.

"성, 성님. 홀인원이고 뭐고 이제 성, 성수님한테 죽었다고 복창하쇼."

"그게 무슨 소린가?"

나는 맥 빠진 소리로 물었다.

"오늘이 성님 장인어른 제삿날이람서라."

"그래서, 이 사람아."

"사위자식 개자식이라든만, 옛말 틀린 데 한 구석도 없구만이라."

나는 필름이 끊겨 혼미한 상태에서 고개를 번쩍 치켜들고 덕호를 노려보았다. 그리고 입술을 일그러뜨리며 멋쩍게 웃었다.

"덕호, 자네 지금 뭣이라고 했는가?"

혀가 굳은 덕호가 비틀거리며 큰 소리 말했다.

"황진이는 날아가 부렀단께라."

# 붉은머리오목눈이

**찍은날** 2010년 1월 4일
**펴낸날** 2010년 1월 11일

**지은이** 정을식
**펴낸이** 송광룡
**펴낸곳** 도서출판 심미안
**주　소** 503-821 광주광역시 남구 양림동 24-18번지 2층
**전　화** 062-651-6968
**팩　스** 062-651-9690
**메　일** simmian03@hanmail.net
**등　록** 2003년 3월 13일 제05-01-0268호

**값** 10,000원
**ISBN** 978-89-6381-014-0 03810

잘못된 책은 바꿔드립니다.